U0467041

油桐光阴
YOUTONG　GUANGYIN

张韵秋 ◎ 著

时代出版传媒股份有限公司
安徽文艺出版社

图书在版编目（CIP）数据

油桐光阴 / 张韵秋著. -- 合肥：安徽文艺出版社，2025.5. -- ISBN 978-7-5396-8225-9

Ⅰ.I267

中国国家版本馆CIP数据核字第2024WW5687号

出 版 人：姚 巍
责任编辑：周 丽　　　　　　装帧设计：褚 琦

出版发行：安徽文艺出版社　www.awpub.com
地　　址：合肥市翡翠路1118号　邮政编码：230071
营 销 部：(0551)63533889
印　　制：安徽新华印刷股份有限公司 (0551)65859551

开本：880×1230　1/32　印张：10.125　字数：220千字
版次：2025年5月第1版
印次：2025年5月第1次印刷
定价：59.80元

(如发现印装质量问题，影响阅读，请与出版社联系调换)

版权所有，侵权必究

目　录

序一：时光的印记 / 陈仓 / 001

序二：一本柔软着人心的书 / 丁一 / 004

第一辑　那些繁花

人间四月 / 003

后园 / 007

木瓜记事 / 013

木瓜花又开 / 020

春天的青绿 / 025

谁识草木心 / 030

油桐光阴 / 034

茉莉 / 039

心荷 / 043

荷花藕 / 048

那些繁花 / 051

修得一颗草木心 / 058

花约 / 061

第二辑　风吹荒草

伞匠 / 069

女孩根子 / 074

五月情思 / 081

外婆家家 / 087

母亲不再是仙女 / 091

给您一束五月的康乃馨 / 094

飞鸟 / 099

我有花一朵 / 104

等待 / 107

表妹豌豌 / 111

男孩天天 / 119

人在雨途 / 124

氧舱里的男人 / 127

风吹荒草 / 132

福子 / 140

第三辑　纵使相逢应不识

窑衣与窑 / 151

旧居新趣 / 161

纵使相逢应不识 / 166

大雪 / 169

小寒 / 171

时间内外 / 174

爱的散章 / 180

午后有雨 / 189

第四辑　眉眼盈盈处

水湄三叠 / 201

四和记 / 212

陪茶再坐一会儿 / 219

绩溪册页 / 226

在天堂山 / 234

赶湖 / 239

宛湖寻秋 / 243

在桃花潭的诗意里行走 / 248

短篷撑梦过临平 / 253

眉眼盈盈处 / 260

吴根越角品西塘 / 267

方塘四帖 / 270

水东行 / 277

风从林海来 / 282

湘行心痕（三章）/ 289

后记

我是故乡的一株植物 / 张韵秋 / 303

序一：时光的印记

陈仓

韵秋让我作序，我有些忐忑。

我是从底层一步步走过来的，能够感同身受地体会投身文学者的不容易，但是，我水平不行，尤其是理论水平，我怕我的文章不仅起不到"序"的作用，反而闹出什么画蛇添足的笑话。

不过，当我看到韵秋发来的文稿后，我倒是一下子被吸引住了。尤其是书名"油桐光阴"，看到"油桐"两个字，我的思绪顿时回到了少年时光。我小时候会一点木匠活，木匠最主要的工作是漆家具，我们那里漆家具用的材料便是桐油。桐油是纯天然物质，漆的家具油光发亮，而且可以防蛀虫，正像韵秋的文章里所说："被桐油一年刷一遍的板壁、家具皆油亮红润，透着别样的精气神。母亲有两只陪嫁的木箱，因为经常补刷桐油，久经日月也没有遭遇过蛀虫的袭击，箱面清澈如镜，至今能照得见人影。"开始，我不知道桐油是什么，是从哪里来的，只觉得它很神奇。直到上中学的时候，我有一个同学家在武关，他带着我们去帮他们家收麦子，我才看到了漫山遍野的油桐树。我是喜欢油桐树的，它们不仅仅开白色的花，而且结着核桃大的果实，我和韵秋一样，也尝过油桐的果子。

按说，我和韵秋不是很熟，只做过一次她的"老师"，原因是，安徽作协在去年冬天，把我叫去和当地的作家们交流了一次，而她就是这中间的"学员"之一，坐在几十人中间。课间休息，我们加了好友，简短交流后便很少联系了。今年春节期间，我前往黄山，在那个细雨蒙蒙的下午穿过了美丽的宣城，才模糊地想起，似乎有这样一位文友在宣城。但是现在，如果和韵秋迎面相遇，她只要说一声："你好，油桐！"我肯定就会知道是她。

所以文人之间的熟悉，不是五官相貌上的熟悉，而应该是文字上的熟悉，文学气息上的熟悉，和有没有谋面毫无关系。从某种意义上说，文字其实是一种暗号，是一种精神的密码，是一种时光的印记，在人与人、人与物、人与神之间通行。莫言说过，"管好自己，莫渡他人"。对于一个作家，这八个字尤其重要。说实话，韵秋的文字我很喜欢读，主要原因是读着不累，读着特别亲切，读着读着就看到了时间。

因为韵秋写得很轻松、很自然、很朴素，没有那种"作"，没有什么伪装和面具，也没有故作高深的姿态，更没有想教化别人、改造别人的那种心态。此外，她关注的事物，无论是荷花，还是油桐，或是红蓼，哪怕一个人、一只鸟，都能在我个人的生命记忆里找到踪影。因为这些意象、这些情感都曾经出现在我的生活里，或者说是我从她的文字里零零星星地看到了我一直怀念着的自己。

我曾经有一个说法：作家最高的技术是没有技术，是你怎么活着就怎么写，你平常怎么和人说话你在文字中就怎么说话，包括用什么语言、用什么方式。我也说过，文章是"活"出来的，这个"活"字，当然包括生活日常中的任何一个部分。对于韵秋的文字，应该怎么说呢？对，就是邻家妹妹的那种感受，这些文章不像是写出来的，而像是一个邻家妹妹独自坐在午后的阳光下，自言自语地说出来的，或者是无意中吟出来的。

不过，她不是那么随意一坐，而是坐在自己的心中，坐在一种禅的位置，所以她的文字看着简单简洁、日常通常，这不正是世界的本来面目吗？其实生活和世界并没有我们想象的那么深奥，也并非处处都充满着意义。意义不是由世界决定的，而是由看世界的人决定的。这就好比念经，他念的是什么，全凭着听者的心境。我们把韵秋的这本书当成一个引子、一种方式多好，说不定能体会到一花一世界、一叶一菩提的感觉。

（陈仓，诗人、作家、媒体人，著有各类作品二十余部，曾获第八届鲁迅文学奖。）

序二：一本柔软着人心的书
——韵秋散文集《油桐光阴》赏读

丁一

两个多月来，课余时我会时常打开韵秋的散文集《油桐光阴》的文稿，读一读其中的一些篇章，然后享受宁静的时光。这是一本柔软的书，书中所选的每一篇散文，都从时光的胶囊里散发出淡淡的幽香，淡淡的丰满与无形的骨感同在，就像她柔软而美丽的灵魂，灵动而诱人，内秀而慧敏。

在一次全国文学颁奖大会上，我与韵秋相识，之后偶有文稿往来。前年，去查济古村考察，借宿在她的家乡宣城，才与她有了直接的接触。宴席间攀谈时，无意中我读到她的脸庞，留意到了她历经沧桑后，外表平静但内心柔软的目光。后因她在某家文学刊物出任总编助理，负责选稿和散文网站的编务工作，文字上的相互交流便多了起来，我常把全国一些作家的散文作品推荐给她，由她择优选用。一来二去，对她的了解渐渐地多了起来。

《油桐光阴》是一本探讨故乡、生态、婚姻、爱情、家庭以及人性的散文集。作为一本女性写的散文集，却不局限于女性读者这个群体，通过文学的形式，去展示人性最深处的爱与孤独。书中很多篇章以回忆录的形式书写，全书共分五辑，书名选自第一辑《那些繁花》中的一篇《油桐光阴》。应该说《油桐光阴》是全书纲领性的一篇文稿，虽然全文并未突出油桐生长的时间顺序，只是截取儿童时期给她以些许慰藉的生活断面，扫描式叙写了一个个没世不忘的细节。全文不长，围绕那棵皖南山区并不多见的油桐树展开，每一行文字都充满了故乡的烟火味。物以平凡为贵，日子以日常为美。在这篇散文里，韵秋没有刻意描写志向一类，也没有华丽、饱满、丰沛的词语。她笔下的事与人，都只是在淡淡中呈现故乡的一些现象与特质。但读者总能被这些充满诗情画意和烟火气的画面打动。"没有人去过问一棵桐子的生长过程，它不是山民们寻求温饱所栽种的的主要经济作物。待它成熟后，人们才会在某一个没有重要事务的秋天，有那大嗓门的大婶一阵吆喝：'上山去打桐子咯！'"全文并没有格式化地书写油桐的生长或死亡，她只是在爱的荒漠，找到让记忆任性释怀的出口。文章的结尾几近神来之笔："我不知道这特殊的蒸馍的方法是山里母亲们的独创，还是聪慧的她们，有意让那些单调的日子更丰富滋润一些。后来这些年，城里的馍馍随处可见，但是桐子叶蒸出的馍，任我走遍天涯也无处寻觅。"除了等待，便是希望，也是文学对一切美好的生命最原始的向往，更是生活中的感知力与审美力最深情的呐喊。于是，一种淡淡的清香，一种不舍的挂念，一些青春期隐约的幸福感、美好与遗憾，都被她一一记录。这些充满了汉字美的句式，没有花里胡哨、玩辞弄藻的矫揉造作，却能在人心中到处弹跳、发酵，一如松间酒酿，春水煎茶，赋予了光阴希望的底色，让油桐树长成了活生生的烟雨江南，文字之外乃见一方世外桃源，把油桐与生命演绎得无与伦比，从而形成了韵秋独特的散文写作范式。

《那些繁花》中，红蓼、杏花、李花、梨花、枣花、石榴花、指甲花、洗澡花、喇叭花、星星草、鸡冠花、牛尾蒿、狗尾巴草、月月红花……就连时鲜野蔬，蕨菜、马兰头、春笋、春蒿、野韭、香椿，在时令中，都是会开着花儿的，那些盛开的浅红、浅粉、大红、深红，在读者的眼前五彩斑斓。五月丰沛的雨水，让房前屋后自然生长的草木蓊蓊郁郁。无论是高大的板栗树、油油的夏茶、修长的竹，还是贴地而起的翠蝴蝶、车前草、马兰菊、婆婆丁们，无不志得意满、鲜翠欲滴，都昂扬地活在天地间。那些花儿，年年岁岁、一枯一荣，把村庄染成了世外桃源，丰富着单调的日子。洗澡花的花名是韵秋的妹妹给取的。每当那一朵朵袖珍的、红彤彤的小唢呐，在黄昏习习的凉风里舒展开时，她总要感叹一句：有人在洗澡了。纯净的文字，充满了令人会心一笑的童真。"那些花儿，都是些土得掉渣的自由自在的花。说它们土，是因为它们有别于名贵的牡丹、芍药，没有馥郁的摄人心魄的浓香，只有淡淡的清香。说它们自由自在，是它们如山里的女孩儿一般快活，无拘无束，不必看谁的脸色，随意伸展着枝丫，缱绻交织，相邀地开在各家的墙根上、场院的角落里。"写尽各种野花，她又笔锋一转，详尽地描绘了一位从北方来到江南卖艺，似花如玉的秀，秀与韵秋全家那种不是亲情却胜似亲情的关系，彰显了人性里如花的美好与温良。这样由花到人、由人到花的反复推进，不动声色地把花与人、花品与人品的关联，表达得淋漓尽致，实是令人折服。

《荷花藕》《木瓜花又开》《人间四月》《修得一颗草木心》与《油桐光阴》《那些繁花》《后园》有着异曲同工之美。投身于文学创作，不仅需要意愿，更需要基本的认知和能力。文学应当有力量惊醒生命的生机，弹拨沉睡在我们胸中尚未响起的琴弦。

第二辑《风吹荒草》是一组亲情散文，正如韵秋在《小寒》中所描述的那样："就像我写过的那首诗：我无法把岁月放回原处/无法把生命放回原处/我谴责时间这样无情地篡改一切/把青枝绿叶篡改成枯木朽株/把草原篡改成荒漠/把年轻的脸篡改成陈旧的宣纸/把温情篡改成寒冰。"文学需要寂寞，但谁也不喜欢寂寞，但当寂寞成为作家情感发酵的催化剂时，文学就会有勇气凸显其照亮生命、敲打心扉、勘探世界的本分，这是韵秋在这一辑中把控话语的特色与思维方式。每一个生命都有他存在的理由，比如《女孩根子》中的根子。根子是韵秋老家的一位残疾人，根子的母亲智力有些缺陷，父亲老实巴交，一无所有，衣不蔽体，穷得叮当响，只有祖上留下的几间茅屋——与牛圈没有什么大的区别，年纪大了也娶不到老婆。后来，根子的母亲要饭路过村子，村里的妇人将其和根子的父亲撮合成一家人，才有了根子和弟妹。韵秋认识根子时，根子就只有一条健康的腿了，生活的艰难在作者的脑海里如电影一般回放一遍，令读者也跟着在文字营造的氛围里唏嘘不已。时隔30年，当韵秋再次与根子相遇时，根子已被三个男人宠着——老公和两个儿子。老公在村里承包种大田，两个儿子也都有了自己的小车。还有什么比这更美好的呢？根子家那座歪歪斜斜的茅屋，早已被根子的弟弟翻盖一新，青瓦白墙，太阳落在宽大明亮的玻璃窗上，晃着人的眼睛。文章并没有书写中国农村改革开放的大背景，根子几十年来的命运变化，不正是因为遇上了好世道了吗？我不知道根子是不是这个女孩曾经的名字，"根子"这个名字很厚啊。

《五月情思》《外婆家家》《母亲不再是仙女》《给您一束五月的康乃馨》等篇章，是韵秋以细腻的笔触，为读者呈现了她生命里一些不同命运的人物。其中《风吹荒草》中的老夏是她的大娘，她大伯父的女人，一个严肃得很少有笑容的妇人，像是从莫泊桑笔下走出来的某一位愚顽的平民女性。写母亲的《飞鸟》，柔软而空灵的文字力透纸背："我穿过人流奔向她，紧紧攥住她粗糙的手，想带她穿越荒漠的光阴，抵达天荒地老也不松手，不松手。"把血浓于水的母女亲情表达得入木三分，像一曲埙篪，把人心都吹碎了。那篇写女儿的抒情散文《等待》中的心理描写十分感人，韵秋写了女儿在中国科技大学读研的片断，女儿"在两年前考入这座高等学府的免疫学研究所后，就一头扎进了实验室，奔波在省城的医院与实验室之间。她的生命，不再简单到只与我有关联，在现在和未来，她或许还关联了更多的生命"。当韵秋再次以母亲的目光凝望着女儿时，她已暗下决心，在一路长长的等待过后，她愿意继续等待，在下一个路口，在下下个路口。在这个"等待"中，除了父母对儿女的爱，我读到更多的是韵秋作为一位普通的女性，对社会充满了有责任感的"大爱"，因而，她又显得那么不平凡……《外婆家家》《表妹豌豌》《福子》等，她笔下的亲人，无不是在人间深情又柔韧地活着，我们更多的人，或多或少能从中看到自己的影子。韵秋出生在皖南山区的农民家庭，上天并没有特别地眷顾她，她却在字里行间写满对父母的感恩之情，她说："我之所以能从微小的事物中，悟出些许生活的本质来，让思想的火花发出微光，这得感谢我粗粝的父亲母亲，是他们低入尘埃，化作春风春雨地供养，才得以让我在春天的枝头上，开出些细碎的花朵来。"这样美好的品德，与文字相得益彰，令人击节称赞。

《人在雨途》中的那个在雨中学着摆小摊的体面男人，爱面子，视尊严为生命，却背井离乡在一个并不适合做生意的小区门口，卑微地守着一个不起眼的小摊，寂寞地守在大雨中，应了余华《活着》里的那句话："没有什么比活着更快乐，也没有什么比活着更艰难。"《氧舱里的男人》的主人公四十几岁了，从建筑工地的脚手架上摔了下来，身体壮实时都没找到老婆，现在瘫痪了，哪个女人会嫁给他？人与人的关系，重要的不是说什么，而是做什么；人与人的影响，靠思想和心灵去完成。在这篇散文中，韵秋把自己和氧舱里的男人的关系，处理得十分到位、恰当。描写留守在农村的小孩的散文《天天》，反映了打工人的孩子一样渴望读书，是一篇揭示当下农村突出问题的作品。第二辑中一些既不是英雄也不是偶像的男人或女人，还有孩子，都写得颇有个性。情到深处所记录的人物，不是千篇一律的，他们并不可复制，我想，散文应该这样写才有出路。

第三辑《纵使相逢应不识》是一组乡情散文，《窑衣与窑写了韵秋的父亲,她的父亲,是一位"卖炭翁",因久被炭窑熏烤,"满面尘灰烟火色"。但她的父亲并没有被剥夺生存权,也不具典型的社会意义,只是默默地完成着一个父亲和一个男人的使命,如同身上那件窑衣,竭力在完成着作为一件衣服的使命。韵秋写她父亲的同时还写了一位悲剧人物——村上瞎眼婆婆的赘婿,一位烧窑的好把式,赘婿身上那件窑衣,比她父亲的穿得更长更久、更黑更旧。赘婿的三间废弃的老屋成了炭屋。瞎眼婆婆因为住惯了老屋,不肯搬去新房子。或许,瞎眼婆婆习惯了木炭的气息,习惯了炭火在夜里发出的温和的炸裂声,这使她感到日子的富足安逸。勤劳的女婿,是村庄里最先靠木炭与茶叶发家的人。然而,有天深夜,堆在瞎眼婆婆床边的新炭复燃了。冲天的火光惊醒了沉睡的山村,人们惊叫着提着水、担着厕粪冲向火场,无奈火力强劲而威猛,老屋很快化成一堆灰烬,瞎眼婆婆以这种悲壮的方式在村庄走完了一生。结尾的一段写得更悲壮,令人心绪难平:"在某个秋冬来临前的雨夜,我听到了山中最后一座窑垮塌的闷响,分明还伴随着一声窑的叹息。在淅沥的雨声里,我祈祷窑基成佛,能经得住岁月的风霜雨雪,年复一年坐在山中,以提示一段斧斫丁丁的过往。"

第四辑《眉眼盈盈处》,多为旅游或地理散文。《四和记》里"四和村"的前世今生处理得非常成功,韵秋虽不是出生在山里,但四和村算得上她半个故乡。四和村位于宣州区溪口镇东南部,山里人家依山傍水,日出而作,日落而息,世世代代繁衍生息。回望四和,山峦叠嶂,清奇秀美,虽是深秋,古木丛竹仍然浓荫密匝、翠色欲滴。鸟儿们一如当年，在竹、杉、松、楮、栎、檀、柏、枫、茶间，抚慰着游子的轻愁。多年来，想起四和，脑海里就会浮现出当年那些负重的背影，就会扯起心底一缕莫名的愁绪。这篇抒情散文没有多少情节和人物，但写得很美，把四和村写成了桃花源，经得起审美的考验。

自20世纪初以来，我国女性作家逐渐走上文学舞台，一代才女如陈衡哲、庐隐、苏雪林、林淑华、冰心、丁玲、谢冰莹、萧红、赵清阁、林海音、张爱玲、聂华苓、茹志鹃、於梨华……新中国成立后，登上文坛的女性作家不计其数，张洁、铁凝、王安忆、残雪、毕淑敏、池莉、迟子建、林白、张辛欣、张欣、霍达、刘索拉以及海外的华人女作家三毛、龙应台、严歌苓、虹影……特别是进入20世纪90年代后，女作家如雨后春笋，作品更是占了半边天。女性作家在写作态度上一丝不苟，细腻、柔润、内秀、缠绵，用手中的笔作为武器，描写女性的个体体验和生存状态，抗议男权社会对女性造成的不公，用文学来维护女性群体的自主权。文学的力量是强大的，可以改造人心。文学创作看不见也买不到，是忙里偷闲中的生活享受。文学创作能写出语言之外的东西才是好文章。人生的自我治愈性强大无比，关键在于逻辑建构，如何设定在善的美学大系之中，让生命不断丰盈，是智慧更是修行。在文学中不是所有的热爱都显而易见，但文字的所有力量都值得被张扬。

同样，散文之难不是难在技巧，而是难在不粉饰、不做作。一些作家在散文的像与不像上思考得比较多，其实重要的是意趣,短篇散文的大格局、大境界不等同于长散文,而在于它的寓意。黑格尔在《美学》巨著中表达他一贯的美学主张:理想的艺术应该以人为中心。他又强调说:"性格就是理想艺术表现的真正中心。"显然,为感性符号而建构《油桐光阴》中的人物,由于故乡意识对于创作主体的宰制,所书写的形象,呈现了主体性格理想化、艺术化的审美状态。观古见今,中国古今散文的底色大多是儒学,是儒家的文艺学、哲学与美学理念,以文学之笔呼风唤雨。而宗教和哲学,是离人最近的学问,站在哲学、美学与宗教的层面,去剖析生命,是作家尤其女性作家,在作品中更要加强的学问。有了像大海一样深的写作情感、写作思考和学问态度,还怕写不好散文吗?韵秋作为70后的安徽省作协会员、宣城市作协秘书长,工作之余在文学领域笔耕不辍,多种文本的作品被《清明》《西湖》《散文百家》《生态文化》《长江丛刊》《作家天地》《人民日报》《文艺报》《安徽日报》等大刊、大报录用,很不易。得到与失去永远是平衡的,没有失去哪有得到?这次出版《油桐光阴》就是最好的见证,文学的艰辛与魅力就在于此。祝韵秋的文学道路越走越宽,新作品不断涌现、更上层楼。

(丁一,江南影视艺术学院暨清迈大学教授,国家一级作家。)

第一辑　那些繁花

人间四月

高高的泡桐树上，紫色的桐花开始一簇一簇地盛开。万木欣欣，枝头上的绿，是一日赛过一日的葱茏。竹园里的笋，茶园里新发的叶芽，在这天是捂也捂不住地往外窜了。

这是人间四月，蓬勃芳菲的四月。父亲和母亲打吃过年饭就开始念叨的采茶季，就在期盼中被春风送来了。

父亲那会儿还很年轻，眉开眼笑地忙进忙出。一件泛白的旧衬衫被扎在裤腰带里，挽起袖子露出一截黝黑健壮的胳膊，一边轻快地干活一边还哼唱着"穿林海，跨雪原，气冲霄汉"，好像准备迎接的不是一季的劳累，而是什么喜事一样。

烘烤茶叶的木炭，是头年冬天就已经在山中烧好了挑回家来的，炒茶叶的木柴也已备足，整整齐齐码在屋檐下。现在要做的工作，是选不带石块的黄泥巴和成泥浆，来砌旧年已废弃了的火塘；擦洗调试杀青用的炒茶锅，还有畚箕、茶篮、篾烘、竹匾，那是一件也马虎不得，该洗的洗，该晒的晒，该修补的修补。这些家伙什，遇上破旧的、淘汰的多了，还得请回那位手艺很精细的篾匠师傅，上门来编织新的。

那些年手艺人很吃香，假如家里需要添个桌子板凳，或是有闺女要出嫁了，陪嫁的盆桶、新嫁衣被褥，都是要请些匠人上门来做的。木匠、桶匠、裁缝轮番上阵，不做上几个月都完不了工。篾匠在茶季前是最忙的，特别是有口碑的老师傅，东家的话还没有做完就已经被西家预订了，他们一般正月十五开工，一直要忙活到清明或谷雨。

匠人们吃百家饭，不但手艺精巧，为人也如他们做出的活计一样，大多玲珑剔透，谈吐幽默风趣，都是乡里乡亲，与东家相处的几天极其融洽和谐。

篾匠师傅终于请到家了，那几天母亲做饭就马虎不得了。乡里人素来就热情好客，何况是年年必请的师傅，来了就如亲朋故友一般款待着。年前就已经晒香了的腊肉，被母亲从霉干菜缸里扒出来，掺了春蒜炒，或者掺上竹园里挖的新笋，摆上一把干辣椒，红烧了放在青泥小火炉上咕咕噜噜地炖半天。或者不炒也不炖，大大的蓝边碗底里搁上一层黄亮亮的梅干菜，把油滋滋的腊肉切成小扇子一样的薄片铺上去，放在饭锅上蒸。那个锅盖掀不得，一掀，便要香掉人的鼻子。

那几天家里从早到晚谈笑风生，四月的风里都带着香。花香、茶香、新剖开的竹篾的香，连同四月的好滋味，缠绵在鼻翼与舌尖上。我们的笑声也像风中一串清脆的风铃，惹得篾匠师傅那个细皮嫩肉的小徒弟，停了手中的活计，目光追随着我们，傻傻地笑个不停。

老篾匠师傅也不吭声，只狠狠敲一记篾尺，啪！小篾匠吓得赶紧低下头去，白皙的脸上掠过一丝红晕，又哗啦啦地拨动起柔韧的篾条。青色的篾条，泛着烘煮后的烟火色，在他灵巧细长的双手间，翻转如戏台上戏子们长长的水袖。

谷雨多雨，篾匠师傅在家里做活的时候，园里的新茶也在饱吸着雨水，芽叶们一天天色泽碧翠，肥硕柔软，最是一年鲜嫩时。节令不待人，一切就绪，便开始采摘春茶了。四月的山中，就是一片汪洋的绿海，白云从头顶飞过，林间终日莺啭燕啼。少男少女的我们，隔了茶山愉快地唱着山歌，唱着唱着，便越了地界，要凑近了比比谁的篮子里采的茶多。或者是隔了激荡的绿海喊道："哎，明天早上一起去卖茶啊！"那被喊的人拖长了语调回应道："好——哎！"山谷也发出回音："好——哎！"

茶园里透着脉脉清芬和春天的味道，还氤氲着一缕懵懂的情愫。空气因此也浮动着别样的生动，有了丰富的诗意，茶山竟叫年轻人儿流连忘返。

一方水土养一方人。这小小的一芽两叶，凝聚了天地日月的精华，与清冽的山泉在杯中相遇时，身姿曼妙，轻灵飘逸一如茶中仙子，却承载了太多的生活之重。行走在连绵不绝的茶园，我种茶的先祖们，他们摔落在大地之上的汗珠，一滴又一滴，仍历历在目。他们开疆辟土，移山填壑，化腐朽为神奇，胸怀着人定胜天的信念，把一方穷乡僻壤，打造成了子孙后代得以繁衍生息的乐园。

我们在春天的茶园里欢欣雀跃，而父亲母亲接下先祖的衣钵，为一季的收获，付出着四季辛劳的耕耘。一年一年，我们如一窝在茶树中被老鸟悉心照顾的雏鸟，那些年的风雨，不曾淋湿过我们稚嫩的翅膀，待羽翼丰满，便一一振翅离去。再回首，也不见灰暗，闪现在脑海的，尽是些欢快明亮、暖暖的、似人间四月的阳光。

后　　园

"栽秧发棵，栽秧发棵"，四声杜鹃一亮它的嗓子，后园的春天便醒了。同时醒来的，还有那株枝丫遒劲的五月桃。先是灰扑扑懵懂的花骨朵，一寸寸缀满褐色油亮的枝干，再是一朵又一朵粉色的小花，俏眉俏眼羞答答地绽开了笑颜。只消几阵春风，哗，桃花便铆足了劲，在一夜间开满枝头。

春天是一场盛宴，桃花是后园端给春天的第一张笑脸，从此，后园就是花的世界。杏花、李花、梨花、枣花、石榴花，浅白深红，一一斗着新妆。

后园与后山的交接处，生满浓密高大的棕树。棕树棕色的树皮，是编制蓑衣的原材料，它扇形的叶片与披拂的藤蔓交织而成的网，也是后园天然的篱落，多少会挡住从后山来偷食瓜菜的野兔、獾，或其他尖牙利齿的小动物。老屋、猪舍、牛栏则在前面一溜排开，挡住白日在村庄溜达的母猪、小牛犊，嘎嘎扑棱着翅膀的鸡鸭鹅，于是，后园就成了村庄的世外桃源，一枯一荣，丰富着单调的日子。

后园分为东园与西园。东园是一畦畦黑黝黝的菜地，肥沃而松软。外婆站在地中间，气定神闲地把手一挥，这几垄栽茄子、辣椒、洋柿子，那边栽丝瓜、苦瓜和黄瓜。憨憨的大舅妈就在早上和晚上，慢悠悠地在东园里莳弄着，将那些应季的蔬菜，一样不落地植入泥土。

一家大小十几口人，加上超过人口数倍的家禽家畜，粮食总是显得精贵而短缺，满园的蔬菜可抵半季粮，人吃不完，再喂猪喂鸡喂牛羊。种满蔬菜的东园，是除稻麦以外，人与牲畜生存的另一保障。

但是西园不一样，西园是我们的乐园，也是我们的"百草园"。各种果木高大茂盛，春天一来，草木们日渐葱茏，一树树的花如红楼十二钗般，不肯交出无韵的诗篇，也不肯错过与季节心心相印的表达，施施然竞相绽于枝头。任是立在哪一棵树下仰头，都见花开浩荡，繁密如村庄夏夜的星河。风一起，飞花便如雪片般簌簌洒洒，裹人一脸一身，飘落在树下腥湿的泥土里，落在地梦子们带刺的藤蔓上。

门前的水稻田，有新犁翻暖泥了，便是诗句里"花褪残红青杏小。燕子飞时，绿水人家绕"的春深之时。花衣即将凋落遁隐，枝头上粉白的桃，碧青的李、杏，如初生的粉嫩的婴儿，从干瘪的花衣褴褛里，露出扑了粉的脑袋，把自己勇敢地呈现在五月明丽的阳光下，从此栉风沐雨，开始了作为一个果子的征程。西园就在我们的期待中，一天天地芳香四溢起来。

最先成熟的是地梦子，它油油的藤蔓无处不生，密密实实，覆盖着黝黑肥沃的泥土。地梦子的学名是覆盆子。西园的果树下，就是喜湿喜阴、蔓生的地梦子。还有种杂生在山间的刺树，也是覆盆子的一种，我们把它叫作树梦子。草木不言，一岁一枯荣，但想来树也是有"梦"的，它们的梦应是努力孕育的果实能粒粒繁盛吧。所以成熟的梦子果实都有着红艳润泽的光芒，闪烁在带刺的叶片后面。鲁迅先生在《从百草园到三味书屋》里，描述过它的味道："像小珊瑚珠攒成的小球，又酸又甜，色味都比桑葚要好得远。"

这是热情的初夏捧给我们的第一道美味。每天一放学，饥肠辘辘的我们就会穿过老屋幽深的厅堂，从后门鱼贯钻进西园。成熟的地梦子果实较之于树梦子的要更硕大，且汁多而甜，但就是娇贵，一碰就破，不能揣进衣兜，只好边摘边吃，不吃到肚子撑不会罢休。有种混在地梦子中间的蛇梦子，外观与地梦子无异，有毒，我们也一眼就能辨认出。虽每次看到殷红的蛇梦子，就似有一条小赤蛇从我心上冷冷地滑过，但总禁不住那一片小珊瑚的诱惑，小心翼翼地来回在桃树下寻觅。在东园锄地或择菜的外婆，隔着瓜架、豆角架，时不时要抛过来一声：我娃眼要放尖些哎，莫要碰到青溜子（一种蛇）噢！

我能辨识的鸟类，仅麻雀、杜鹃、云雀、画眉。从后山衍生到园子四周毫无章法的树梦子的果实，便是众多鸟雀争啄的美食，我们无法与之抗衡。当最后一颗树梦子果实被鸟雀们啄尽时，诗意的五月就来临了。门前，隔溪的麦田好像一夜间涌起了金黄的麦浪。随之，西园高高的杏树上，麦杏就一颗一颗由青涩到橙黄。一些叶片疏朗的枝头，果子因光洁的面颊日日映着灿亮的朝阳，久而久之，又一天天由浅黄悄然而成嫣红，静静地簇拥着翡翠般的绿叶，煞是好看。风行树上，她们左右摇闪，甜蜜如娇羞的少女，非"静女其娈""洵美且异"不能概其风情。

那会儿杏树正是生长的旺盛期，如一个壮年，好像浑身有使不完的力气，把它满满的精气神都输送给了枝头的果子。熟透的杏软糯鲜甜，个大皮薄，用手轻轻一掰，便露出了完整的褐色的果核。吸一口，任我小小的嘴巴如何努力，也裹不住它流淌的汁液。杏树实在是太高大了，一树青黄橙红的杏，也实在是好看，它们大大方方地越过苔色苍苍的青砖老屋，朝正在水田耕作的、过往的路人们频频示好，与"一枝红杏出墙来"的细腻婉约，大相径庭。

那些杏是那么高不可攀，表兄妹中除了大表弟安平，谁也没有本事上树摘杏。每天一放学，只有他像猴一样，抱住表皮粗粝的树干，蹭蹭爬到第一节粗壮的树杈处，然后躬身往最近的果子处攀缘。他会选择一根结实的树杈坐下来，伸手便可摸着杏。他晃荡着两条腿，我们巴巴地仰望着，看他自己先吃个够后，再朝树下我们撩起的衣兜里丢着杏。有时一不小心，头上便会挨上重重一击。

"黄梅时节家家雨"。江南的初夏总是多雨。听得一夜风急雨骤，第二天我们便会早早起床拾杏。树下、屋顶、檐沟、院坝外隔壁人家的院子，都落满了乒乓球样的红杏。落到人家院子里的，当属别人，我们不会翻墙过去捡拾。杏树高大茂盛，免不了挡了别人院落、墙根上小菜畦的阳光，就当是回馈一些杏作为补偿。舅舅们还会爬到树杈上去，挑一些个大熟透的，外婆拿筐子装了再送过去。

与杏树遥遥相对的就是那棵最早开花的五月桃。五月桃的生长期似乎要长一些，但也几乎能赶上杏的脚步。比起杏树的高大，桃树就很是体贴我们小孩子。巨大的树冠如绿色的云朵，四散开来，几乎贴近大地。最后一颗红杏还没有吃完，桃枝上原本白白的桃尖便个个如被点了胭脂。那胭脂由深红到浅红，如红唇连着粉腮，往桃脸上均匀抹开了去。我们钻进树冠的怀抱，不用伸手，张大嘴巴便可咬住一个桃尖，吸嘬一口酸甜怡人、殷红如血的桃汁。但是桃毛会刺到嗓子，大多时候，我要把桃拿去洗干净。东园菜地的小路旁，有一眼四季流淌的清冽泉水，泉水畔，开满了黄色的萱草花。我会把桃洗净，挑出最大最红的一颗，送去给正在菜地里干活的外婆，再分些给年幼的弟妹们。

那些沐浴着自然的风霜雨露，并无须投入多少关注的果树，孕育果实的力量真是惊人，需砍些杂树来支撑它们欲匍匐到大地的枝丫，才不至于折断。对门有新娶的嫁娘，她在门前的小溪里洗完衣服，端起红彤彤的陪嫁木盆，扭腰摆臀，小心翼翼穿过春天芳草萋萋、漫水的田埂时，她的两条乌黑的垂至腰际的麻花辫，总让我联想到累累的桃枝。

外婆的房间没有雕花的木格窗，窗户上只贴着一层破损的、透着风的塑料纸，正对着后园。有月亮的夜晚，后园时有窸窸窣窣的动静。透过潦草攀爬的爬山虎，能看见朦胧的月色里，有熟悉的身影隐藏在桃树的阴影里。那是眼馋桃，而白天不好意思来讨摘的邻居家半大的孩子，正鬼鬼祟祟地往撩起的衣兜里装着桃。我急了，想喊，外婆一把捂住我的嘴巴："不要吓着人家，那么多，你们又吃不完，睡觉。"并一口吹灭箱子上的油灯，把我小小的脑袋按进被窝。

其实，无论是杏、桃，还是再晚一些成熟的李、梨、枣，那时节也算是家庭的一笔经济来源，印象中大人们都不怎么舍得吃。等到满树的果子熟到有六七成了，留下三两根厚实的果枝给我们小孩子，其余的果子便会摘下用箩筐装了，挑到附近的集镇与村庄上去卖，以换些贴补家用的钱。

一树一树的桃、梨、李、杏，曾让我们朴素的欲望得到极大的满足，隽永在时光的册页里，让人很是怀念。我知道我怀念的不仅仅是一棵树，还有那个站在树下、心无旁骛、眼眸清澈、欲念单纯的自己。我怀念的也不仅仅是一座园子，还有园子细细的叮咛，温柔纯朴，以及那些原生的草木蔬果——它们透着本真、天然、至美的清气。时空阻隔了我与故园。这不散的清气，却如一根无形的长线连着我的灵魂，使我无论走出多远，都不会迷失。

木瓜记事

大约是父亲把门口的那片荒山开垦出来，栽上宣木瓜树的第五个年头。

那一年，雨水特别的好，暖风过耳之际，木瓜花沉沉的香气，便一天天浓郁起来。木瓜树正值壮龄，父亲一有空便把猪笼、厕粪挑过来，倒在木瓜树根上。沤上肥的木瓜树，日渐粗壮，褐红色的树干油亮光洁，蓬勃遒劲，枝丫丛生交错后再伸向各自的天空，人若进园子，需躬身才行。于是，木瓜树们在犹疑着挂了几年果后，那一年，一下子变得丰饶起来。

丰收的景象在小暑前后逐渐凸显。那时节，木瓜在经历盛花、坐果、膨大期后，在盛夏高温的加持下，已开始成熟，变得圆润光洁，青里透红，沉甸甸地吊在枝头。一家人的心，都随着一天天临近采摘木瓜而轻盈起来。整天忙于劳作、不苟言笑的父亲，那些天脸上的颜色也缓和许多，在饭桌上，竟会主动同我们姐弟开一些小玩笑。母亲能看出他的心思，故意问他："今年的木瓜能下多少担啦？"他吸溜起一大口锅巴粥，嘴巴离开蓝边碗，才鼓起腮帮子慢条斯理地回答："怕是有二十担啰！"

二十担，依父亲的力气，相当于两千斤了。

酷暑，烈日蒸腾大地，木瓜一天天长大，散发出好闻的香气。有月亮的夜晚，我们躺在院子里的凉床上。院墙低矮，那香气轻易就翻过了墙来，随风在院子里荡来荡去，荡进每一个人的鼻息，大家都心领神会，安心享受着那样的时刻。我们会趁机向母亲提出一些平日不敢提的诉求："姆妈，我的裤子短了，同学们都笑话我是'吊八寸'呢，再给我扯一条呗？"

母亲摇着蒲葵扇，回答得少有的干脆："扯，扯，等木瓜卖了，就给你们伃一人扯一件新衣裳。"

入伏前后，木瓜叶子已耗尽养分，由春天的嫩绿转为墨绿，叶片也缩卷起来，放眼望过去，满园都是密密麻麻的果实，这是我们的先祖传给子孙的财富，是生活额外的恩赐，也是一笔不小的可补贴家用的收入。每每看到那些硕大的木瓜，我们心里的欢愉，便如春风拂过密实的春草，旺盛地生长着。

不过，把枝头的鲜木瓜变成新衣，变成油盐酱醋，还有相当繁多的工序。小镇上，刘二，胖胖的中医，只有他开了唯一一家药材收购店。山里珍稀的药材很多，春夏秋冬都有，像覆盆子、竹叶花、知了花那样的植物和菌类，都是野生的，只要你肯上山寻觅，捡拾回来就能卖给他。但是木瓜不一样，把一个硕大的鲜果变成品质上好的木瓜干，可不是一件容易的事情。木瓜质地坚硬，果肉酸涩，切开以后，需在高温酷暑的环境里，日晒夜露半个月以上，才可制成药用木瓜干。

品质好的木瓜干，呈枣红色，坚硬如铁，气味沉郁，细嗅，有着檀木的香气，且籽实粒粒清爽，皮瓤没有因潮发霉、发黑。这样的木瓜干，才当得起李时珍在《本草纲目》里的记载："木瓜处处有之，而宣城者最佳。"

刘二一双小眼睛贼亮，镶嵌在他发面馒头一样白胖的脸上，一个布袋里就算有一二只发霉的木瓜，他侧弯下臃肿的腰，仰起脸，一手抓住袋口，一手抄入布袋深处，就能准确无误地把它们捏出来。"这货我没办法收，你挑回去吧。"卖木瓜的如果低声下气地辩解几句，刘二就会从嗓子眼里挤出这么一句话，虽然声音轻细如蚊鸣，却极具威慑力。

然后，他将手伸向下一个人的布袋。

要知道，一家人追星赶月走了十几里山路，肩膀上，被扁担磨出的血痕还在隐隐作痛，怎么可以再挑回去呢？那一担鼓鼓囊囊的白布口袋，被晾在一边，委屈又无奈。因为没有第二个选择，只好在刘二转一圈后，主人再抓住时机央求一遍："要不你再仔细看看？不行就折些秤？"

"货不利索调不出去啊，又不能当饭吃。"刘二嘴巴这样说，手还是伸向了布袋，"倒出来挑挑吧，可不能一粒老鼠屎坏了老子一锅粥。"那人喜不自胜，连忙拖只空匾，把木瓜倒出来挑拣。旁人也为他松了一口气。

刘二确实有刘二的难处，偌大的山乡，山民们的山货全仰仗他在外面打开销路，倘若哪一路货出了问题，山货的供应就会受阻。有一年，因为特大暴雨，洪水中断了宣城多处交通，他收的木干瓜没有及时调给外地药商，全部受潮发霉，他为此都愁白了头发。第二年，他早早放话：不收木瓜了。结果我们家老木瓜林的木瓜，那一年都没有卖出去。好在老木瓜树挂果不多，木瓜干也就晒了几十斤，只好扎紧布袋口，晃晃悠悠悬于屋梁之上。

在故乡，荒地丘壑，灌木丛生，几十上百种生物，大多都活得很自我，与人类无关。只有木瓜，与一些极少的、人类可识其神性秘密的草木，世世代代荫庇着山民。乡人都知道，木瓜有很神奇的药效，一碗淡红色的热木瓜汤喝下去，便会大汗淋漓，舒筋活络，浑身通泰。我们小孩子，脾胃虚弱，又常常有积食、腹胀之疾，对于这些小毛病，那位嗓门很大、剪着运动头的女赤脚医生一般是不会上门的。家里常备的只有一些晒干的草药，枣红的木瓜干便是其中珍贵的一味。那一袋没有卖掉的木瓜，就成了"镇宅之宝"，母亲动辄取些煎煨，仿佛可医治我们的百疾。也有邻村种田人家的妇人，遇上家人"不好过"（生病）了，小心翼翼来讨要的。母亲便善心大发，总是很大方地搬过木梯，爬上屋顶去解下布袋，给来人捧上一大捧，叮嘱她煎煮的方法：七片木瓜，兑两大碗清水，炭火煨个几开，放点红糖，趁热喝……来人菜色的脸上堆满了笑容，千恩万谢，过几天，还不忘送几只鸡蛋来。

但是行好归行好，少了木瓜补贴家用的那一年，日子越发寡淡。所以，丰年的木瓜，一要好天气，二要好运气，能否顺利出手，还是个未知数。

那一年，木瓜应该不止父亲预计的二十担，而是装满了足足一堂屋。他把家里的门板全部卸下来，用作挡板，挡住四处滚落的木瓜。

摘木瓜是从一个凌晨开始的，地上、树上、果上，满是晶晶亮的露珠。一轮明月，静静地挂在深蓝的天幕上，久久，久久，不愿翻过西边山岗。纯净的月色，像从山峰倾泻而下的瀑泉，在那夜，连同那个夏天翻晒木瓜的许多夜晚。

沧海尘烟，青龙山不语，故乡的老木瓜林子，已随着父辈的离去而日渐枯萎，但时光至此，一缕乡村振兴的春风，正拂过村庄无边的原野。

近年，在故乡的青龙山下，因其特别的价值，木瓜这朵开在深闺人未识的海棠花（宣木瓜花又名海棠花），终于受到了众多关注。宣木瓜苗木种植基地、宣木瓜种苗基地、宣木瓜种植示范基地，这些基地实现了宣木瓜规模化、产业化种植的愿景，一片一片的新林，让这种珍贵的果子重放异彩，逐渐恢复了往日的生机。它的花可赏，干果可入药，鲜果可食，因其对生长环境、种植技术要求特殊，与故乡温润的气候、山区疏松肥沃的砂壤土特别适宜，它理应在故乡的土壤里，继续开枝散叶、生根发芽。

它们用古老的容颜，再次扮靓了村庄与沟沟壑壑，让大片的荒山野岭，春有繁花，秋有硕果。游客的脚步，踏响了沉寂的乡村。乡村孤清多年的月色，穿透人世的旧时光，又回到最初温柔的模样，多情地抚摸着大地与山乡。

进山，柏油路蜿蜒起伏，一个硕大的海棠花 logo，连同"中国宣木瓜之乡"几个大字，一起矗立在村口，笑意盈盈地迎着八方来客。现在，我既是故乡的主人，又是故乡的客人。我常常停车，走进春天和夏天的林子，在花与果沉郁的气息里，去感受、拥抱过往，也被过往拥抱。

没有人比我更懂一棵木瓜树。懂它亲切的花朵、细嫩的叶芽，它拙朴的带刺的枝干，它枝头青青的果实——木色的纹理刻录着时间的秘密，努力回报着被汗水淋湿的日子。

也没有人比我更理解一只木瓜，它生长在乡人殷切的期盼里，躲闪在刘二贼亮的目光里，又一度沉寂、凋零，随着一代代人的流逝、村庄的凋敝而枯萎。它在时代里浮浮沉沉，恰如一个人跌宕的命运。春风渡来，挽其濒危，关于它的记忆，又将世世代代流传下去，让乡村不失草木的葱茏、谷物的芳醇，更具丰富的内涵。

我想，什么时候去父亲的墓地旁坐一坐，陪他说说话，把"海棠生物科技"的新名词解释给他听——那座海棠花丛中黑瓦白墙的徽派建筑，是一个宣木瓜深加工厂，现在摘下来的鲜木瓜，直接就可加工成药干，酿成果酒，制成果脯。还有，政府牵线搭桥做红娘，引来外地生意人，一纸协议，认购一片山林。如今，卖木瓜的人再不用看刘二为难的脸色了。

我还想告诉父亲，有一年，盼到刘二开秤的那一天，我们起早去小镇卖木瓜，十五岁的我挑了四十来斤木瓜，实在是挑不动呀，山路崎岖，那么长，长得没有尽头，父亲和姆妈的扁担吱吱呀呀，顾不上回头看我一眼，只有西边天上的月亮，那么瘦，那么凉，努力为我把脚下的路照亮。肩膀上那根骨头，稚嫩，倔强，沉沉的扁担被我双手托起，不娴熟地来回磨转，肩头火辣辣地疼，我硬是咬牙坚持往前走，没有让眼泪流下来……

这么多年过去，乡村留给我的记忆，除了疼痛和眼泪，还有那些大大小小的竹匾、晒簟，刚刚剖开的木瓜被整齐排列着，瓢面朝天，素白如玉。一天的骄阳哐当跌落山梁，山里的风，从林子里钻出来，从叶面上滑下来，簌簌跑进了院子。一家人挤在院子当中，月色清亮，夏虫唧唧，银河皎皎，忽闪的牛郎织女星，让深邃的夜空温柔又荒凉，而竹床、躺椅的四周，我们的木瓜一天比一天红。

想起这些，父亲，我便不觉此身贫乏。

木瓜花又开

几场淅沥的春雨驱散了冬日的阴霾，阳光柔柔地洒向大地，风儿轻轻暖暖，春天就来了。

在故乡，最早传递春天的消息的，是门前父亲种植的那片宣木瓜林子。也许是应了那句老话：人勤春来早！每年都是在刚刚吃过年夜饭后没几天，林子里的枝头上就开始零零星星有了红色的讯息。而此时的江南大地乍暖还寒，叶芽们还蛰伏在梦中没有醒来，花骨朵儿却迫不及待地争发了。如果再遇上稍暖和的天，和随风潜入夜的一场细雨，一夜之间，那原本光秃秃的枝丫上，就结满了含苞待放的花蕾，三五一簇，红粉相间，一如娴静的女子般，娇羞而温柔地缀在枝头。待到惊蛰、春分前后，花间的新叶开始竞相吐绿，这时的花蕾也都尽情地绽放了，偌大一个园子，蝶舞蜂闹，香味浓郁。经过了一个漫长而萧瑟的冬季，那样热闹的场景，那样充满了希望的春天，让人心生无限的欣喜，叫我刻骨铭心，至今难以忘记。

最难忘的是父亲一手叉腰，一手吸着烟，若有所思地站在院子门口，端详着那片开满了花的木瓜园子的背影，一向严肃的面孔上有一丝不易觉察的欢欣。这是他少有的表情,这表情只有在他的劳作收获时,在看着他的庄稼成长时才会有,而平时,他总是不苟言笑。我的农民父亲,他的眼里只有劳作与收成。眼前的园子,我们看到的是娇艳欲滴的花,而他看到的也许就是果实了!扔掉手中的烟头,他默默地兑好一桶药水钻进园子,然后连续多日,他便在园子里喷农药、施肥。他要在盛花期做好这些事,这样才可以保证木瓜的坐果率,才会取得好的收成。这份收成,是我们全家人吃饭穿衣的保障,也是我们姐弟仨的学费的来源,所以他丝毫马虎不得。木瓜树茂密繁盛,且枝丫上多坚硬的刺,父亲高大的身躯佝偻着穿梭其间,脸上、胳膊上常常被划伤。年少的我,很是自责难过,想过辍学打工,好减轻父亲的负担,但是这想法不敢说出口,因为没有跨进过学堂门的父亲总是说,他这一生深受没有文化之苦,哪怕要饭也要供我们读书。那些伤口,现在想起来,还痛在我的心上。

  在父亲的精心呵护下,木瓜园里枝繁叶茂,看着日益长大的果实,父亲时常紧蹙的眉头又一天天悄然舒展。在小暑前,父亲会选一个晴好的天气,凌晨二三点便会叫我们起床,一起去园子里采摘木瓜。至小暑节气,木瓜在吸取半年的日月精华后成熟了,这是我的父辈们在种植宣木瓜的过程中积累的经验——早摘了不行,木瓜太嫩,影响木瓜干的药用价值;晚摘也不行,盛夏季节蛀虫多,会坏了鲜木瓜的品质。只有小暑时节是最佳采收期,刚刚过了江南阴湿的梅雨天,天气晴好时多,烈日炎炎,适宜将收获的鲜木瓜一鼓作气晾晒干透,好出售给药材收购站。

摘木瓜的那一天我们是兴奋而辛劳的，家里的大筐小筐全用上，大人小孩齐上阵，从凌晨的启明星还在天上亮闪闪地眨着眼睛的开摘，到月上柳梢头，大家都还在忙碌着。园子里欢声不断，为了提高我们干活的兴致，一向严肃的父亲难得给我们讲讲笑话。虽然汗水湿透了衣裳，但是我们看着屋子里越堆越满的大木瓜，心里无不美美的，充满了生活的希望。

接下来最重要的事情，就是一家人要全力以赴将鲜木瓜晾晒成木瓜干。在准备将这些圆溜溜的家伙切成两半之前，父亲是极其关注天气状况的，他常常会站在院子里，仰望着夜晚的星空，然后果断地指挥我们："切木瓜吧，今晚满天星，明天是好天哪！"于是我们在母亲的带领下，又投入了新一轮的"战斗"，连夜就将一屋子的木瓜一个个切成两半，然后赶在太阳出山前，又将它们搬运出去，整齐有序地排放在大大小小的畚箕、竹匾和晒场上。

深邃的夜空，星汉灿烂，一弯上弦月斜挂在村后黑黢黢的山脊上，脉脉清辉无言地洒落在我家的院落和忙碌而辛劳的众人身上。刚刚切开的木瓜散发着扑鼻的清香，青青的果皮上裹着幽幽的月色，和着露珠，熠熠生辉。

经过一段时间的日晒夜露，其间不停地翻转，木瓜由原来的青色渐渐变成枣红色，成色越好的木瓜越是红得有光泽，也预示着会卖上一个好价钱。烈日炎炎，父亲戴着草帽蹲在地上，用粗糙的大手拿捏挑拣着已干透的木瓜，宽阔的后背上汗水湿透了衣服，黝黑的脸颊上却浮现着满足的笑意。

"天下宣城花木瓜，日华露液绣成花。"早在《本草纲目》中就记载有"木瓜处处有之，而宣城者最佳"，故有"宣木瓜"之称。宣木瓜的种植已有千余年历史，曾被定为"贡品"，名列国家首批"药食同源"名单，富含多种氨基酸、矿物微量元素及维生素C等，药用价值很高，具有平肝和胃、祛风除湿、活血通络等功效，被誉为"植物黄金"。殊不知自古便誉满天下的宣木瓜，并不是仅凭"日华露液"便有了锦绣繁花，而是我勤劳智慧的先辈们付出了无数辛劳与汗水才换得的累累硕果。至少我的父亲是如此，夏天翻地除杂草，秋天修枝，冬天沤肥，父亲忙碌的身影四季未曾停歇过。那些年的木瓜繁花似锦，果实压弯了枝头，岁月清苦，我们却无惧无忧。

而今，父亲已不在多年，父亲的木瓜园子也日渐荒芜消逝了。

又到了木瓜开花的季节，我很想念心中那朵至美的花儿，想在熟悉的芬芳里去抱一抱过去的自己。听说家乡的小镇，近年在有规模、有意识地栽培宣木瓜，要让这朵美丽的海棠花走出闭塞的青龙山，让更多的人了解宣木瓜并从中受益。于是木瓜花节这天，我与发小相约，一路驱车寻觅而去。新栽的木瓜园子，远远可望，稀松低矮的树枝上，那些浅粉深红的花儿，还是我熟悉的样子。走近前去，新培植的树苗远没有父亲园子里的高大茂盛，花骨朵们也没有当年盛花期时的热烈与浓密，更没有了父亲忙碌的身影，我不禁有些怅然。好在花儿与我一如久别重逢的老友，心灵相通，人花两亲。

春色迤逦年华新。如今，我们生活的来源早已不再是木瓜的收成了。眼前的木瓜园子是另一种起点与高度，有更深远的价值与意义。家乡是"宣木瓜之乡"的延续，人们正在为宣木瓜的事业发展继续努力着，这力量远胜于我父辈们的力量，我既感伤，又欣喜。

春色满园，赏花的游人如织，阳光明媚，风儿和煦。春天，是真的来到了人间。

春天的青绿

春至谷雨，江南的雨水就多了起来。

夜半眠轻，躺在城市的半空中，细细聆听，很难捕捉到雨落大地的声音，我知道此时最能感知春雨魔力的，便是大地。古有"萧萧春雨密还疏""暖抽新麦土膏虚"的诗句。土膏虚，言简意赅，形象地描述了大地在春天时的样子，蕴含无限生机。

遥想乡村，春天的绝好，不仅仅是桃红梨白、莺歌柳动，还有各种野菜的破土而生，那些青绿，让大地从此日趋丰腴、生动。随便择一块土地，便可寻到多种野菜。荠菜、艾蒿、马兰、蒲公英、车前草、羊蹄、堇菜、野山笋，数目繁多到数也数不过来。

雨过天晴，春光就在眼前，风从南边来，捎来了野菜们的消息，淡淡的，合着山岚气，有着苦涩的清香。身体里许多与味蕾有关的记忆便同时被激活、打开，春食野菜的往事，也一幕幕浮现在眼前。

地处北纬30度的皖东南地区，属中低海拔山区，故乡置身其中，因气候宜人、朗润，荒野沟渠遍布各种野菜。它们秋冬深扎泥土的根茎，随风落入大地的种子，沐天地日月之精华，只凭借一阵春风、几场春雨，便盎然而生了新的叶芽。吾乡食野菜风气尤胜。清明、谷雨前后，地气生发，你见那大姑娘、小媳妇相邀着出了门去，一路把欢笑洒在田野，溅起明晃晃的春光，那定使田野山间，有了无尽的秘密。

辛弃疾的一句"春在溪头荠菜花"，让荠菜成了野菜中的名魁，但是在我们那，也许是因为山乡与平原的区别，艾蒿才是初春最受欢迎的野菜。荠菜、春笋、蕨菜，让春天的好滋味日日缠绵在舌尖上。

"呦呦鹿鸣，食野之苹。我有嘉宾，鼓瑟吹笙。"鹿儿呦鸣，贤才临舍，人生陶然。这里的"苹"就是艾蒿。可见人类与动植物，总是休戚相关。但进化到现在，人类早已与动植物拉开了距离，这从食艾的精细讲究可见一斑。清明时节，吾乡户户有食蒿子粑的习俗。剪了艾蒿的嫩芽，和上糯米粉做成的粑，就是蒿子粑，即清明粑。"清明粑"源自春秋时代的寒食节，到了现时，关于清明粑，故乡有一种说法：清明若不食清明粑，魂魄会丢。一个人没了魂，哪能活得下去呢？

所以，剪艾蒿，做蒿子粑，确保家里每一个人都不丢魂，是清明前后女人们最紧要的事。就算平日最懒惰的婆娘，此刻也不敢马虎。何况谁也不忍辜负了那么明媚的春光。

清明粑，糯滑，绵软，饱含艾蒿、咸肉的鲜香，既可满足口腹之欲，又可用来"粘魂"，真是皆大欢喜。

少时生在山中，流连在青绿间，最能识得野菜。不仅能识其美味，亦能识其习性——是喜欢长在湿漉漉的沟渠边，还是喜风向阳生在高坡上，心中很是清楚。清明前后，每每遵母亲嘱咐去剪些艾蒿，抑或母女、姊妹三三两两一道，便是最高兴做的事情了。

　　艾蒿最是知春。早春二月，埂上路旁，便可隐约见其踪影。艾分食用和药用，为多年生草本植物，药用艾蒿味苦，不能食用，但成株可入药。由此可见大地的慈悲。我们剪的艾蒿，便是食用艾蒿。虽然食用与药用的嫩蒿芽在外观上很容易混淆，但我们能一眼认出，甚至比植物学家更能知其秘密——就算是食用艾蒿的嫩芽，也有区分，它们在口感上有着本质的区别。一种是"柴蒿"，多生于黄土地，身姿纤长，叶狭长有裂纹，叶面碧绿，叶背粉白，香味浓烈；一种生在稻田埂上，不多见，贴地簇生敦实，周身有粉白细绒，温婉如艾蒿家族不谙世事的另类，亦没有咄咄逼人的气味，生嚼，还有股淡淡的清甜。鉴于它的珍贵和特别，又喜与稻米为邻，故得名"米蒿"。

　　母亲最喜欢用"米蒿"做清明粑。在青草尚未茂密的秧田埂上，我们挽着散发着篾香的新竹篮，准确地剪下一簇簇米蒿。有时运气好，还会剪到刚刚破土而出的马兰——白里透红的茎秆，洁净碧绿的叶片，与米蒿比邻而生，有着淡淡的清新的气息。

　　那时，桃花溪水正丰沛，把剪好的米蒿浸入河中淘洗干净，然后，也不急着回家，而是寻块小小尖尖的青石，用掌心握住，作捶，再挑一块平坦的洗衣石，铺上米蒿，伴着哗哗的流水，就捶砸开了。捶蒿这道工艺，是一个漫长的过程，需足够的耐心与细心，但好在溪水欢快，画眉、喜鹊、杜鹃们叽叽喳喳，也在河畔的树梢上凑着热闹，再单调的事也会变得饶有趣味起来。一篮粉白的蒿子，就在反复的捶砸中，成了墨绿的纤维状物质，再用淘米筲稍作淘洗，去其涩味，即可待用。末了，还要在河边的地里顺手扯上一把细嫩的野蒜。多了野蒜香的清明粑，便多了一层春天的味道。

挂在梁上风干的一排腊肉，哪一条适合做清明粑，母亲心里是早就有数的。取下最肥厚的那一块，切丁在大锅里爆香，熬出黄亮亮的油来，再"滋"的一声，放入艾蒿和野蒜翻炒，掺上雪白的米粉，拌匀了，最后存放进案上那只肥厚的陶盆里。除了当时母亲会就着热锅，贴上几锅清明粑给我们解馋外，以后的三五天，她也顿顿都会在饭锅的四周贴上一圈清明粑。杉木的锅盖，怎么也压不住那特别的香气。

春风拂面，一日暖过一日。山野里，各种树木叶芽萌动，百花盛开，柴蒿更是以寸见长，味增苦涩，只有米蒿仍然珍贵自矜，生长缓慢，鲜嫩肥美。不待陶盆粉尽，仍去剪些米蒿，再揉些米粉，如法慢慢消受了。

马兰彼时旺盛地生长着，不再那么稀有，剪回来洗净焯水，切碎，拌了蒜泥，淋上香油，饭桌上便多了一种绝好的滋味。于是，本是白开水般的日子，在初春时节，便多了一种期盼，始终在心头上雀跃着。

即使过去这么多年，尝遍人间酸甜滋味，我仍然觉得，活着最真实、最生动的地方，还是在那低回的烟火中。

近年，抵不住春光的诱惑、艾蒿们的诱惑，我亦常在野田埂上寻找，但是当年的米蒿竟似乎从大地上蒸发了一样，又似乎从未来过这人间，马兰也难觅踪迹，我的心中很是郁闷。不久，踏上春天的秧田埂，看着刚刚返青的小草竟蔫黄枯萎，委屈地耷拉着细长的叶尖，便恍然大悟：现代农人的耕作早已不是原始的手工体力劳作，他们用大型的机械、高效的药剂，扭转了千百年来农人"锄禾日当午"的命运。高效的运作带来丰厚的收成，有谁会去在意田埂上那一簇卑微的野菜呢？它们连同野草一起，湮灭在了春光里。同时消失了的，不知道还有哪些贴着泥土生长的珍贵的青绿。

我始终坚信，艾蒿、马兰，还有众多野菜，它们是春天特别的礼物，是人类最忠贞的伙伴。纵观人类文明的发展史，在很长一段时间里，是一部充斥着战争、瘟疫、灾荒的苦难史，在食不果腹、缺医少药之时，它们用神性的光芒、不屈的生命力，拯救过天下无数苍生。那些青绿，如此卑微，又如此亲切。谁敢否认，在他生命的密码里，没有流淌着一缕春天的青绿？

草木无言，且手下留情；人间有爱，让薪火相续。

谁识草木心

我们驱车行走在乡下的田野里。

路的两边是大块大块的稻田。新割的早稻茬里落满了觅食的山雀,呼啦啦一阵起飞,又轻飘飘如树叶般落下。

大片的中稻也开始泛黄,谷粒们正喜滋滋地吸收着秋天充足的日光。

摇下车窗,风哗然涌来。不用看,光凭嗅觉,也知道哪一片是稻田,哪里有溪流,哪一段路是在过小山岗。除了稻谷,还有溪流边上杂生的白茅、狗尾巴草、菖蒲、苍耳子,山坡上油亮青苍的松木,在阳光下,一起散发出浓郁的铺天盖地的香。

喜欢这些活泼的新鲜事物。在城里待得久了,便要寻找机会,抑或什么也不为,只为回乡下的原野里去嗅嗅泥土的气息,访一访曾融入血脉的那些亲切的草木,寻一寻渐失渐忘的人之初的情感。

有一大片特别的花,在一处荒塘岸边,从塘埂蔓延到坡底。

我远远地就看见了,再也忍不住要下车去。那一穗一穗的妃色、凛然高挑的茎秆、细细尖尖的叶子,是蓼花没错了。它们安静地在杂草丛中微笑着,像一大片误落荒草的云霞,让周围的一切都变得生动起来。

开车人停了车,容我下车去细细端详。我对于花草的狂热的喜爱,他早已见怪不怪。但是,我对蓼花的感情,他未必懂得。

走到跟前,想起一首谁在江边写的古诗:"极目江天一望赊,寒烟漠漠日西斜。十分秋色无人管,半属芦花半蓼花。"诗句里,寥廓江天,秋意无限,百花凋零,只有芦花和蓼花迎风而舞,成为秋天的点睛之笔。蓼花没有撩人的姿色、馥郁的花香,但是,无数个白天和黑夜,它们在泥土中悄然扎根,在阳光雨露中努力生长,直到此刻,曾经细嫩的花茎钻出杂草的遮掩,从身旁的蒺藜中窜出,在猎猎秋风里开出一串串明丽的花朵。

我对蓼花的感情,除了它一直生长在记忆里,亲切得一如东邻和西邻,还因为,它作为一株草木,我自幼便识得它的与众不同。

我的外祖母没有跨进过学堂大门,却熟谙乡间百草的药性。她会用蓼花制作酒曲。采摘新鲜的蓼花回来,在门前的小河里漂洗干净,她用石臼把花捣碎了,再和上米粉,揉搓成一颗颗小丸子。竹匾里,她事先铺上了一层青青的松针,把小丸子一颗颗放在中间,再覆上一层松针,放置在屋子的一角,就由它去了。那个角落,除了松针好闻的清香,过两三天,又有了一股特别的香气。拂去松针,小丸子们果真都变得白白胖胖,长出了雪一般的菌丝,毛茸茸,煞是可爱。她小心地把它们一一拣出来,再放入另一个竹匾,拿到太阳下去晒干。

不久，我们就吃到了甜糯的酒酿。

凉凉的秋风，吹落了桃、梨、李、杏这些果木上最后一片叶子，村庄田畈，大大小小的柿子便要隆重登场了。但在霜前，那些柿子青青黄黄，看上去虽非常诱人，却是吃不得的，一口咬下去，嘴巴会被麻得张也张不开。

不知道我的先祖们谁那么聪明，就发现了红蓼与青柿的秘密。

那年，我还是小姑娘时，院子里有一棵能结出很大果子的柿子树。秋风起时，父亲攀上树去，挑些大的、泛黄的柿子摘下来，把它们一颗颗装入陶罐。哗哗的山溪边尽是摇曳的蓼花，拽一把蓼叶洗净了封在坛口，再压上一块青石，兑上些清水，就大功告成了。过些时日，扒掉坛口的浮叶，从坛里掏出来的柿子便像被施了魔法，沙甜可口，还有一股蓼叶的清香。我们吃得欢快，父亲也乐此不疲，一次次地摘，一坛坛地泡。

乡野的青柿与红蓼，蓼花与米粉，就如两对青涩懵懂的灵魂，突然有一天遇上，竟都会为了彼此而改变了自己的心性，变得柔软。这情景，像极了宝黛贾府初逢，只一颦一笑，便在眼波流转间两相契合，惊醒心底尘封了的慈悯。大自然的草木之间，草木与人之间，还有着许多神奇的不胜枚举的相生相成。所以，我以为它们，冥冥之中存在太多的秘密，只是人类不能识其万一。

有一年，我在上海，父亲院里的那棵柿子树又大丰收，他知道我爱吃用红蓼叶泡出的青柿子，托人从几百里外带了一大袋给我，但是他忘了拔些蓼叶带过来。或许一辈子没出过远门的他，压根想不到这种卑微细小的植物也不是处处都有的。过了一段时间，他在电话那头问："柿子泡好了吗?"我说："好了。"又问："好不好吃?"我说好吃。其实我在城市的河边小巷，在钢筋水泥的夹缝里，遍寻不见红蓼的影子，已无奈地把那袋青青的柿子丢进了垃圾箱。

游子之于家乡，总是魂牵梦萦，若细数缘由，除了父母亲人，也含房前屋后的一草一叶，含着别处无觅的红蓼花。

现在，就算给我满筐红透的柿子，我只怕也吃不下一个，因为，它们跟父亲无关，没有蓼叶的清香。我深深眷恋的，还是带着父亲掌温的柿子。或者，我总是固执地以为，柿子天生就应该有蓼叶的味道，不然，食之无情、无味。

父亲的柿子树早已不知所终。多少次，我在老屋的院子里仔细寻觅，也找不着它曾来过的一丝丝痕迹。父亲也已弃我远去，他与他的柿子，只留在我此生有限的记忆里。疼爱我们的外祖母，亦被时光无情地带走。只有蓼花，还在季节的轮回里与我相遇，温柔又热烈地开着。

四野寂静，花穗轻抚着我欲抚摸它们的掌心，似有故人亲切的寄语传至心上。这，又让我有了些许安慰。

油桐光阴

我常常重复地做着相同的梦，抑或在某个瞬间恍惚。梦里依稀是父母的影子，他们在一片浓密的树荫下并排坐着歇息。

明晃晃的阳光，青绿色的叶影。他们面前，是一块新翻垦的茶园，秋茶正在生长，刚翻过的土地和杂草混合着浓郁的气息，在烈日下蒸腾着。而他们身后所倚的，是一株枝繁叶茂形如华盖的树，灰褐色光滑的树干，碧绿油亮的掌形的树叶，树叶间缀满圆圆青青的果实。那是棵皖南山区并不多见的油桐。

故乡隶属黄山余脉峰岭起伏的丘陵地带，少有良田沃土。然而靠山吃山，我的祖辈们却有着非比寻常的智慧与勤劳——他们在贫瘠的土地上，把茶树从谷底种到了山顶，把毛竹栽满山野，把沟沟壑壑开垦出来，种满摇钱树一样的多年生植物。除了我自幼便熟悉的宣木瓜，还有梦里常见的油桐树。

油桐，我们俗称桐子。它不用耕耘，不用追肥施药，只把根牢牢地立在乱岩丛中、地头山腰。初春伊始，它光秃秃的树丫便开始吐出嫩绿的叶芽，及至五月，在故乡葳蕤的草木之中，最美的就是油桐树了。那一朵一朵白里透红的小花，袖珍玲珑，温柔娴静地绽满枝头，近看似串串风铃簇拥，远观又似一片片被冬遗落在山间的白雪。一阵清风过，小花们随风快乐地舞动；一场山雨急，短暂而珍贵的白色小花又纷纷离开了枝头。于是花真如五月的飞雪，一径簌簌落向了地面，地上就添了一层足有寸深的白。而它们留存于枝头的籽实，待到最后一片花瓣零落时，便有了小指头般大小，三五一丛，藏在宽大的叶片后面。

没有人去过问一棵桐子的生长过程，它不是山民们寻求温饱所栽种的的主要经济作物。待它成熟后，人们才会在某一个没有重要事务的秋天，有那大嗓门的大婶一阵吆喝："上山去打桐子咯！"于是全队的人扛上竹竿挑着箩筐就出动了，女人们在树上敲，我们小孩子在树下捡拾，男人们则负责往队里的公屋里一担担运送。那时的桐子已有小拳头大小，外壳坚硬呈墨绿色，需要堆放在一起，用几个月的时间腐蚀掉坚硬的外壳，才易剜出里面还裹着一层褐色外衣的果实。

当然，剥桐子已是在农闲的隆冬时节了。妇女队长组织着赋闲在家纳鞋补衣的大娘大婶们，一人扒拉了一笆篓青色外衣已发黑了的桐子，端到社屋稻场朝阳的地方一字儿排开坐下来。一把把特制的尖尖弯弯的小刀，一双双灵巧粗糙的手，边暗自较劲剜着桐子边叽叽喳喳着东家长、西家短。我们在一旁快乐地追逐嬉闹着，那欢快让沉寂了很久的冬天忽而又无比鲜活起来。

山里秋后能吃的野果子很多，比如毛栗子、棠梨子、八月炸、九月红、野葡萄、猕猴桃、野桃、山楂果。但凡能吃的，不管它生在哪山哪坳，村里几十个大小不等、能飞天钻洞的山里娃都不会放过。就连制药干的宣木瓜，我们也溜进木瓜林去，挑那些个儿大的青里透红的摘了回来，切了片用开水焯去酸涩，再放上一层厚厚的白糖渍了，宝贝一样塞到碗柜的最里面。到第二天拿出来，就是一碗酸甜可口的木瓜罐头了。

唯一的遗憾是桐子不能吃。

我曾偷偷咬开过那看起来脆脆的、闻起来喷香的果实，里面的肉也是雪一样白，但是异常麻涩。妈妈们曾不止一次嘱咐自家的小孩："桐子有毒噢，不能吃的！"它只能在晒干后由大人们挑到街上油坊去换取桐油，回来刷一刷木制的板壁和旧桌椅。山里人家是极讲究居住环境的，哪怕是土墙矮瓦，家里也总是打理得清清爽爽，被桐油一年刷一遍的板壁、家具皆油亮红润，透着别样的精气神。母亲有两只陪嫁的木箱，因为经常补刷桐油，久经日月也没有遭遇过蛀虫的袭击，箱面清澈如镜，至今能照得见人影。

但是桐子除了换取桐油，也有例外的时候。有时候年成不好，油菜籽歉收，在油坊就可以用桐子兑换平时不怎么受人欢迎的棉籽油。棉籽油虽然没有菜油润香，且不宜多吃，但总归可食用，可用它来抹抹快生锈的铁锅，好歹让干巴的菜蔬能沾染上几分油。炊烟起时，家家厨房飘出的都是棉籽油的味道。

棉籽油、桐油，那些温和的味道，曾让年少的我有一种被包裹的踏实与温暖。

想起油桐，除了它短暂美丽绚烂的花期和特殊的果实外，它宽大碧绿的叶子也时常晃动在我的记忆中。那些叶片光滑可鉴，绿到你毫不怀疑它能滴出翠来，尤其是在春夏的雨后。不同于其他树叶的疏疏落落，也不同于旁边那些泡桐树叶的高不可攀、毛里毛糙，油桐树叶密密重叠，随着垂垂的枝丫能低到尘埃。每到酷暑，它洒下的浓荫便庇护着在它周围辛苦劳作的父亲母亲们。他们坐在它的阴凉处歇息，取下挂在它树杈上的水竹筒咕咚咕咚地喝着凉水，任他们汗湿的脊梁倚靠着它光滑的躯干……

它的叶子还有一种特别的用途。

就像山里的娃娃熟知每一颗山里的野果，山里的母亲们也深谙各种野味之道。到了春笋、蕨菜、苦菜、马兰头这些裹着春色的野蔬谢幕后，逢着夏雨初歇的天，母亲常会差我去摘一些新鲜的桐子叶。那些叶子毫不吝啬，任我攀折挑选，回来洗净后便被母亲细心地铺在了她事先备好的蒸笼里，一片叶子如一只宽大的手掌，恰好托起一块醒发好的面团，灶里添上足足的干柴，锅上便热腾起来。烟雾袅袅，那口锅就如一鼎燃起了熏香的熏炉，满屋子氤氲起浓郁、特别的香气来，撩拨着我们没有抵御能力的小小的心。只等着母亲那声唤："过来吃馍馍咯"，便忙不迭地跑到厨房。本来鲜翠的桐叶已在笼底蔫黄，绿色的汁液渗入面团，使得出笼的馍馍一只只都变成了淡淡的绿色，食来有一股奇异的清香。

我不知道这特殊的蒸馍的方法是山里母亲们的独创，还是聪慧的她们，有意让那些单调的日子更丰富滋润一些。后来这些年，城里的馍馍随处可见，但是桐子叶蒸出的馍，任我走遍天涯也无处寻觅。

回望桑梓，已不念当日生活的贫乏与困窘，心湖荡漾的，是充满清风明月般的诗性。我知道，那是因为我成长的血脉里根植了故乡充满诗性的草木。

初春的新茶，五月的桐花，无处不生的蔓草，满山的野果……梦里，它们还在经历着酷暑严寒，奋力生长着，完成着不可名状的美丽，生生不息。

茉　　莉

一日，我在花市，在众多的姹紫嫣红中相中一盆茉莉。

并不是因为它很抢眼，瞬间捕获我心的是它那清幽而孤独的样子。它高不盈尺，文气得很，碧绿油亮的叶片上，缀着星星点点素白的花朵，被店主摆在场地的一隅，如大观园里遗世独立的妙玉。

它当然比妙玉易得得多，付些钱给花店老板，我很轻易地就把它带回了家，依着它不吵不闹的性子，再换了一个素色的花盆，从此放在阳台上，日日与君见。

那一季，满株素白的花朵没有负我的一腔殷切，它们悉数绽放。每开一朵，我必欢喜一回。欢喜的来由，除了它青枝绿叶的清丽，还因为，每一朵花开时都散发出无比治愈的香气。我把它搬放在阳台的花架上，整个阳台就因那些素白的在风中招展的小花而温柔了起来。那时候，阳台上晾晒的衣裙，随风拂过它的花枝，拂来拂去，都被香芬晕染了，穿在身上，走出去很远，低头，还有一股茉莉的味道。

我喜静、孤僻，喜欢一个人在闲闲的时光里莳花弄草、读书写字。那一季，茉莉花不断地开，恰好契合了我的心性。夜阑人静时，我就把花盆移到我的书案旁。古人煮雨烹茶、焚香读书，我不必费心焚香，只需净净手，沏一盏清茶。茶、花在侧，闲书在目，香气绕鼻，实属良宵。有时，写作疲倦了，便俯身凑近花盆，看看含苞的花骨朵，在柔和的台灯光晕里，一片一片舒展开了洁白的花瓣，滞塞的思绪便会顺着花香，找到一个顺畅的出口。

我们经常互相凝望，把天地置于室外。花静，人心阔。没有车轮滚滚，没有功名利禄，白日的浮躁都被幽幽花香修正。泊在花香里，思绪异常，时有"何须更问浮生事，只此浮生是梦中"的茫然缥缈，又会清晰异常地前往时光深处，与一些久违的人相逢，与一些久远的事相遇。一些是非爱憎，亦清晰地浮现出旧日模糊的轮廓与真面目，让人心中凛凛。这些冷静、茫然又清醒的时刻，时常助我在瞬间触摸到真实的自己，便知如何更好地活在当下，珍惜眼前。

我不是一个合格的花匠，并不谙熟盆栽花木的养护办法，除了勤浇水，就不知道拿它怎么办了。在那一季的花朵悉数凋谢后，我只好把那盆茉莉继续留在阳台上，茫然地期待那些花儿在下一季与我相逢。可是，冬天来临时，无论我如何侍弄，它还是枯萎了。第二年的春天，任凭春光如何召唤，即使它旁边的其他花木葱茏纷扰，它也没有一点生命的迹象。在它最后一片叶子落尽的时候，我曾想把它换了，再去买一株同样的茉莉补上，但是终究没有忍心，我记着它与我共度的那些日子，以及它不遗余力给过我的幽香。我剪去它的枯枝，就当它还是一株会开花的茉莉一样呵护着，为它松土、浇水、施肥，日日盼望枯枝上有新芽。

许是我的虔诚打动了它，又或许它与我尘缘未了，枯萎了春夏秋冬四季，一年有余后的今年春天，我惊讶地发现它的某根枯枝上，真的透出了一星点的绿。原来它一直没有走远，在不利于生长的处境里，一直蛰伏在盆底。我坚信这一星点的绿，是它在完成一世的轮回后，又来赴我的尘缘之约了。我坚信，我的有情它是有觉的。那一刻，我热泪盈眶。草木有觉，胜过有情的生命。生命的长河里，曾有多少不能割舍的部分，亲人、爱人、友人，纵然你有万般不舍、痛彻心扉，离散后也只能阴阳相隔、天涯陌路。而一株本已枯死远去的草木，还会再乘着隔年的春风回到你的面前。

那一簇细细的嫩绿，懵懂、慧黠，如一双绿色的小小眼睛看着我，向我传递着生命的讯息。我加倍小心地呵护它，适时浇水、松土、施肥，陪它晒晒太阳，看着它一天天地茁壮，并且其他枯枝上，也渐次吐出米粒大小的绿意来。如是，本已光秃秃的树干，因着这些微茫却充满生机的绿意，又活了过来。它们一天天长大，春风满窗台时，那些新生的枝干、叶芽，也郁郁葱葱占满了花盆。

谷雨，朋友发来她的一盆开满花朵的茉莉的照片。我不知我的茉莉还会不会再开，它能活过来于我已是很大的恩赐，我也一遍遍细心地查看过叶腋，但始终没有花苞的讯息。不急，我在心里期待着它们洁白的样子，慢慢等待着，我笃信只要我有所期待，它们定在来的路上，在与我双向奔赴的途中。

　　大暑炎炎时，我终于在一个叶腋间，辨识出了一粒有别于叶芽的花芽。虽然她很细微，细微到只有用心才能辨别，但我坚信那是花朵的雏形。随后，她果然在我关切的目光里，一天天长成了一小朵花苞。再随后，她们就纷至沓来，不声不响，忽而就簇在一起，摇曳在青碧的枝头，洁白、幽香、玉骨冰肌、玲珑如雪。

　　时空忽忽，江楼月满还亏，待得团圆是几时？今夜，灯微月皎，花影闲相照，我却在满室流动的茉莉香里，享受着一场生命美丽的折返。

　　梦回，鬓边香，犹欢喜。

心　荷

近年，每年从盛夏到素秋，手机一个微信小群的对话框里，每天清晨都能收到一位好友发出的荷花照片，晴天雨天，几无间断。

朋友深居闹市，工作繁忙，但他竟挤出闲暇，在郊野开辟了一处菜地，并在地头挖了一方小小的水池，以便于蓄水浇菜用。有一年，他在池里种上莲藕，于是，方寸天地，便年年开满了荷花，让一处人迹罕至的荒野有了丰富的内涵。我们这些朋友，便同享了荷花的万千娇媚，知道了在城外的某一个角落，有一处开满了荷花的小小荷塘。它们变幻着颜色和丰姿，粉的、白的、红的、粉白的、粉红的，缤纷而美好，摇曳在大家的心间。

那些荷花照片，多是在清晨的朝霞里，朋友在荷锄浇水的间隙拍摄的，抑或是不荷锄，只是专门去看看荷花、数数荷花，围着菜地周围新修的马路，在清晨袅袅的荷香里跑跑步。照片里的荷花，鲜活，娇艳，挂着清亮亮的露珠，有的是硕大无朋的一朵，有的是两朵并蒂，也有的是尖尖的花骨朵，上面，当真还停有一两只小蜻蜓，透明的，泛着微微的红色。

无论花瓣是单层的还是复瓣的，都掩不住细长而嫩黄的蕊丝，粉嘟嘟，簇拥着莲座，隔着手机屏，依然能感觉到它们特别的清香。

因此，每个清晨，朋友发来的荷花图，就填补了我们几位都不善于以语言缝补距离的空白，成就了彼此之间最好的问候和交流。荷叶田田，岁月匆匆，我们就像一朵荷与另一朵荷，不蔓不枝，不攀不绕，只在各自的天地里扎根泥土，修然亭立，然后，捧出最美的花朵来，互相辉映与照见。

荒野，天光云影，大自然清新的风和雨，遗世独立的荷花，这一幅幅荷花图，有时也让我想起那个远离车声、市声、人声，甘愿在每个清晨，伫立于小小荷塘听风观雨的种荷人。我们每个人的内心，都有一处安静的私密的角落，总有一些时候，别人无法进入，自己也没有打算走出。能够安心享受这种孤独，回归自我，是人类情感有别于动物的高级之处，是AI（人工智能）永远也无法企及的。

我愿意相信，那方小小的荷塘，是友人在推开觥筹交错、名来利往，在尘世的喧嚣之外，回归草木，回归大地，回归内心的平静，给自己开辟的享受"华贵"的殿堂。

天野之下，先是荷叶在春天的绿水里发芽，悄然铺满了水面，然后，盛夏，荷花开了，一朵朵丰姿绰约、清香四溢，直到秋冬，荷叶枯黄，荷花凋零，荷花池落满了雪。这四季流转的荷花图，哪一幅不是够人痴、够人想，够人不舍归去？荷塘虽小，伫立于斯，或将它藏于心间，带回尘世，走在拥挤的人群里，便觉无处有滞。否则，他不会年年储水、排涝、种荷，年年如痴如醉地赏荷、拍荷、写荷。

当年，白居易和苏东坡筑完白堤、苏堤，浚湖而得的泥土，只用来种桃花和杨柳。台湾作家张晓风说，直到现在，"六桥烟柳"或"苏堤春晓"还是中国人梦境的总依归。还有一位，他皈依田园，采菊东篱，种豆南山，这个奔逸绝尘的灵魂，他与土地淳朴的关系，千百年来，也一直让人津津乐道、艳羡不已。

不做经济利益打算种荷、种菊、种桃柳之人，他们的内心有着一种超然物外的澄澈、清明。无用之用，方为大用。明人张岱说："人无癖不可与交，以其无深情也"。人有雅癖，则胸怀逸气，不至于落入琐碎常流。如果我们的文化史上，没有陶渊明，没有白居易、苏东坡，没有这些种菊、种桃、种柳之人，那么我们的精神世界，该是多么的贫瘠和无以为寄。

今夏，时令过半，却迟迟未见朋友再有照片发来。探问，回信曰，菜地旁被征用多年的土地已动工，城市边缘，一座新的大楼正准备拔地而起，池塘被挖掘机挖掉了，菜地里的菜也在堆满了建筑垃圾的缝隙里艰难求生。这于我，和近几年一直共同享悦荷花图的朋友们来说，真是一个不好的消息，让人不由得叹惋。

钢筋水泥的丛林，一片片吞噬了自然，绿色，河流、湖泊，吞噬了鸟类的天空、兽类的洞穴、大量昆虫的家，最终，连那块小小的荷塘也没有放过。没有了荷花的传递，我们在整个夏天清晨的问候，只留下大段的空白。不知道他每次面对曾经繁花似锦、清香袅袅的荷塘，如今踪影全无，只被一些坚硬的尘土飞扬的垃圾代替时,是何种心情。我没有探询。我们早已习以为常,把中年的心情调成静音。

那一天外出,看见路边有成片的荷田,荷花们在黄昏金色的光照里,宛如出水的仙子。我心里一阵狂喜,赶紧驱车靠近,欲近距离感受一下它们超凡脱俗的美丽。不料,通往荷塘深处的小路,被安装了栅栏。栅栏入口处,坐了一矮胖的妇人,一块绿色的我们司空见惯的二维码,躺在她的脚边。这张二维码,我在超市见过,在菜场见过,在各种需要付款的地方见过,现在,它躺在荷塘的入口处,贩卖着古人"接天莲叶无穷碧,映日荷花别样红"的诗意。妇人一边端着一只大碗吃着晚饭,一边对着与我们一样被荷花吸引过去的人说:"进荷塘请扫码,二十元一个人,送三枝荷花。"大有"要打此地过,留下买路钱"的架势。荷塘深处,有人把荷花举过头顶,摆着各种姿势在拍照。

看荷花的心情一落千丈。

倒不是因为舍不得出钱,而是觉得那一片天真烂漫的荷花,不该用金钱去衡量。何况,它们只属于自然、田野,属于晨曦晚霞、清风明月,怎么可以标价随意采摘?从经济利益出发的种荷人,当然没有错,那么,错的是总习惯把世间的美看作无价之物的人?也许,物质与精神本就没有明确的界限,何苦去问个对错?做人,当如荷花,恬静,淡然,卷舒开合任天真。

无缘荷塘,我们只好在暮色来临前缓缓归去。车窗外,绿荷红菡,连绵不绝,我把它们的美丽、清纯、幽香,虔诚地贮存于心,恰如过往的许多岁月,把神圣的智慧收录于心。

行文结束时，读到朋友的新稿，他在文中写道："在远离城市的老家村口，在被进城的乡人荒弃的荷塘里，我已遍植新藕。"

我在喜悦平静中，等待着来年花开。

荷 花 藕

乡下种藕的朋友托人带了一篮新鲜的藕来。电话致谢,她在那头咯咯地笑着,用浓重的湖北方言连声说:"谢么事嘛,自家藕塘里挖的。荷花藕可嫩呢,你们尝尝鲜。"

荷花藕,这是多么富有诱惑力的字眼,只从她嘴里说出来,仿佛就有荷花的清香从鼻尖下滑过,就有连片碧绿的荷叶在眼前翩跹摇曳,就有夏日雨后,荷塘轻盈盈的水漫过芳草萋萋的坡埂……

知道这个季节是荷花的季节,那一朵一朵悄然而生羞答答的花苞,任世间多少美好的词也描述不尽它们的风姿。岸上烟柳婆娑,"水面清圆,一一风荷举",满池田田青叶,一塘亭亭风骨,如一阕一阕的小令,萦绕古今,开在野水深处,开在多情人的心上。

早在先秦,《诗经》里就有植荷的记载,"山有扶苏,隰有荷华""彼泽之陂,有蒲与荷"。荷是诗,美得空灵,只可远观而不可亵玩也,却真实地滋养着融入了人类衣食住行、庸常世俗的莲藕。

盛夏被采出塘的藕，大概是因为满塘的荷花开得正艳，所以谓之"荷花藕"。这个季节的藕，清纯水灵，脆甜鲜嫩，即便还裹着零星的塘泥，也难掩其瑜，若轻轻一触那粉嘟嘟的芽尖，便会脆嘣断裂。常听乡间有妇人夸粉妆玉琢的宝宝："这小胳膊腿，生得藕节一样！"应该比喻的是刚刚出塘的荷花藕吧，形象而生动。

记得幼年时，物资匮乏，除了勉强填饱肚子的五谷杂粮，是鲜有水果零食来满足我们这些小馋猫的味蕾的。外婆的门前，有块泥沼深深的荒田，大舅挖起淤泥，围成了一方小小的藕塘。春天，他不知从哪弄来一些生有藕芽的藕种下塘去，很快，便有圆圆小小的荷叶探头探脑地冒出了水面。

江南的雨丝风片，催得桃花红了李花白，水塘里的荷叶也在水面一点点地扩大着领地。当满塘的荷叶如盖，有粉艳艳的花瓣开始凋落，露出碗盏一样的莲蓬时，大舅就在干活的间隙，把鞋脱在青草上，试探着下到塘里去了。他双手拨开挤挤挨挨的荷叶，然后艰难地在没过膝盖的泥水里探索挪动着双脚，我们就兴奋地充满期待地在田埂上朝他看着。

那时候风很轻很暖，空气里满是荷花的清芬。只见他在某一处似乎有所发现了，一弯腰，就从脚底下慢慢抠出一段白嫩的藕来，在水里随便洗洗，便举在空中朝我们笑着，我们就争相跑过去，把藕接上岸来。姐弟们一人分一节，在塘边的小溪里洗干净，就嘎嘣嘎嘣地吃起来，甜津津、脆生生，细腻如雪，有着一股泥土的清香，在嘴里嚼完也不留一点残渣，只有藕丝缠绕在唇舌上，任怎样用手去扯，总有扯不尽的感觉。待我们从小溪里爬上田埂，大舅已摇摇晃晃地上了岸来，还顺便扯了几个青青的莲蓬，又引得我们一阵欢呼。

那时节的荷花藕，还有清甜的莲蓬，是我们解馋充饥的最美味、最奢侈的水果。那时我也觉得我的大舅，是这个世界上最聪明的人。他不仅是种田的行家里手，还无师自通学会了木匠、篾匠的诸多手艺。雨天，他总在家里敲敲打打，有时，从阁楼上卸下两根干透了的杉木，放在他自制的带着铁扣的长木凳上，身体前倾，一下一下用力地刨着；有时去后山，砍回两棵青翠欲滴的毛竹，剖成细篾，编制一些精巧的小竹篮、小竹椅，也有畚箕、篾筐之类种田时的用具。左邻右舍的，也少不了东家拿一只西家送一只，或是拿到街上去换些油盐钱，再换些鱼或是猪肉回来，让那一天灶间的香味飘出很远很远。

他的藕塘，他用心编制的家什，皆是在平淡的生活之中额外馈赠于我们的乐趣与温暖，柔软着那一段贫瘠坚硬的时光。

那满池的荷花，至今还在我心底散发着淡淡的幽香。那一节朴素的藕，也总是超越现代美好生活里色泽艳丽、口味佳美的奇珍异果，让我念念不忘，回味无穷。

今天的荷花藕，也自故乡来，鲜嫩水灵的模样镌刻着故乡的前尘旧梦，凝结着深深的情意。想起当年立在斜风细雨的田埂上，盼着它出淤泥时那样迫切欣喜的心境，还有故乡一代一代温和敦厚、勤劳善良的种藕人，心底慢慢升起清浅的月色来。

那些繁花

微凉的晚风拂去一天蒸腾的暑气时，就着黄昏的光亮，我们家的小饭桌便隆重地摆在了场院当中。

故乡山村的盛夏是炎热的。那热烈，不单是白花花的太阳，也不单是一波一波汹涌的蝉鸣，还有家家门前盛开着的夏花。那些夏花，实则是陆陆续续从春开到秋的，只是在夏天的时候开得最惹眼、最奔放，东一簇，西一堆，仿佛花儿们都屏住了呼吸，所有暗藏的力量，都在热浪中迸发。

山村不大，被群山绿竹环抱着。每座房子，又都被一些茂盛的桃、梨、枣、杏等果树簇拥着。似乎每片油绿的树叶下，都藏有一只体型肥硕与动作轻巧的知了，但是你又绝对看不到它们的真面目。一家人围坐在桌旁吃饭时，只能听凭蝉鸣如浪如雨，兜头兜脸地淋在人的身上，淋在饭桌子上，以至于我们面对面说话听起来都很费力，索性就没有人说话了，只低着头津津有味地吃着喝着。饭桌上，无非是一些青瓜、老豇豆、酸豇豆、冬瓜汤之类的夏季的菜蔬。

一旁，满院的夏花正开得热热闹闹、轰轰烈烈。那劲头，毫不输于枝头声势浩大的蝉鸣。

那些花儿，都是些土掉渣的自由自在的花。说它们土，是因为它们有别于名贵的牡丹、芍药，没有馥郁的摄人心魄的浓香，只有淡淡的清香；说它们自由自在，是它们如山里的女孩儿一般快活，无拘无束，不必看谁的脸色。它们随意伸展着枝丫，缱绻交织，相邀开在各家的墙根上、场院的角落里。也很好养活，无须刻意栽培，只须在霜降前从枯萎的花枝上摘回一些花籽，来年，第一场春雨融化了土地的霜雪时，择些泥土稍肥厚些的犄角旮旯，把那些花籽随意一丢，过不了几天，便有嫩嫩的小花苗儿，稚头稚脑地钻出了地面。而你，只消坐等一季又一季的花开。

那些花儿，也没有正式的名字，就像乡里的女孩儿，取名很简单，生在什么节气，只要把相应的时节加上一个大家通用的字，便可以了。比如春、夏、秋、冬后面加个"香"，或者桃、梨、李、杏后面加个"花"。再后来，同节气出生的孩子，总不能重复别人叫过的名，我们没有文化的父母也很聪明，再变通一下，又在兰、荷、菊、桂后面加个"香"，再或者根据各家居住的方位和姓氏，取个东香、南香、陈香、李香。似乎仓颉造的"香""花"二字，是为我们村女伢定制的名字。

我们把那些泼皮旺盛的不知名的花，也像我们父母给我们取名一样，根据它们的形状、开花的时间，给它们各自取了名字。有指甲花、洗澡花、喇叭花、星星草、鸡冠花、月月红等，还有的干脆不取名，只任由它们静静地开、静静地败，用绚烂的花颜渲染着乡村清贫的日子。有种在开出美丽的黄色花朵前，植株极像芹菜的，我们就擅自叫它芹菜花。还有一种多年傍生在菜园篱笆根上的花，叶片如剑，经年碧绿不凋，就在你以为那根本不是能开花的植物时，它却一夜间在叶腋的顶端抽出根亭亭玉立的花棒来，那花棒结满了风铃一样的蓓蕾，几天一过，又开出一串串瓷白的花朵，在阳光下透着如玉的光泽，白得耀眼。我们就根据形状，把它叫作铃铛子。后来才知道，那是剑麻。

在所有姹紫嫣红的花叶间，指甲花最得我们女孩子钟爱。不但因为它的花型纤巧温柔，状如指甲盖大小，还因为指甲花有一种特别的功效：在它一嘟噜一嘟噜盛开的浅红、浅粉、大红、深红花朵里，挑选一串你喜欢的，用小碗小心地捣成花泥，再敷在指甲盖上，过一会揭去，指甲盖便红润亮泽，双手就显得无比明艳动人了。爱美是女孩子的天性，一到夏天，我们就乐此不疲地捣着花泥，互相涂着指甲，欢欢喜喜地过着每一天。

后来借助手机"微软识花"软件，才知道我们妄自取名的指甲花，竟然有个落落大方的名字：凤仙花。现在想来，真是有点"有眼不识泰山"。但是，"凤仙花"这个名字给人的感觉是不食人间烟火的仙女，总觉没有"指甲花"来得贴切。

同样，与指甲花一样，被我们称呼得如邻居大妈般染着烟火俗气的，还有喇叭花，或者说是牵牛花。不想这个只要有篱笆的地方，就有它顽强攀爬的身影的花，也有个富有诗意的名字：夕颜。夕颜开花时形似满月，只在晨曦朝露里开花，虽然它被我们叫得充满了烟火气息，却丝毫不影响它清丽脱俗的气质。它的绢质的花瓣薄如蝉翼，颜色明丽，或蓝如天空，或绯红如霞。"白露濡兮夕颜丽，花因水光添幽香"，这是《源氏物语》里关于夕颜的和歌。早在一千多年前，这部日本长篇纪实小说就把喇叭花叫作"夕颜"或"朝颜"，一个"濡"字，生动地展现了喇叭花只有被清晨或黄昏的露珠滋养着，才能在水光盈盈中绽开笑颜。且不管夕颜、朝颜，我还是喜欢叫它牵牛花，朴实亲切，乡间菜园枯瘦的竹篱笆，因它缠绕的藤蔓，而生动有趣不少。

"洗澡花"的花名是我妹取的。每当那一朵朵袖珍的、红彤彤的小唢呐，在黄昏习习的凉风里舒展开了时，她总要感叹一句："有人在洗澡了。"我虽然从心里对她幼稚的逻辑嗤之以鼻，但又说不出洗澡与洗澡花没有关联的理由。而且那时候，夕阳的余晖已变得柔和，大山的皱褶已开始模糊了，村庄即将被黑暗笼罩，山中的男人和女人们，已从集体的生产劳动中放工，陆陆续续地从山坡上往村庄走来。这时候，的确是有人开始洗澡了，他们将已在溪谷里洗净了汗与泥的身体，舒舒服服地泡进了各自家的大澡锅。那口神奇的大锅，春夏秋冬皆适用，灶下添一把柴，劳作了一天的筋骨，便在蒸腾的热水锅里如水草一般得到舒缓。那时候我的父母和邻居的大伯大妈们，似乎总有做不完的农事，生活的重担压弯了他们的腰板，但是从没有见过谁因此垮过、趴过，一把热烫的澡泡出来，一天的辛劳便烟消云散，第二天一早，便又呼朋引伴，生龙活虎地上了山去。

一天中，我很是盼着洗澡花开，洗澡花一开，日头就落了，一天的酷热就渐渐消失了。一家人躺在竹床、凉椅上，摇着蒲扇,仰望着星空。彼时,银河清晰可见,年轻的爸与妈总是争论着哪颗是牵牛星,哪颗是织女星,争来争去,我妈会忽然惊讶地问:"呀,今晚北斗星的勺柄怎么少了一颗?"我们就睁大眼睛,急急地一起寻找着……一旁,那些在凉风凉露里绽放的花,暗香阵阵,袭面入腑,让人觉得,日子是那样的美好而满足。

后来读到汪曾祺的《晚饭花集》,方知那在傍晚时分开的花,也叫晚饭花。这倒不矛盾,洗澡与晚饭,都在同一个时间段。老头儿把晚饭花植入王玉英家门口狭长的过道,就使她家三面是墙,长年照不见太阳的幽深的巷道多了一些生趣。汪曾祺说这是李小龙的黄昏,要是没有王玉英,黄昏就不能称为黄昏了。当然,那是因为王玉英如一粒石子,击中了李小龙平静的心湖。而于读者,如果没有了天井墙角一排密密的晚饭花,黄昏也不能称为黄昏,或者最多就是个普通的黄昏。那时"晚饭花开得正旺盛,它们使劲地往外开,发疯一样,喊叫着,把自己开在傍晚的空气里。浓绿的,多得不得了的绿叶子;殷红的,胭脂一样的,多得不得了的红花,非常热闹……"这热闹的晚饭花,把一条原本寂静的、凄清的石巷,渲染得活色生香,仿佛空气里都飘浮着花的香气,让普通的日子也浓重了起来。

我们贫瘠的小饭桌,也因为一旁琳琅满目的晚饭花,而让人不觉寡味,有花开的日子,日日都成了好日子。

有一张照片,我保存了好多年。一大蓬的美人蕉,蒲扇一样碧绿的叶片间,正黄花灼灼,两个十七八岁的女孩子,相拥立在花前。一个是我,一个是秀。秀是北方人,长得浓眉大眼,苹果样紧实的脸蛋上，总是泛着微微的红晕，一看就非常水灵健康。秀不读书，早早就嫁了人，随她会些武功的男人四海为家，卖艺流落到江南，住在我们村中空荡的社屋里。她一字不识，很是羡慕我那么大了还在念书。我一回家，她就来找我玩，或者我不在家，她也来，嘴巴甜甜的，管我妈叫"俺妈"。她的老公人也勤快，猴精，理着光头，总是抢着帮我们家干活。记得有次我爸在用晒干的草皮、泥巴、柴草拢火烧草木灰的时候，他一担一担地帮我爸往火堆上拢晒干的草皮，腰里还系个练武功时护腰的宽大的红绸布腰带。熊熊的火光，映得他的红腰带也格外红。那耀目的红，在我的记忆深处，一如院子里盛开过的花朵，多年不逝。

秀在灶屋帮我妈添着柴火，我妈叹息他们离家千里，无亲无故，也拿她当亲闺女看待，吃饭时总会多拿两副碗筷。五口人的小饭桌，常常又多了一对年轻的小夫妻，大家其乐融融，你谦我让，粗茶淡饭也格外香甜。一旁，总有各色的花，凑热闹般竞相绽放，人一桌，花一簇，满是美好。秀很喜欢我家院子里的每一株花，总是凑近了去拔拔偷生的草，剪去一些枯枝败叶，扶正倒伏的花枝。有一日，村里来了个吆喝照相的人："照相哪，照相哪！两块钱一张，两块钱一张！"我很想要和我的花儿们合一张影，但是想着两块钱不是个小数目，可是我一周的生活费，就算了。但是秀一定要请我与她在花前合照一张，并且大大方方地付了钱。于是，那蓬娇艳的美人蕉、大朵的绒布一样的鸡冠花，还有许多在那一天盛开着的花，就被摄入了镜头。那时那景，那日欢愉，因一张照片，好多好多年都不曾模糊。终于有一天，秀红肿着双眼来跟我们告别，说老家来信了，家中父亲病危，让他们见信即启程回去。北方人性格直爽，感情也深挚，秀竟抱住我抽泣个不停，说"舍不得俺爸俺妈"，我一时也很难过，不知道怎么安慰她，只好文绉绉地跟他们说"来日方长，后会有期"。然而这一别，终究无期，茫茫三十余年，只在他们回去的最初，零星来过几封信，信中歪歪扭扭地写道："俺妹，请转告俺爸俺妈，俺与秀非常想念你们，现在在老家，一切都挺好的……"

春去秋来，花木荣枯。以后的夏天，每到美人蕉花开的时候，我总有一些失落。再后来才知道，生命中的来去，恰似一朵一朵默默盛放又会凋零的花。岁岁年年，循环往复中，都是在不断地获得与失去，令你不舍的，都是你未曾负过的好时光。有人说，种花的土地不瘠，人的心里不慌，这世间，就一直会有想象可待，有往事可栖。

是以，心如一块旧时宫女的绫罗帕，那些繁花，连同细细碎碎的时光，了了分明，刺绣于上。

修得一颗草木心

夜色如一团氤氲的墨般弥漫开来，我们没有开灯，静静地坐在场院里。一旁的蜀葵开得正欢实，一朵"啪"的一声落地，一朵又"哗"的一声打开，冲破黑暗朝我们微笑着，有着端午的节气感。隔了一堵矮墙的是菜园地里的玉米，乌泱乌泱，也在夜露里全部支棱起狭长的叶子，一股压不住的勃勃生机，在夜幕里四散着，增添着夜的岚气。

几声虫鸣唧唧。连续几天透透的雨，把天幕清洗得干干净净，一弯月牙静静地贴在西边山梁上。我们像国王一样被四周的浓绿簇拥着，有一搭没一搭地闲话些琐碎，也不用担心被周围的植物们偷听了去。

五月丰沛的雨水，也让房前屋后自然生长的草木菁菁郁郁。无论是高大的板栗树、绿油油的夏茶树、修长的竹，还是贴地而起的翠蝴蝶、车前草、马兰菊、婆婆丁们，无不志得意满、鲜翠欲滴，正昂扬地活在天地间。

草木无言，可是最知时序。惊蛰、清明前后，大地苏醒，你丢下一粒种子，或者不丢，它们都会蛰伏在泥土或石缝中，生根、发芽,直到星星点点的绿针刺破滋养它们的泥土,如新生的婴孩般,欣欣然一天天长大,拔节、开花、结果,然后在寒风中枯瘦,在下一季轮回。细想一株草木的一季一生,无一不是在把最美的颜色、最浓郁的气息、最芳香的果实掏心掏肺地奉献着。

我坐在幽静的黑暗里,伺机窥探着草木的神秘,思忖着草木给我的启示。

它们安身立命,洒脱本真,静静地附着在大地之上。无论是一朵端午锦、一朵山茶花,还是一株浓色的桃花,无不开时热烈地开,落时决然地落。它们不卑不亢,只过着春华秋实的日子,拼尽全力不负一朵花、一株草的使命。它们的先祖,许多以自己独特的品性,幸运而不朽地活在了《诗经》里。悠悠上古,匪女放牧归来,随手扯一把荑草赠与意中人,就让那个傻小子为之倾倒,如痴如醉。而荑草,概因成为了人类最早的爱情信物之一,亦变得质感十足,让人回味无穷。"采薇采薇,薇亦作止",薇本寻常薇,却让异乡的采收人见其思亲,一咏三叹,引出了一曲千古的悲鸣。"采采芣苢,薄言采之。采采芣苢,薄言有之。"芣苢鲜嫩的叶子,可药可食的功效,又让一帮乡野女子欢快不已,众声歌和,把一份快乐传递了几千年。

孔子周游列国,未能实现推行儒家学说的政治理想,郁郁不得志,返回途中过隐谷遇幽兰,为芳泽所动,遂止车援琴而鼓之,对兰喟叹:"世人暗蔽,不知贤者。"后世韩愈为其所感,以兰喻其贤,与之唱和:"兰之猗猗,扬扬其香。不采而佩,于兰何伤。"兰之高洁志趣,《淮南子·说山训》对其亦有极高的评价："兰生幽谷，不为莫服而不芳。"

时光悠悠，试想大地之上，苍穹之下，如果没有花草树木的点缀，自然界该是多么枯燥乏味，无趣寂寥；生灵若缺少草木的滋养，人类社会的文明或许也会进化成另外一番未知的景象。想来想去，植物原本无心，只是被人赋予了这样那样的含义，才变得意义非凡。它们只是淡看世事，自在从容，把褒奖与非议置于脑后，枯荣有度，不辩不争。

人呢？

在喧嚣里问功名，拥挤里逐利禄，得时志满，失时怅然，灵魂里何曾有过安宁？我问坐在身旁的他："人为什么要活得这么吵闹，不如一棵植物活得安静纯粹？"他说："是因为我们太久没有远行了吧，该远游放空一下自己了。"

我茫然。远行之后我就能获得两手空空的新生？雪山、大海与大漠，就能妥帖地消解我的偏执、疲惫、俗欲与虚妄？答案显然是否定的。走遍万水千山，你终究还是要回来面对自己。

在黑幽幽的绿色里，天地静默无声，我却分明听得到那些浓绿铮铮有声。那是生命的拔节、絮语，正心无旁骛、日夜兼程。世间有多少种欲念，就有多少种失望与烦恼。莫如不嗔不贪，修得一颗草木之心，任寒塘鹤影，乱云飞渡，且自在飞花，淡定从容。

花　　约

"我家的昙花要开了，今天晚上你们来看昙花。"同学国萍在微信群里发出邀约。

夏至雨季，燥热被雨水浇透吸收，晚风清凉，有了这个理由，同学们叽叽喳喳，便从市区高楼的各个角落赶了过来。

一株昙花，花茎修长，静静立在微雨甫停的黄昏，海带样倒垂的枝叶，深绿狭长，并不十分茂盛。几枚纺锤样的花苞，被粉红的花萼紧紧包裹着，从叶条的边缘横空生出，羞涩地悬挂在晚风中，完全没有要开放的迹象。我不免生出一丝隐约的担心。

国萍家宽大的露台，隐于市中心一座老式住宅楼上，草木葱茏，花墙林立，爬满粉色、红色月季和刚刚牵藤的丝瓜秧，与车声辚辚保持着疏离。高高矮矮的花盆里，开满了白兰花、沙漠玫瑰、三角梅，再加上袅娜的吊兰，围成一个半圆，恰好把圆形的餐桌包于其间，有"小桌呼朋一面坐，留将三面与诸花"的意思。玫瑰红艳似火，三角梅伸出多情的花枝，白兰花在油绿的叶片间若隐若现，发出幽幽的香气。主人夫妇忙进忙出，厨房里飘出煎炸烹炒的香味，满桌椒红葱绿、琳琅缤纷的美食和美酒。这些美好，已暂时吸引我们贪恋的目光，让我们忘记了一角静默的昙花。

大家觥筹交错，笑语盈盈，一旁的花儿们也微微颔首，有掩藏不住的欣悦。但我的心，始终牵挂那株不言不语的昙花，不时地要回头去看看它的变化。万物有灵，是不是这高声的喧哗，惊扰了含羞的花仙，让她迟迟不肯驾临？

雨季的江南，天气多变，云层舒卷之际，天空现出一抹不算亮丽的彩虹，斜阳的余晖洒在高低错落的楼群上，形成巨大交错的光影，令人坠入一种现实与虚幻的夹缝中，不知身陷何处，过去还是现在，于是不由得不说起童年，说起少年，说起同桌的她和暗恋的他。夜色如水，人心也荡漾如水，那水面漂浮着一轮银色的月亮，不停地被打捞，碎金一样散开又聚拢。暮色越来越浓，彩虹褪去了七彩的光环，星星点点的雨又落了下来。大家忙不迭地收拾起桌上的残酒剩肴，回到室内继续把酒言欢，把空旷和静谧还给了花花草草。

我不善饮酒，也不善言语，平生喜与草木相处。把餐桌留给他们，我再次返回到林木葳蕤的空中庭院。雨已经停了，夜空一片青色。借着室内的灯光，我看见昙花原先紧紧护住花苞的粉色花萼，已经有了很大的松动，绢帛样的花瓣微微张开，如女孩子御寒的外套下，露出白色纱裙的裙边。我屏住呼吸，凑近了闻闻，已经有一股微微的清香，正从沉梦中慢慢醒来，一步一步，泄露着物候的天机。我按捺住内心的激动，静静地坐在一旁，只待昙花一现。

昨天夜里盛开过的两朵昙花已经凋零，被细心的主人剪下来，小心地置放在一旁，陷入永恒的寂静，这让我想到日本文学里的一个词："物哀"。"世上万事万物的千姿百态，我们看在眼里，听在耳里，身体力行地体验，把这万事万物都放到心中来品味，内心里把这些事情的情致——辨清，这就是懂得事物的情致，就是懂得物之哀。"这是日本江户时代国学者本居宣长提出的文学理念。懂得体察物哀，便会愈加珍惜这世间对立的美。比如花开、花谢，比如新生和凋零……人生一世，草木一秋，在这漫长的亘古的光阴里，有哪一样不是弹指一瞬间的美丽？室内的他们，谁昨日不是鲜花一样的女孩、灵动如雀的少年？"林花谢了春红"，月光叠在日光上，我们嫩滑的肌肤，明亮的眼眸，乌黑如瀑的长发，细柳一样的腰身，被岁月的神手一遍遍抚过，说不清具体丢失的日子，只是渐渐失去当初的光泽和曼妙，渐如被静置一旁的昨夜的昙花。我们的一生，都是伸手不可捉的日子。

晚风也有了期待，一阵一阵拂过花叶，花萼渐渐松开了它们束缚花苞的缎带，花仙子们小心地解开了衣裙，一朵朵昙花如婴儿般半张开润泽的小嘴巴，露出嫩黄的扑了粉的花蕊。凑近了看，那真是一座世上最神奇最丰富的宫殿。无数细嫩的雌蕊，顶着一顶顶粉嘟嘟的小绒帽，从花房底部探出纤纤身姿，那样柔弱无骨又根根直立，如一群不谙世事的少女，对未知的世界充满了好奇。一根洁白的雄蕊，从雌蕊里脱颖而出，昂首向着风、向着光，在如雪的花房里，演绎着生命无尽的生机与神秘。万籁俱寂，整个世界都可为之停止呼吸。

花苞们越来越轻盈，似丝绸、似美玉，轻轻优雅地舒展开来，一片一片花瓣，层叠如梦，透出晶莹的光泽，一如韦陀来过的那个夜晚。有一个美丽的关于昙花的传说。据说在千万年前，在天界的花园里有着各种奇葩，昙花只是一株不起眼的植物，她不会开花。有一天，忽然一阵飓风，昙花小小的身躯差点夭折。这时候有个男人，穿着白袍走过，替她遮挡了疾风。只是那惊鸿一瞥、温柔扶持，就让昙花终身难忘。昙花四处打听，询问男子的来历，百花仙子告诉她，那是韦陀。昙花痴迷地期待着韦陀再次到来，为了再次的相遇，昙花一千年出芽、一千年生苞、一千年开花，终于修成了正果，成为一株奇葩。韦陀终于来了，昙花在角落激动万分，尾随其后。韦陀没有转身，拂袖问："为何跟着我？"昙花说："我仰慕你已久。"韦陀未曾看她一眼，垂眼道："你走吧，我不会爱人。"昙花苦候了三天，韦陀始终对她不理不睬。昙花在第三天暮色来临之际，在韦陀面前耗尽三千年修行，绽放了一次。昙花一现，只为韦陀。刹那即是永恒，昙花倾尽毕生修为，在转身消失的刹那，瞥见韦陀滴下了一滴眼泪。

故事很美，一如昙花。

花香开始散发在晚风里，淡雅、清幽，令人沉静。我就那样心甘情愿地被晕染着。内心那些焦灼、孤独、失落、沮丧，光亮的内核里藏着的小小黑暗，都被花开的这一刻照亮。我从另一个我里抽离，重新构建着平和的内心。她们也被花香吸引过来，美萍、瑶琴、丽敏，大家屏住呼吸，凑近了看花，一同享受着这样神圣的时刻。我倏然发现，人在靠近一朵花的时候，一朵花也住进了人的灵魂，她们的脸庞，在这个夜晚，有了昙花一般圣洁的美丽。

厨房橘色的灯光下，只留下国萍一人收拾碗筷的身影。她在特定的时辰，把养了五年的昙花的绽放的珍贵一刻留给了我们。昙花何尝不是这世间所有女子的化身呢？她们痴情、善良、聪慧、隐忍，是女儿，是母亲，是妻子，倾其一生，都在诠释作为女性的美丽的真谛，在生命有限的时间里，为这个世界绽放着最璀璨的光彩。

第二辑　风吹荒草

伞　匠

朋友晚餐有约，我有意磨蹭到六点，才关上电脑前往饭店。一桌人都到了，菜已上齐，就等我开吃，这是我想要的结果，我不愿把时间浪费在吃饭上。大家都坐下来后，我发现对面还有两把座椅是空的，并排立在那里，但主人却举酒发话，宣布开始了。大家觥筹交错，有的人我熟悉，有的人我不是很熟悉，虽然对两把空空的椅子很好奇，但也不好多问，就默默地吃着食物。

饭吃到一半，门被很小心地推开了一道缝，一个穿着蓝色T恤衫的男孩把头伸了进来。他个头不高，理着清爽的板寸头，身子都在门外，一双黑而亮的眼睛扫视着屋内的人。大家都转过头去看，有认识男孩的人喊他进来。但他迟疑着，眼睛继续在人们中间搜寻，直到我对面的那个中年男人用亲切、赞许的眼光迎上去，并对他点了点头、招了招手，男孩才咧嘴笑了，如释重负地推开了门，并伸出一只手撑住门，让另一个人先进来。我这才发现，他的身后，还跟了一个瘦弱的十一二岁的小女孩。

两人一前一后进了包厢，他的胳膊上还挎了一只沉重的粉色的书包。显然，这只粉色书包是刚刚放学的小女孩的。

我一时有些蒙，不知道这俩孩子的关系。男孩身材矮小，皮肤黝黑，一看就知道某些方面有点不正常，所以判断不出实际年龄。原来两把椅子、两个座位，是为他俩而留。身边的朋友小声介绍，这两个孩子，是对面中年男子的儿女。男孩已经二十八岁，出生时由于难产，不知哪根神经受伤，智力有点低下。孩子们的母亲不能接受生活的不幸，由于贫穷、疾病，或者其他原因，总之在他们很小的时候抛弃了家庭。我才恍然。

他们坐到了他们父亲的身边，开始小心地吃饭。

这原本是一个平常的夜晚，是一顿普通的晚餐，我却在吃饭的过程中，看见了一个平凡的父亲的不平凡。

大家继续推杯换盏，阔谈、微笑，聊着旧事新局以资酒兴。我注意到，那位一笑露出一嘴白牙、焦糖色面孔的男子，也不时幽默地迎合着大家的情绪，但他更多的注意力是集中在他身边的一双儿女身上。小女孩很斯文，细嚼慢咽地吃着东西，不用操太多心。但那个男孩，估计是饿了，或是其他原因，难抵挡一桌美味佳肴的诱惑，开怀大吃起来。江南人吃饭，一年四季离不开火炉，大菜小菜、鸡鸭鱼肉都在炉子上头炖煮着，热气腾腾。炉子上的火锅都很高，高过男孩的视线。每当他站起来，伸头想看看那些转过他面前的大火锅，并试图用他手中的筷子去捞菜时，那位父亲都要轻轻地拍一下他的后背，示意他坐下来，用汤锅里的勺子去捞菜。男孩扭头看看爸爸，就会意地点点头，停下筷子。父子俩这一交流，无声无息，被淹没在一屋的喧嚣里。大火锅再度转过来时，男孩站起来，学会了用火锅里面的汤勺。冷盘里都放有一双公筷,男孩有时候吃得忘了,会直接用自己的筷子去夹菜,父亲的一双眼睛,从未离开过儿子,总能及时柔和地制止。

从两个孩子坐到他身边的那一刻,那位父亲就几乎没有动过筷子,只是不停地端起酒杯与朋友们来往一下。饭桌上,话题也像浪潮一样,一波接一波,一会儿涌向这里,一会儿又涌向那里。当朋友们调侃的话题到了他们这里,说到关于男孩父亲的、熟悉的事情时,男孩开始有点兴奋,不时也要插上两句,我很惊讶,他竟说一口标准的、好听的普通话。父亲就欣赏地看着他。有时候,他的嘴里含满了食物,边吐骨头边想说,父亲已抿起嘴巴,眼神温和地望过去,竖起食指压在唇边。男孩立即就懂了,停止言语并低头继续专心吃饭。

这位父亲,脸上写满了沧桑,把他丢在茫茫人海里,是最不起眼的一粒微尘。但此刻,他不仅仅是一位慈祥的、情感细腻的父亲,也是一位生活中的绅士。

他给儿子留的座椅,是给儿子留的尊严,让他与大家平等地坐在一起,因此一桌子人就没有轻看他的智力低下的儿子。

他在拥挤的人潮里,不动声色地教会儿子拥有正常人的行为,为的是不让我们这些"正常人"对儿子异样看待。他让我想起《傅雷家书》。傅雷时时刻刻从各种角度——包括"谈几桩重要的事",其实说的也就是穿衣、吃饭、出台行礼或谢幕方面的礼仪——苦口婆心地提醒儿子傅聪认真做人。虽然这位憨厚的、文化水平不高的父亲,与那位在中国文化史上,因一封封家书有着深远影响的父亲不能相提并论,但从父亲的角度来说,他们却是惊人地相似。也许天下的父亲都有傅雷的情怀，这位只是其中之一吧。

但很快，我又觉得他对儿子的爱远不止眼前的言传身教，比起一般幸运的父亲，他或许经历了更多。我忍不住多看了他几眼，发现他的眼睛里除了慈和爱，还隐约有隐藏的苦。他的儿子之所以如今能察言观色，与正常人同桌吃饭、交流，与父亲的付出有很大的关系。为了儿子能在上海接受特殊教育，他去上海打工做苦力，租住在偏远的郊区农房，距离儿子的学校单程有一百多公里。那时候，他买不起车，连一辆摩托车也买不起，只好骑着电动车，来来回回地接送儿子。单程一百多公里的路，他就这样跑了六年。"爸爸送我去学校的时候，全是大雾，一点都看不见。"看来儿子对某些时刻还是有着刻骨铭心的记忆的。他补充说道，有一次送儿子去学校，浓雾弥漫，两旁的树和高楼影影绰绰的，都模糊到看不清。儿子吓得直哭，父亲说："儿子不要怕，有老爸在，你什么都不用怕，就算天塌下来、地陷进去，老爸也一定要安全地把你送到学校。"电动车骑到破旧，电瓶的动力就不足了，推车走路也是常有的事情，常常要走上好远，才能到路边商铺充上一会儿电。说到这儿，父亲突然一挥手，咧嘴笑着，说："不说这些，这些都算啥呀。"

两个孩子吃好，礼貌地跟我们告别。男孩背起妹妹的书包，拿起妹妹的水杯，像父亲一样护送着她离开。他们的父亲，坐在那里挥一挥手，再挥一挥手，露出洁白整齐的牙齿，微笑着与他们告别。仿佛他经历过的那些苦，在此刻都化作了生活的蜜。

这世上不乏能工巧匠，让人类的文明和智慧得以延续。有人在春天的大地上耕耘，有人用自己思想的光芒照亮人类心灵的荒芜。他们中名垂青史的人灿若星辰，多到数不过来。可这位父亲，他在生活的皱褶里，在烟火人间的深处，在不算好也躲不开的命运里，坚韧而顽强地走着。没有几个人能叫得上他的名字，但他应该也是一位工匠。他是什么工匠呢？众生的头顶，飘过命运赐予的阳光和雨云，这位父亲该是一位伞匠吧，他的大伞撑起的都是晴空。我觉得这位父亲，或是天下的父亲，都该获得一本伞匠的证书。

风吹荒草

女孩根子

　　初春的乡下，小山上的野桃、野梨、野樱花，正开得如水光般潋滟。田畴里，油菜花田连着青碧的麦田，鲜嫩、簇新，任哪位丹青妙手，也描摹不出这能透出声息的明媚来。

　　我把车速放得很慢，在春光里缓缓地行着。女孩根子，不，准确地说应该是女人根子，就是那时候出现在我的眼前。她在车前方的路上，一手提只女人的坤包，一手夹着根轻便的拐杖，就在那样的春光里，一瘸一拐，用一只脚与一只拐杖交替，缓缓地走着。我与她不见，算来已有三十余载，但是看着她的背影，凭直觉，凭那条熟悉的、特别的、折叠起来的右腿，我知道是她。

　　乡村车少人稀，路上除了我们没有一个人，我在她前面约十米的地方停了下来。根子有所觉察，边快速挪动拐杖，边朗声问道："是谁呢？是准备带我一程吗？"我知道她此刻的方向，她肯定是回娘家，而那个村庄，距此还有十余里路程。虽然与我要回的老家并不顺路，但我决定送她一程。

　　我下车帮她开了后门，笑问："你还认识我吗？"三十年不见，曾经懵懂纯真的女孩，脸上已隐约刻录了些风霜，但是看上去她精神爽朗，脸色红润平静，与我对话亦有礼有节，看来曾经的苦难，并没有让她坠入生活的深渊。

她有些迷糊，上了车来，想了一圈，才确定了我是谁。

她说："我去你家摘过茶叶。"

岁月的波光涛影，就在她上车的一刹那，在我心头荡漾开来。

根子及根子一家藏身的茅屋，低矮得似一朵歪斜的褐色大蘑菇，长在我姑妈村后的那株大枫树下。厚厚的茅草屋顶，看上去破败乌黑。雨天，外面下着雨，那个屋子里面也滴滴答答地落着雨；晴天，外面阳光灿烂，那个屋子还是从厚厚的茅草缝里，一滴一滴渗着黄色的雨滴。一年四季，就没见她家屋里的地面干爽过。那门口的场院上，也是烂泥和着牲畜粪便，没有利索的时候。有时，我们路过她家，一不小心会一脚踏入烂泥函，把妈做的新布鞋弄得满是泥水，让人气恼不已。

所以，她的一家是不受村人待见的，大人不会去她家串门，我们小孩子路过她家都捏着鼻子绕得远远的。

她的母亲有些智力障碍，父亲老实巴交，当年穷得叮当响，除了他祖上留下的几间茅屋，真正一无所有，衣不蔽体，年岁很大，也没有女人。后来，她的母亲被人领着要饭路过村庄，便被村上热心的妇人们撮合，成为了一家人，并有了根子姐弟三个丑丑的小孩。

根子的家，在我的记忆里，与乡村随处可见的牛圈没有区别。她一家五口的床，是收稻的桶。冬天，桶仰面朝天，深深的桶底铺上一层稻草，桶壁挡住四面来风，他们一字儿排开，一家人共一床破败的棉絮，横搭在身上，脚丫子一律在外面。夏天，桶底闷热，那大桶再翻扣过来，桶底朝上，还是一张天然的大床。与牛圈的区别是，那圈里的人是会说话的。除了根子的母亲言语不清，根子的父亲也几棍子打不出一句话，根子姐弟仨还算口齿伶俐，虽或许因遗传因素和卑微的家境，比不上正常孩子的情商，但也还算机灵。

打我认识根子起，她便只有一条健康的腿。当我们如一群轻灵的燕子，在村庄的草垛间、在春天的紫云英花田里快活地追逐嬉闹时，是不屑同根子游戏的。她也不奢望我们能带她玩，没有拐杖的她，只用一条腿跳跃着奔跑。她那一条健康的腿特别有力，跳起来两肩向上一耸一耸，黄而稀疏的头发，在风中高高扬起来，黑里透红的脸颊，永远渗着细密的汗珠。她单腿跳跃着，绕过一堆堆牲口粪，一汪汪烂泥坑，在坑洼不平的村庄里，她以奔跑的姿势保持着身体的平衡。偶尔路过一棵树，或是开着木槿花的篱笆墙，她才倚靠着休息一会儿，边大声喘气边吆喝着她的两个蒙昧无知的弟妹："桂花，家来！花子，家来！"

一个人在中年时回望童年，真有种隔世的感觉。记忆里跳跃奔跑的根子，村庄里闹欢欢的鸡鸭牛羊，茅舍上袅袅的炊烟，一幕一幕，在时光深处，因路遇根子而鲜活起来。

关于根子那一条不幸的腿，我幼时从我姑妈的口中听过无数遍。某一年的寒冬，尚在襁褓中的她被母亲抱着窝在火塘边，噼啪乱溅的火星燎燃了裹着她的烂棉絮，娃疼得哭得背了气，她的母亲才有所察觉。根子被烫伤的腿又没有得到很好的医治,被她的母亲成天胡乱捆扎着,以致她的小腿肚与大腿最后竟生生地长在了一起。夏天,几乎没有穿过长裤或裙子的她,那条萎缩的畸形丑陋的腿、触目惊心的疤痕、没有脚指头的脚板,也就毫无保留地暴露在世人面前。于是,根子总是面对各种唏嘘、怜悯或者嫌弃,但我总是瞧见她一脸淡然,仿佛遭人嫌弃与同情的,并不是她。

故乡的菜地、院落中,常扦插一排木槿当篱笆。它易活,落地就可生根,不挑地质。年年岁岁,它们只在岁月的长河里,在春光的眷顾里,无关繁华与冷落,悄悄地开出粉粉紫紫美丽的花。根子始终还是根子,如一枝从篱笆里伸出的木槿,天地、雨露、阳光于她是公平的,一天天一年年,她的生命由柔嫩到坚韧。

每一个生命都有其存在的理由,年少的根子是为她那个特殊的家庭而生的,她以残缺的躯体努力弥补着那个家的缺憾。长大些的根子不再奔跑,她蹲下身子,用一只手支撑着一条腿在地上移动,打猪草、放牛、洗衣、做饭,田里地里什么活都干,我就是没见她上过一天学。每年春天,十几岁的她还随村上的妇人们翻过一座山岭,到我老家的茶园来采茶。那时候,茶园已经承包到户,从经济效益考虑,雇人采茶是很讲究的,伶俐手巧的姑娘嫂子们最受东家欢迎,也有固定的主雇关系。根子常常是别人都上山了,她才挎个竹篓大汗淋漓地赶来,本来误了时辰就少采了茶,加上她腿脚不灵便,上不了高山,就没有人愿意请她了。还

风吹荒草

077

有那小气些的人家嫌弃她饭量大，说她采的茶怕是不够她中午的两大碗饭。

但是有时候她运气好，会遇上我的面黑心慈的父亲。我家住在村口，她一来，只要她没有预定的东家，父亲便会搬个小板凳，把她安顿在门口的小茶园里。根子便一头钻进茶园，奋力地采摘着嫩嫩的茶尖，一顶灰白色的草帽，在茶棵间忽隐忽现。吃午饭时，大一篮小一篓碧翠鲜活的茶叶回来了，排队去称时，根子的竹篮里的茶叶总要比别人的矮半截，父亲也不会怪她，工钱也一分不少。她总是有些过意不去，第二天会更努力地多采一些。

春分谷雨，风送花香。山上茶园吐绿，女人们忙忙碌碌；山下水田漠漠，男人与耕牛如一个个黑点移动其间。根子的父亲母亲越发苍老不堪，她家春播的化肥农药，全靠她在山里一季采茶所得。少女根子，总是让我不自觉地想起《诗经》里采葛、采萧、采艾的女子，而那些女子，定是有着倾国倾城的貌，惹人怜爱，劳作的情景才被人仰慕传唱。卑微残疾的根子，会有怎样的未来呢？她的汗水涔涔的脸、顽强蹦跳的身影，常常让年少的我有种莫名的忧伤。

突然有一年，采茶姑娘们的身影里没有了根子。听说，她是被采茶女中一个年长的妇人相中了，她家正好有个大龄难婚的儿子。她看中根子虽然残疾，但是热忱勤劳，质朴善良。仅仅几担稻谷的聘礼，就把她嫁到了一个总是缺少粮食的家。又听说，后来的后来，她家稻田的活，就被那个男人承包了。她家的稻田秋来也金浪翻涌，一家人再不因歉收借米度日了。

打那以后，我再也没有留意过关于她的消息。

时隔三十年，她就在我车的后座，一如寻常人般温和，红红的脸颊上，亦没有一丝愁怨，就如当年的木槿篱笆上，那一朵朵朴实生动的花。我恍惚如在梦中，又真真切切知道这不是梦。她告诉我她过得很好，现在被三个男人宠着，一个是老公，另外两个是儿子。儿子们也已成家立业，老公为了照顾她，就在村里承包种大田。她说，自从跟了他，田里、地里、茶园，他都不让她去了。她一辈子只需给他洗衣做饭，给他温一壶老酒、沏一盏粗茶，等他从田里归来。我又想起当初的几担稻谷也许薄了些，却原来，男人的聘礼，是长长的、一生的关爱。女人虽然是残缺的，但给了男人完整的家、无缺的温柔。还有什么比这更美好呢？

看来人来这世上一遭，无论命运给你怎样的安排，只要认真努力地活，终会获得生命的圆满。她的圆满写在红润的脸上、得体的穿着上。我注意到她那只依然蜷曲的脚上，也穿了只体面的白色旅游鞋。

村庄整洁干净，只是比以往更加静默。弯弯的田埂已被白白的水泥路代替，直达每户的院落里。根子家那座歪歪斜斜的茅屋，踪迹全无，早已被她弟弟翻盖一新，青瓦白墙，太阳落在宽大明亮的玻璃窗上，晃着人的眼睛。

她下了车，连声道谢，还不忘回头跟我说一句："我的两个儿子也都有车的。"

我目送着她从容的背影，一树桃花正从一旁人家的院落里探出身来，在她的头顶上红艳艳地开着。远处的"大铁牛"，在即将育秧的水稻田里突突突地翻耕着泥浪。一年的春意，就在天和地之间恣意荡漾着，把岁月中的一些苦难，也涤荡得清明。

五月情思

　　早起去菜市，因为一夜的雨，街上湿漉漉的，行人车辆寥寥无几。距菜市门口约一百米的地方，孤零零地坐了一个慈眉善目的老婆婆。走近前去，才看清老婆婆面前摆了两只小小的竹篮，一只篮子里盛满了有着褐色壳的小野竹笋，壳上还裹着一些黄色的泥；另一篮是已经剥好的纤巧的笋肉，瓷白里透着青色，细细嫩嫩的，煞是惹人爱怜。婆婆用粗糙的手撕开笋尖的一瓣，然后缠在指尖，三绕两绕，便剥出一根笋肉。见我呆呆地看着她，婆婆热情地招呼着我："姑娘，买笋啊？"

　　谷雨至立夏时节，多竹的江南，山山垭垭间野生的水竹笋，在和风细雨的润泽中，便如一支支碧玉簪般破土而出了。眼前忽遇的笋，既让人觉得亲切，又令人觉得心酸。它们与我，如同故人相见，年年岁岁，总要闯入我的视线，撕扯一段想忘又不能忘的过往。

　　外婆养了母亲兄妹五人，个个机灵聪慧，我的两个姨，生得俊俏甜美，深得全家人的疼爱。那会儿，外公外婆为了养活儿女们，整日在生产队的田间地头劳动着，尚未成年的母亲则早早辍了学，除了做饭洗衣，便是照顾两个妹妹。虽然日子艰难困苦，但是一家人互相扶持，苦中有乐。

可是天有不测风云，谁都没有察觉，不幸就在那一年即将开始的大春耕前悄悄来临。那一天，杨柳垂青，冰河开化，生产队的青壮劳力全部在队里的大牛栏里清除沤积了很久的牛粪，运到即将开犁的冬水田，为春粮播种储备充足的底肥，外婆嘱咐完母亲便出门去干活了。

晌午时分，做完午饭的母亲发现五岁的大妹不见了。喊来喊去，大姨从隔壁夏妈黑乎乎的茅草屋里跑了出来，手里举着一块夏妈给的糖，小脸盈满了笑意。那个挑着剃头挑子，专给乡里的男女理发挖耳的剃头匠，也在此时出来泼了刚给夏妈男人老夏剃完头的脏水。老夏自从有了夏妈，头发总是剃得比别人勤快些，因为夏妈每个月都要修理她那齐耳的短发，所以剃头匠总是光顾她家。她也不用下田干活，好像口袋里总有花不完的钱。后来我上小学时寄住在外婆家，至今还清楚地记得那个神秘的夏妈的模样：一头灰白的头发一式梳向脑后，油光可鉴，根根分明，眉宇间有一种我不敢直视的凉寒；一件对襟的灰哔叽上衣，洗得干干净净，穿在她的身上也抻抻抖抖。相传她年轻时很有几分姿色，当年是驻地国民党某军官的姨太太，后来国民党溃退时，那军官遗弃了她，只带了大太太跑了，于是就便宜了老实巴交、穷困潦倒的光棍儿老夏，白捡了一个女人。从此老夏对她百依百顺，从不让她下地干活，当牛作马地养活着她。可能是她在做官太太时也藏了不少体己，村里的女人都说她一上街就是去当东西了，因为回来总见她掖掖藏藏地买了些吃的用的。婆姨们不齿她的行为，都不屑与她来往，外婆也不许孩子们去她家里玩。

但是机灵的大姨因为每次去都能得到一块糖，所以总是嘴巴甜甜地喊她："夏妈，夏妈！"没有孩子的她也特别喜欢这个光顾她家的孩子。对于当时一个孩子众多、食不果腹的穷困人家而言，那一块糖，实在是奢侈，大人们只好默默接受。

可是那一天，那块充满诱惑的糖，大姨拿回家还没有吃就快快地睡着了，到傍晚时分就发起了高烧，接着小小姨也没能幸免。第二天一大早，心急火燎的外婆和外公把俩闺女背到了十几里路外的公社卫生院，诊断结果是，两个孩子均染上了当时正在乡间孩子们中间流行的传染病——急性脑膜炎。那是个医药匮乏、卫生条件相当简陋的年代啊，这种疾病的患者非死即伤，治愈率非常低。虽然大人们谈虎色变，不让自家的孩子互相串门，或是不接触外村的孩子，但是病毒也许会被大人携带传染给无辜的孩子。到现在也没有弄明白，罪魁祸首是那块夏妈给的糖还是那个走村串户的剃头匠。医生也毫无办法，一家人焦急地看着两个如花似玉的娃娃，一天天在高烧中被摧残着娇嫩的生命。

七天七夜后，许是外婆每日虔诚地祈祷感动了上苍，两个孩子居然慢慢退烧，顽强地好了起来。但全家人还没有从惊喜中缓过神来，另一残酷的现实又摆在眼前：大姨双耳失聪，原本口齿伶俐的她渐渐在无声的世界里失去了说话的能力。好在她智商没有受影响，漫漫岁月里她出落成了一个美丽贤淑的大姑娘，家里地里，纳鞋补衣，样样活都在行。后来嫁人生子，也还算圆满。

可是小小姨就没有这么幸运了。因为当时年纪尚小，可能对疾病的抵御能力更差一些，在病中就已经高烧到了浑身痉挛。此后在她短暂的一生里就落下了一个癫痫的毛病。后来，我曾无数次目睹过她发病时惊人的情形：本来好好地坐在墙根下晒太阳的她，会突然起身往屋里跑来，边跑边大声喊着"妈妈"。这时外婆倘若在，就会上前一把抱住她，不让她倒在地上，她在外婆的怀里痛苦地呻吟着；有时候外婆不在，或者旁边没有舅舅，她便会一头栽倒在地上，四肢僵直，脸色苍白，抽搐着不省人事。待外婆赶过来，边掐着她的人中边大声悲怆地呼喊着："儿啊，儿啊！"她才慢慢苏醒过来。她犯病的那一天，全家大小无不戚然，舅妈做好的饭菜，没有一个人能吃得下去。

饱受病魔折磨的她，却一次次顽强地活了下来，生命力就像小山上坚韧的竹笋，春雨滋润时，它便一次次冲破了黑暗，向着光明而生。她有着简单的快乐和愤怒。比如我和表弟安平偷摘了后园里没有成熟的桃，她会气愤地追上来赶走我们；大麦收割的季节，后园子里树上的杏也一颗一颗慢慢地红了，她会守在杏树下捡拾落下的红杏，自己舍不得吃，全留给放学后饥肠辘辘的我和安平。

在我们心里，她一直是一个有着正常情怀的亲人，如果有谁欺负她，喊她傻女，我们全家人都不答应。她不犯病的时候，很温柔可亲，舅妈做饭时她永远在灶台后面烧柴火。她还教我们唱歌，唱"东方红，太阳升，中国出了个毛泽东"。我上学时扎的两个小羊角辫，多半是她帮我扎的，我拿起镜子左照右照的时候，她也会瞥一眼镜中的自己，然后又迅速地把目光移开。她原本可以拥有一面自己的镜子，像别的女孩儿那样对镜梳妆，平心静气地细细端详自己。但是命运剥夺了她的这个权利，她更多的时候是在与疾病抗争，从精神上到肉体上。

　　她最喜欢做的事，便是在谷雨前后，去村边的小山上拔野竹笋。当春的鼓点在原野上不停地擂响，百花仙子们翩然来了又杳然而去时，多竹的江南，村前村后漫山遍野的水竹笋便吸引了她的目光。那些天她就快乐地做着两件事：挎个竹篮去拔笋，然后回来认真地剥着。阳光洒在她乌黑浓密的头发上，几只蛱蝶围着她和她的笋扇动着小小的翅膀。她低眉浅笑着，白皙的脸颊上现出两个浅浅的酒窝。我们的饭桌上因此鲜笋不断，吃不完还焯了水晒成笋干。到了隆冬青黄不接时，笋干焖腊肉便是饭桌上一道最亮的风景。

　　应该是在某个暮春的傍晚，收工回家的外婆发现下午出去拔笋的小小姨还没有回来。天阴沉沉的，暮色四合时，雨铺天盖地席卷了山野与村庄。人们提着马灯，在山中大声呼唤寻找着走失了的小小姨。可是除了风声雨声，没有她的一丝丝回应。天亮了，雨也住了，大人们都疲惫而返，大舅被雨水泡得发白的脸阴郁着。外婆哭得惊天动地的时候，却见一外村的亲戚急匆匆而来，说他的邻居昨晚在山中找牛，拾到了一个有些智力障碍的女子。幸好亲戚认识她，帮她换下淋湿的衣服，收留她在家中过了一夜。大舅接回她时，全家人激动得仿佛拾着了失而复得的宝贝一样。

后来我去外地上了中学，渐渐离外婆一家远了，但是那份亲情的牵挂，时刻在心中浓得化不开。再后来，我从五月的一个令人不安的夜梦里醒来，就得到了小小姨最后一次犯病再也没有醒来的消息。那一年，她二十五岁，正是春笋一样的年华。

买了婆婆的笋慢慢往回走着，路上春光四溢，已是人潮拥挤、车马喧嚣，湮没着红尘深处的悲与喜。我提着扎紧的袋口，仿佛提着一段辛酸又温情的旧时光，那时麦黄红杏落，蛱蝶还在扇动着小小的翅膀。

外婆家家

我们老家称呼外婆不叫外婆,一般都喊家(gā)婆,外公也都喊作家(gā)公。而我却是例外,自小到大都喊外婆为家家(gāga)。

家家一生命运多舛,但她不屈服于命运,用母爱的力量支撑起脊梁,用风骨和恩爱诠释着母性的光辉。家家,是我一生的守望与敬仰!

家家出生于民国初年,父亲是一个赶着牲口做买卖的小商贩,家中也还殷实,幼时的家家聪慧可人,是父母的掌上明珠。可是好景不长,她年轻的母亲因病早早离世,父亲见她思母心切,恐有意外,又听信算命先生胡言乱语说此女必送别人家去养,于是,十三岁的家家被送到大山深处一户人家做了童养媳。不幸的是,那户人家的儿子是个痨病鬼,家中穷得揭不开锅,每日逼着年幼的家家去山上挖野菜回来煮糊糊养活一家人。天性刚烈叛逆的家家,在哭闹无果的情况下不得不安静下来,一直寻找着出逃的机会。终于在一次挖野菜的时候,机灵的家家摆脱了她婆婆的视线,逃出了大山。父亲看着已被折磨得不成人形的女儿失声痛哭，发誓再也不干这糊涂事了。

　　时光荏苒，在贫苦的岁月中，在父女相依为命的日子里，转眼间，家家已出落成一个亭亭玉立的大姑娘，美丽而娴淑，上门提亲的人络绎不绝。这次家家的父亲是慎之又慎，生怕女儿不幸又误入"糠箩"。可是当一身长衫、玉树临风的家公出现在他们面前时，父女两人的心几乎同时被俘获了！年轻的家公意气风发、学识渊博，是小学堂里的私塾先生，因不满家里给他包办的婚姻迟迟未婚。就这样不经意的一次相会，成就了后来永恒的爱情！

　　家公家婆携手人间六十余载，经历无数磨难，但始终不离不弃、相濡以沫。尤其是我的家家，她身上所彰显的母性的光辉令人惊叹！

　　他们在婚姻的最初，曾经有一双可爱的儿女，和家公的父母亲生活在一起，三代同堂，夫妻恩爱，生活其乐融融而幸福。然而，灾祸却从天而降，在那个物资匮乏、缺医少药的年代里，一双儿女竟因病在几天内相继夭折。这样的打击对于一个母亲来说是致命的。可怜的家家几乎活不成了，她的婆婆逢人就说："谁能救救我的夏姑娘啊！"没人救得了家家，是她自己坚强地挺过来了，并且相继又养育了五个儿女！

　　家公是个文绉绉的书生，两耳不闻"窗外事"，且清高孤傲，不愿为五斗米折腰。这就苦了我的家家，养活一堆儿女的重任全在她柔弱的肩头。三年困难时期，她的孩子的年龄都在一岁到十岁之间，都在嗷嗷待哺的年龄。看着饿着肚子的孩子们，家家日夜揪心，她总是想方设法弄些吃的回来，只要能分到一点吃的，再苦再累的活她也冲在最前面。有一次，家家带着当时只有十岁的大舅帮大队运送石子，肩挑一担石子徒步来回二十里地，报酬就是一趟一碗薄粥。她一口也舍不得喝，将分得的薄粥都交给大舅带回去，嘱咐他分给弟弟妹妹们，记账的干部都看不下去了，说："这是谁家的大妹子啊？"看着可怜的母子，偷偷地多给了一碗粥，并要家家当着他的面喝下去。在那些岁月，家家就像是一棵参天大树，用她无私的爱保全了一家人的性命。这不能不算是一个奇迹，一个伟大的母亲所创造的奇迹。

家家一生机智勇敢，善不欺，恶不怕。她成长在战火纷飞的年代，一生经历过军阀混战、抗日战争、解放战争。在田野放牲口的时候，两军交战炮火连天，子弹从她的头顶呼呼飞过，为了保护牲口她也没逃走，而是抱住牲口卧倒在田头，直到炮火停息才牵着牲口回家。有一次日本鬼子进村，她带领几个妇女躲在自家的马的肚子下逃过一劫。还有一次国共两军在她家附近交火，为了帮一位陷入困境的新四军干部脱离险境，她毫不犹豫地用外公心爱的长衫换下那位军人的军装，使他混出了敌人的封锁线。

远离了战争与饥荒的家家，更是乐善好施、豁达开朗，一生予人恩惠无数却从不计较回报，谁家媳妇要生产了，谁家孩子头疼脑热了，谁家两口子闹不和了……她总有解决的办法，像一个救世主般存在着。

我的儿时生活，因为可亲可敬的家家而充满了幸福的味道。记得幼年时，我几乎不愿回到父母身边，家家的爱是那么让我愉悦与依恋。钻进她长长的围裙,便没有了四季的风霜雨雪,世界便温暖祥和;围在她柴火旺旺的锅台旁,饭菜喷香四溢,可一饱馋儿的饥肠……直到现在闭上双眼,我还能感觉到自己趴在暮归的牛背上闻着青草的香气,家家在前面牵着牛绳慢悠悠地往回走着,牛蹄声嗒嗒,家家的小曲轻轻悠扬……仿佛还能听见自己在被邻家的野小子欺负后故意扯大嗓门哭着喊:"家——家!家——家!"

今天回了家家的老屋,可是无论我进村还是出村,再也没有拄着拐杖的家家迎我送我,没有那熟悉慈爱的声音叮嘱我……我去看了家家安睡的地方,我茫然得没有眼泪,我始终不能相信那芳草萋萋的孤冢里就是我爱的家家。

在江南绵柔的杏花雨中,我仿佛看见我的家家身着一袭碎花蓝底的旗袍,撑一把油花布伞,娇俏倩兮,正翩然走向我家公教学的学堂……

母亲不再是仙女

夜色降临，雨丝伴着城市的华灯又一次飘飘洒洒，连日的阴雨令人不安而懊恼，这个冬天真是史上最多雨之冬啊！虽然室内灯火通明，空调温暖如春，可是立于窗前，我怅然若失。

我牵挂着住在乡下老屋里的母亲。向来少眠的她，一定还没有睡去，在夜黑如墨的山里，除了屋外的风雨声便再没有其他的声音了，不知道她寂寞吗？害怕吗？而我明白，她此刻心中最期盼的，定是快快雨停风住，待到明日晨起，一轮红日会跃过屋前的竹林，阳光亮堂堂地照耀到门前，晒干泥泞的院落，助她一扫眼前的阴霾，再照亮她去菜地、去河边的路。是的，母亲已近乎失明，只剩下我不能想象的一点点微弱的光。

母亲老了，可是我常记得她是十六岁的妇女队队长，曾带领全村妇女，在农村大集体的生产劳动中，奉献着她青春的光和热；常记得在小时候那些贫困的岁月里，她想方设法为我们做出的喷香可口的饭菜；常记得有一年的"六一"节，我被评上公社的"三好学生"，母亲为了她的女儿在上台领奖时穿得更体面一点，扯回六尺花平布，连夜在她那台老式缝纫机上，给我和妹妹各缝制了一条花裙子,那夜的梦里,我生了双翅,变成了快乐的小仙女。而母亲,在我幼小的心灵里,其实何尝不是一个能化腐朽为神奇的仙女?!她的美丽、聪慧、勤劳、坚韧,如一盏盏明灯,照亮了那些曾经灰暗的日子。

可是终于有一天,仙女被多种疾病缠身,青丝已染霜华,身板不再硬朗,眼睛不复明亮。

我们想把她留在身边悉心照料,可是她不习惯这种衣来伸手、饭来张口的生活,又体谅我们工作繁忙,城里的蜗居太小,没过多久便执意要回乡下的老宅,坚决表示她能照顾好自己。于是,我们匆匆将老屋修缮一番,母亲独自一人,又回到了阔别十几年的老屋。偌大的房子母亲一个人住着,左邻右舍也鲜有人住在老家,我们每到周末也只能买些米面回去看看,又匆匆离开。我不知道在今冬一直淋沥的雨中,视力不好的母亲在那万籁俱寂的山中老屋里,是怎样度过了一个又一个寂寥的晨昏。

有一次周末我回去陪她,黄昏的时候雨稍稍停了下来,母亲说要出去走走,隔着菜地,看着暮霭沉沉中母亲蹒跚独行的背影,泪瞬间湿了我的眼眶。我该去搀着她走啊,就像她的大手曾拉着我的小手,从没有犹豫迟疑过,而我为什么要这样迟疑呢?

翌日,我启程回城,母亲又是在那样的雨雾中送我,站在车边,嘱咐我:"雾大,慢点开,到了打电话!"而我,久久不忍摇起车窗,不忍把她一人留在这孤独的山里,我说:"上车吧,我们回城!"她还是执意地摇头。母亲刚强,一生不愿示弱,她是不想成为我们的负担,她宁愿一人孤独终老,可是她的寂寞,我深深感受得到。父亲不在的这些年里，她默默地承担着父亲未完成的责任，独自咀嚼着生活的酸甜苦辣，即使丧失了部分劳动能力，她也帮我们带大了我们的娃娃。

车子缓缓启动的一刹那，我看着母亲在风中凌乱的白发、努力想看清我的浑浊的双眼、雾霭中孤零零的身影，又一次泪奔不止，心里一遍遍祈祷："母亲曾是位仙女，岁月请你别伤害她！"

凡尘俗务，总让我们身不由己，我多想回到老屋，日日陪在母亲身旁。为她洗衣做饭，挽着她的手一起散步，陪她穿过黄昏的雾霭，看晚霞如画。让母与女的角色轮换一次，就像小时候，母亲为我们撑起的那片天空下，鸟语花香，四季纯净无瑕；让母亲的笑颜绽放，亦如我们曾经一样灿烂，没有皱纹，没有沧桑。

每一位母亲，都曾是灵心慧性、无所不能的仙女。可是当仙女为儿女奉献一生，不再是仙女后，请善待她，记住她曾经的美丽，温柔过的心，如此，便好。

明天，无论阴晴雨雪，最应该做的事情，还是去接母亲回到城市温暖明亮的华屋吧。

风吹荒草

给您一束五月的康乃馨

母亲近年于我们,就像一件易碎的青花瓷器,是一只不知道把她放在哪里,才不会摔碎、不会丢失的珍贵的瓷器。她的身体每况愈下,像一片悬在枝头的黄叶,不知道哪一阵风会把她带走。

母亲自己不是不知道,她努力地活着,每天按时打针、吃药,做些力所能及的家务,给我老家门口的小菜园理理菜秧、拔拔草。就在我们以为日子会一直这样平平安安,母亲也一直会在老家燃起一缕炊烟等着我们归来时,意外还是发生了。

那个傍晚,等我们接到消息,着急忙慌地赶回去时,母亲已被邻居们抬上了先一步到达的救护车。救护车闪烁的车灯,刺痛了我的双眼。

记得那日,是刚刚过完元宵节不久。元宵节那天,天气阴郁,生活在老家的母亲,还在电话那头朗声喊我,嘱咐我约她的小女儿一起回去过节,她来准备晚饭。我打电话给妹妹,她说有事去不了,我只好回了母亲,母亲很失望地挂了电话。现在想来,母亲大概就是觉得自己朝不保夕,想在有生之日,给她的女儿们准备一顿节日的晚餐，好让女儿们体会一下有妈妈的温暖吧。但是，我以为来日方长，忽略了她的心意。也不知道，这是不是错过了此生母亲最后一次为儿女做饭的机会。

母亲向来坚强，小病小痛她总是一声不吭，好几次大病缠身，被医生判了"死刑"的她，总在我们伤心欲绝的时候，又奇迹般地转危为安，给我们制造了好几次失而复得的惊喜。然而这一次，我的可怜的、要强的母亲，是真的被疾病击倒了，我多么希望，她能又一次坚强地站起来，活下去，再利用她的坚强，和我们开一次玩笑。

入院多日，母亲不见好转，一天比一天痛苦，头疼呕吐，血压居高不下，看着她无力地呻吟、挣扎，我恨不能把她的病痛转移到我的身上。记得我幼时体质极差，常常莫名其妙头晕、肚子疼、流鼻血，每次在我以为自己快要不行的时候，母亲都会丢下手中的活，她一句柔声的安慰、一遍轻轻的抚摸，就使我的病好了三分。现在，就算我把她曾经给我的安慰一百倍地奉还，也缓解不了她的痛苦。那天夜里，她愈加疼痛难挨，我守在她的病榻前也一夜未眠。清晨的第一缕霞光，终于在我的盼望中洒到了医院十五楼的窗台，母亲也终于安静下来，鼾声平稳，我想是不是疼痛缓和了些，疲倦令她入睡了吧，便蹑手蹑脚地在她身旁和衣而卧。上早班的细心的护士女孩查房时，却发现了母亲的异常，怎么也唤不醒她。我趴在她耳边，大声喊着妈，她也没有一点反应。我前所未有地慌乱，感觉母亲离我越来越远，就像小时候，她去上街，她回外婆家，没打算带上我，我每次都要倔强地赶着路，直到看不见她的背影，才顺势倒在有着软软青草的田埂上，伤心地号啕大哭一阵。至今，我仍然清晰地记得见不着母亲身影的那一天，我是如何魂不守舍，如何看着西斜的日头，踮起脚尖盼着她归来。

时隔多年后的这个清晨，母亲就在眼前，我却感觉她离我那么遥远，感觉她的心跳已不再连着我的心跳，她的血脉就要与我的血脉分割了。窗外的阳光都暗淡了，世界在我眼里又有种失真的错觉，这错觉是我在每次极度悲喜的情境中都会产生的幻觉。我忍不住又哭出声，护士女孩冷静地嘱咐我不要哭，告诉我马上送母亲去检查室拍片，我抹掉眼泪，给家人们分别打了电话。

母亲从CT室一出来，主治医师就告诉我们，最担心的后遗症脑积液发生了，是积液引起的昏迷。为抢救母亲的生命，等不及弟弟从外地赶来，我和妹妹决定同意让医生马上进行脑手术引流，在那张冰冷的病情告知单上，我们分别签上了名字。很快，母亲被推入手术室。隔着那扇淡蓝色的门，母亲在里面生死未卜，我们在外面如坐针毡。我不知道，世上还有哪一种痛，能比得上这种揪心的疼痛，还有哪一种无奈，能越过生老病死。好在，历经三个小时，那扇蓝色的门终于打开了，母亲的头上缠着厚厚的白色纱布，又被送回病房。

手术过后的母亲，在病床上渐渐恢复意识，可能是因为麻醉药性的作用，痛感也麻木了吧，不再大声呻吟。第二天早上，母亲显得很精神，虽然虚弱，但是神志在半清醒状态。我问她我是谁，她说："你是我的大闺女啊。"又口齿不太清晰自责地说，

"秋，你咋摊上这么个妈？妈连累你们了。"我说："我的妈很好啊。"又逗她开心道，"不是妈好，怎么能把我生得这么优秀呢？"

是的，母亲名慧兰，人如其名，一生聪慧异于常人。她纳的鞋十双无二致，无师自通为我们缝制的衣合身贴意；烧得一手好茶饭，明理贤良、睦邻爱亲，山里田里的农活也没有一样能难倒她。但是幼年因为家境贫穷，子女众多，又偏遇我的外公是个封建老顽固，认为女子无才便是德，虽然自己整天手不释卷，却不让他的女儿们上学，这是母亲一生的遗憾，她也因此对外公积怨很深。所以，她和我的父亲不同于乡里其他的父亲母亲，两人不分昼夜地躬身劳作于土地，只为两件事：养活我们姐弟和供我们上学。他们不同于她的老夫子父亲，不仅认识到读书与耕田是同等重要的，且没有轻看女儿之心。

我之所以能写些肤浅的文字，在人世间细腻深情地活着，并能从微小的事物中，悟出些许生活的本质来，再把它们诉诸笔墨，让思想的火花发出的微光，在人群中得到些许认同，这得感谢我的粗粝的父亲母亲，是他们低入尘埃，化作春风春雨地供养，他们的儿女才得以在春天的枝头上，开出些细碎的花朵来。

而且，母亲把我们姐弟仨生得都不差，虽然没有给我们倾国倾城的容颜，没有给我们文韬武略的天资，但是至少我们没有先天疾病，四肢健全。他们含辛茹苦地将我们抚养长大，并教会我们做人的善意，因此，我们在认认真真做人、踏踏实实工作的同时，也获取着世界善意的回报，享受着人生的种种美好。从这些方面来说，作为一个妈妈，她是成功的，虽然她的一生那么平凡，而我们在她生命的延续里，正在努力成为一个稍带光芒的人。

时间在一分一秒的煎熬中一天天逝去，母亲在术后出现精神恍惚、胡言乱语的情况。看着时而认识我，时而又不认识我的越发苍老的母亲，我的心宛如刀割，这还是我那个坚强的、聪慧的母亲吗？

我倒希望她糊里糊涂，这样她就不知道难过，不知道疼痛。但是病痛还是像恶魔一样揪住她不放手，麻药药劲儿过后，她还清楚地在痛苦中挣扎，无力的手试着举起来，去摸摸自己的头，摸摸自己的脸，又无力地垂下，片刻不能安宁。

我的母亲，我要怎样才能帮你，才能救你于苦难？我只好去到她的床前，紧紧握住她的手，不停地抚摸着她的额头，就像小时候，她的大手轻轻地抚摸我们的小额头。

母亲的父亲和母亲，皆已弃她而去。我的父亲，她的丈夫，也已离世多年。从精神上来说，母亲，她在这世上已经没有任何可依赖的人。虽然我们让她衣食无忧，尽量倾注关爱，但是，我深深理解她的孤独、她对生命的无奈、她内心的呐喊。

母亲节只是五月的一天，母亲给过的爱，岁岁年年。

今天，我给母亲送去一束五月的康乃馨，借它的生动明艳，照亮晦暗的病房。告诉她五月的阳光有多灿烂，世上所有的美好都在期待拥抱她。光阴，也从未隔开过爱，我还是从前那个踮起脚尖，在黄昏的斜阳里盼她回家的女儿。

飞　　鸟

从诊疗室咨询了医生后出来，我乘着手扶电梯缓缓从二楼降到一楼。我看见她孤零零地坐在那里，浑浊而单纯。她轮椅的颜色是黑与灰，与医院大厅地面的颜色接近，一点都不显眼。但是她孤单地坐在那里，神情空落，四顾茫然，一头枯白的发，因与周围熙攘的人群显得格格不入，而格外地让我心惊。周围流动的是生气，而她浑身上下都散发着一种冷寂，一种周围的一切都与她无关的漠然。

这是阳春三月，户外的阳光正明媚，路边的红梅、白玉兰、紫叶樱们开得缤纷耀眼。而她，似乎都没有感受到这世界正被汹涌的春光裹挟。

一种撕心裂肺的痛从我心底蔓延到每一个神经末梢。我感觉她离这世界已越来越远，而我却无能为力。那个用一指禅费劲地在电脑上敲出她名字的老医生，只是友好地、淡淡地对我说，她的小脑萎缩得很快，很快就会不认识人了。

她怎么可以不认识人？她曾经那么聪慧、强干。那些年生活的底色如块灰色的画布，她总能用巧手为我们绘出一个个五彩生动的日子。

　　事实上早晨我和妹夫去接她来医院时，她的确已经不认识她的小女婿了，只是在看到我的一刹那，露出了孩童般的笑容，惊喜地抬起左手挥了挥，吃力地叫出我的小名。

　　显然，她与这个世界正保持着一定的距离。现在，虽然她明明就坐在那里，我却感觉她正独自落寞地游离在一个模糊的、恍惚的世界里。我不能理解，努力想象着她是怎样在一点一点地把自己从这个鲜活的世界中剥离。

　　我想将那根看不见的风筝线牢牢地抓在手心，那样我就能抓住她脆弱的、飘若游丝的生命。其实，我是多么害怕失去她，虽然她已缥缈如一只即将没入云端的飞鸟，她的确已逐渐成为一只飞鸟，轻盈。她甚至已不记得她之前一直寻找的那只老年手机。那只手机里除了她三个儿女的电话号码，还存有为数不多的，与她互相惦念的久未谋面的老友的电话号码。她的手机必在她的视线范围内，白天在口袋，晚上在床头。即使在病中也是这样，她时常嘱咐我们为她的手机充电，有时也自己悄无声息地插上电源。于病中的她而言，手机可以让她与病房外的世界保持正常联系。她会时常打电话给她惦念的人。而现在，她的手机已不知去向，我默默地观察着，大半天的时间，她缄口未提。我摸摸她的口袋，除了几张皱巴巴的面巾纸，口袋空空荡荡。我的心中涌起一阵止不住的悲凉。她放下手机的同时，其实已开始从心里一个个放弃了她所惦念的人，渐行渐远的背影，正在割舍着她与世间万物的关联。

春天的风暖暖柔柔地吹着，春天的花一树一树地开着。春来了，人的心都如冰河开化了，而她，还像沉浸在无边的寒冬里一般，没有苏醒的迹象。

我一遍遍告诉她关于我们生活的事，企图唤醒她曾经如水的母爱、对生活的激情，但她仍然一副漠然平静的样子，似懂非懂，似乎一切都与她无关。

我突然很怀念从前那个除了精干还很强悍的女人，她从不欺软怕硬；很怀念那个聪慧精明又有点贪玩任性的母亲。那样的她才是生动的、真实的，不似这般让人陌生、无奈。

病后的她曾一遍遍地跟我们诉说她的种种不好，视力下降、腿疼、耳背，我们也一次次地带她看医生，做各种检查。现在，这些症状明显在加重，她却变得模糊而迟钝，只字不再提。这让我痛心与害怕。我多希望还能听她一遍遍诉说，对每况愈下的身体提出抗议，挣扎着，还有恢复健康的信心和勇气。这样的她，才是活生生的充满了生气的我的母亲。

我告诉她春天来了，她只缓缓地说："哦，春天来了呀。"她已不知道春天对于人间意味着什么，对于她，曾意味着什么。

我没有办法把眼前的她与印象中的她联系起来。

印象中的她是属于春天的。春天一来，她就变得异常忙碌而活跃。她要赶在春茶上市前，把栏里的猪一个茶季的吃食准备充足，以便她能心无旁骛地投入春茶的采收里。油菜花田下的紫云英开得浓密灿若云霞时，是她最欢实的时候。为采茶请篾匠师傅新编的竹篮，盛满了她新割的猪草，一篮又一篮，连同春光一起

风吹荒草

被她挎回家。她劲头十足地忙进忙出,汗水涔涔的脸颊,也像落上了两片红云。

备足猪粮,漫山的春茶便在无边的春光里,一日日妖娆嫩绿起来。她在清晨的露珠里,像一阵春风,一早跑遍大大小小的山岗。然后,王一样气定神闲地指挥着采茶女们:哪一块的茶叶还在酣梦中;哪一块的茶叶已经梦醒了,在昨夜蹿了很高的个儿;今天,该往哪块茶园。

把新鲜的茶叶加工制成干茶,是一个相当辛劳且耗费体力的过程。早年是人工在灶上烟熏火燎地翻炒后,再倒入置在炭火囱上的篾烘上进行烘烤。几百斤的鲜茶,往往是通宵达旦不得停歇。篾烘的温度决定茶的成败,不宜过高,也不宜过低,中间还需不停地翻烘。她翻起烘来毫不含糊,半人高的篾烘上,堆满半干的渐渐卷曲的新茶。她不高的微胖的身躯扎起马步,高高挽起衣袖,露出两节浑圆的、白皙的胳膊,端起篾烘前后一颠簸,再左右一摇晃,拍拍烘顶,一烘茶叶便被她服服帖帖均匀地翻整在烘上。

后来,由于市场经济,自由贸易取代了小镇上唯一一家公家茶站,又随着乡村人口的流失,一度繁华的声名显赫的小镇茶市渐渐萎靡。再后来,为数不多的收茶的小贩与留守山村种茶的人,都在子夜时分开始交易。每个人都是匆匆地来,又匆匆地去,天一明便如朝露,蒸发得无影无踪,小镇就宁静到仿佛喧闹一时的夜没存在过一样。父亲生性木讷不善言辞,为把干茶卖个好价钱,多数时候,都是她一个人挑着干茶,摸黑走向十里开外的小镇。她干练、泼辣，性格开朗，能言善辩，会察言观色。她的茶，总是能快速地以不错的价钱出售给外地的客商。

她没有女人的娇弱，一生风风火火，还有着一腔疾恶如仇的侠肝义胆。前门有个混账男人屡屡打他老婆，她每次必在闻声后前去阻止。那男人恶狠狠地出言不逊，骂她多管闲事，她挺步上前护住那位可怜的女人："古人有法，若哪个村上出了浑事，因家庭纠纷出了人命，邻居难逃干系，前门的挖眼珠，后门的割耳朵。这闲事我管定了，怕被割耳朵！"那男人哑然失笑，只好放下棍棒。我瞧见那女人哭泣着爬过来，给她磕了几个头。

这条古人的"法训"，不知道她从哪里学到的，曾让年幼的我佩服得五体投地，觉得她是仙女的化身。

春天，细雨缠绵悱恻几阵，阳光热烈奔放几回，山里的野菜便排兵布阵般，齐刷刷地冒出了地面。她在走路带股风的忙忙碌碌中，还不停地弄些时鲜野蔬——蕨菜、马兰头、春笋、春蒿、野韭、香椿……哪一样，她都能做出绝美的味道。整个春天，是我们最有口福的季节。

那时候，她坚实得如我们脚下的大地，有着大地般的馥郁与温度，我从没有想过有一天她会变得如此邈远，会渐渐如一只难以捕捉的飞鸟。此刻，那孤单的身影，让我在心里泪流成河。

我穿过人流奔向她，紧紧攥住她粗糙的手，想带她穿越荒漠的光阴，抵达天荒地老也不松手，不松手。

我有花一朵

禁不住茜子姑娘一再央求，我带她从山里的家回了市里的家。

也是难为她了，本来年前回老家过春节时答应她过完三天年就回来的，结果改变了计划。我们在那世外桃源般的地方当然乐不思蜀。只要你愿意，随时可以出去溜达，在林间山野逛上一整天也不用担心会遇到人。但或许会遇上一两只夺路而逃的松鼠，或者一群在竹林里漫步的竹鸡，再就是头顶上莺啼雀啾、上蹿下跳的鸟儿们。

茜子看我们根本没有回市区的意思，只好从反抗到接受，再到慢慢习惯山里的生活。可是她终究忘不了奶茶，忘不了肯德基，忘不了火锅，这些城市新滋生的文明，对新生人类的诱惑之大让人不解。这也不奇怪，就像他们不解你对乡土的眷念，不了解你看着一棵她完全陌生的草木会含情脉脉的原因。人类的悲欢喜好真是千奇百怪，各不相通。即使这个人是你亲生的，除了一脉相承的血缘，你也无法左右她的思想，就像她不理解你为何喜欢待在这个人迹罕至的地方。

我没有权力长时间剥夺她对城市的向往，就像她尊重我们的意见乖乖随我们待在深山。

在第四十八天的黄昏她巴巴地问："我们能不能回家？"想着多日来我们的城市连创新冠疫情"四无"的佳绩，我说："好吧。"

未打道回府茜子便直奔万达的肯德基店，我们被拦在店外扫码订餐，然后隔着厚厚的玻璃门等待。晚上七点，本是商超销售的黄金时段，而偌大的广场空无一人，只有橘色的灯光给立在寒风中的我们带来一丝暖意。倘不是这光，不敢想象这高楼林立，路上街上却行人车辆寥寥的城市会是什么样子。喧嚣，车水马龙、人头攒动才是城市本该拥有的啊。拿茜子的话说："喧闹的城市多好哇，工厂机器轰鸣，楼盘一栋一栋比着造，城市干道上奔流不息的车辆似生命喷薄的血脉，菜市场的蔬菜供不应求……国家经济高速运转，GDP 噌噌上涨。"嗯，能上升到考虑国家经济的高度，比她只哀叹于眼前这个春天迟到了的老妈强。她不是学经济学的，是学生物学的，立志投身生物病毒的科学研究，并且在往这个方向积极努力地准备着，以期能为人类攻克疾病做出一点点贡献。我举双手赞成，无条件支持。想起她的志向，我原谅了她不喜欢待在深山，她应该属于外面更广阔的天空。

我也原谅了她倾心于洋快餐，实事求是地说，这些色泽诱人、肉香扑鼻（抑或是添加剂的香气）的美食，较之农家土灶烟火气息浓郁的味道，的确更能短效地刺激人的味蕾，我在茜子的一再邀请下也尝过。但是她边大快朵颐边又语出惊人："有一说一，这些东西不具备家里柴火饭的灵魂。"这就对了，虽然拒绝不了一时的诱惑，但是不忘灵魂所依，我释然。

在城市听不见夜半的狗吠，也没有凌晨的鸡鸣，白天和夜晚一样静悄悄。因为不能去探访朋友，也不能去影院享受一场电影，我更失去了在山里门前的那一大片竹林里散步的乐趣。她说："我陪你去看花。"三月本是游人如织踏青的好时节，梅溪公园却也是门可罗雀。我已记不得上一次来这里是跟谁，恍若隔世。不知道那些散落在各处的朋友，何时能相见；不知道他们有没有如我这般深刻的体会——此生不易，我们都要好好地活着，顺应自然法则，敬畏珍爱地球上的同类生命，不渡无妄之灾。

公园里，红艳艳的春梅已悉数凋谢。只在一春水荡漾的池塘边，看见了一簇盛开了的明黄色的迎春花。它们笑意盈盈，朵朵都朝向太阳，大有清照词"何须浅碧深红色，自是花中第一流"的自信。每一朵花都有它的春天吧，我想。不论是富贵华丽的牡丹，还是眼前这小小的迎春花，只要用心地绽放过，结果都一样令人着迷。

蹦蹦跳跳走在前面的茜子姑娘，阳光、乐观、努力，一如她身旁的小花一朵。靠近她，就不由得整个人也跟着明亮了，天空也明亮了。

等　　待

是初夏的雨季。雨前脚才停，校园内，饱吸雨水的灌木油亮葱茏，参天蔽日。一些梧桐的树冠从高高的院墙内探出了一半。年轻的学生们三三两两，从那扇有些陈旧的闸门旁走了出来。"中国科学技术大学"几个大字被雨水洗刷得锃亮，镶嵌在院墙并不起眼的一角。

我踮起脚尖朝校园内张望着，重拾一段等待的时光，心竟怦怦乱跳起来。越过光阴，她成长的过程无不伴着我长长的等待。她上幼儿园第一天放学，我提早半个小时去了，伸长了脖子挤在家长们中间，远远看见老师领孩子们出来，她额头上贴着小红花，脸颊上还有一抹鼻涕的痕迹，我跑过去，竟热泪盈盈。后来是排着队，她矮小、瘦弱，紧跟着手里举着手牌的班长，我站在人群外，朝她晃晃手里红红的苹果，那小小的眉眼就在队伍里冲着我笑，露出一排豁巴牙。再后来，她的书包越来越沉，我在夜半的校门外耐心地等，把从梅园路的家到学校那一条开满合欢的路，一走再走。

纵然她越长大越不似小时候那般温顺乖巧，有 N 次与我横眉立目对着干的经历，但我还是乐此不疲，在各种有她的地方去等待。

在漫长的等待里，我的内心时时都充盈着喜悦。有人可待，有事可栖，这日子才有光可寻，才得以日复一日地充满了期望。学校门口，补习老师的楼下，舞蹈教室外，我犹如花匠在等待自己植下的一粒丑丑的种子，在阳光雨露里，一心等待着她从发芽到开花的过程。

这等待，亦如同等待漫长的日月重塑另一个自己，将当初因蒙昧无知而不能选择的人生，再慎重地重新规划一遍，将未曾接触过的领域探知攀缘。

今天，我再次满怀欣慰地等待。当她大步流星地朝我走来时，我感恩岁月，终于将一个雕琢得日臻完美成熟的姑娘，双手捧在我面前。我深信，她的眼里已拥有洞悉一切的光芒，她的行囊已收藏了一路的风景。

那一张张年轻的脸庞从我身边路过。我知道，他们也是在别人的等待中，在充满期望的、鼓励的目光中才逐渐成长为这般自信的模样。看着这些青春逼人的身姿，我毫不怀疑，他们拥有创造一切的勇气与力量。

这无怨无悔长长的等待，这前赴后继、孜孜不倦的追求，是否促进了人类社会文明一直在往前往上、不断攀登新的台阶？如果是，还有什么比这等待，比这付出更有意义？

今天的女孩已高出我半个头，她微微笑着朝我走来，这一次，是久别重逢的拥抱，或是她成年的回馈礼。她扫了一辆城市共享电动车，载着我，一如过去那些我载着她的时光。我们如两尾鱼，在烟尘弥漫的街道上游着，去哪里呢？去哪里一点都不重要，重要的是我俩又在一辆单车上，她的体温再一次贴着我的体温。我愿意一直就这样与她一起游着，或是从时光隧道游回去，回到我尚年轻她尚小的时光，让心头的欢喜如流泉，从此刻的街头欢腾着奔向没有尽头的街尾。

择一处优雅的餐馆停下，选一处靠窗的位置，她坐在我对面，我们要了一些特色小食及一瓶干红。我望向她，那宽宽的额头、大大的眼睛、自信的微笑，浑身洋溢着喷薄欲出的青春气息，美丽、炫目，让我陌生，又暗自生喜。没来由地，忽然想起我教她背的第一首诗。那一天是在黄昏的上海浦东，距我们的皖南山高水远。我拉着她的小手，夕阳将一大一小两个背影拉得长长的，我忽然心头横生一缕诗性的愁绪，便是："枯藤老树昏鸦，小桥流水人家，古道西风瘦马。夕阳西下，断肠人在天涯。"

"小马"当年弱不禁风，挑食、精瘦，豁牙的嘴巴漏风，把"枯藤老树"读作"扑藤老妇"，我大笑，她也笑，握起小拳头乱捶我。笑来笑去，把诗句营造的千古感伤也笑得无影无踪。

我望向她，这个仿佛从岁月的长河中风尘仆仆而来的姑娘。当年因龋齿豁的门牙，早已无缺、如贝；两条朝天的羊角辫，已在脑后束成一条浓密乌黑的马尾辫。她说每天有做不完的实验，剖析获取人类能更有效地战胜一些疾病的经验。在那忽闪的大眼睛里，我捕捉到了一缕蓝色，一些让我心痛的讯息：工作的疲倦、课题进展受阻的迷惘。我知道，是成长逐渐在把纯洁明亮变

风吹荒草

得忧郁沉静，把纯白变成了蓝色或其他更深浓的颜色。此刻，摆在她面前需要跨越解决的，不再是单纯的分数、成绩，而是人类需要解决的一些难题。

我是该忧还是该喜呢？

这世上有谁不是在荆棘和碎石上，一步一步把脚板由稚嫩打磨到坚韧？我们打开的这瓶干红，浓香四溢，有谁知这杯回味悠长的美酒经历过多少往事？

初夏的黄昏，蝉声如浪。这种生命，亦是在泥土里经过了无数漫长的黑夜后，才得以羽化，在凉柯间欢悦地歌咏。生命的意义与价值，正是来自生命本身奋力不息地追求，向着光和暖，向着伫立枝头或成蝶或开花的那一刻。

而她在一路的奔跑里，在两年前考入这座高等学府的免疫学研究所后，就一头扎进了实验室，奔波在省城的医院与实验室之间。她的生命，不再简单到只与我有关联，在现在和未来，她或许还关联了更多的生命。

我抿下一口轻盈酸甜的酒，再次以母亲的目光凝望她，不知道在一路长长的等待过后，我是否已等到了她。但毫无疑问，我愿意继续等待，在下一个路口，在下下个路口。

表妹豌豌

清晨冷清的小街。巷内,那些古旧的木板门吱吱呀呀,被店主们陆陆续续一块块地卸开了。一个肤白眼大、机灵又瘦弱的小女孩,早早就坐在青石巷口的石墩上。

她的身后,小巷的油面摊上,那个白胖的女人抓起一把干枯的松枝,点燃,扔进了那只锈迹斑斑的油桶,烟雾袅腾中小巷就活泛了。日头渐渐上来,油饼油条与燃烧的松枝相互糅合,香气就溢满了整条街。女孩咽咽唾沫,只是眼巴巴地望着那条石砌的小路。那条石阶从高高的山岗一直延伸到小街。

石阶的两旁是杂草葳蕤的荒坡,小街上死去的人都埋在那荒坡上。她知道从这条小路爬上去,再走个七八里地就到家了。但是,荒坡上那些新新旧旧的坟茔、面容狰狞衣衫褴褛的流浪汉、一路荒僻的树林里传说有会叼小孩的豺狗……

一

那年,那些想象与现实的恐惧,像噩梦一样浮在空气里挥之不去,让小小的女孩烦恼不已。所以,妈妈一不注意,女孩就要跑到巷口来瞄一瞄。当然,她的心思,妈妈根本不知。她只盼着从山岗上走下来卖菜、卖米、卖松枝的男人女人里,有自己熟悉的叔婶伯姨。那样,她就可以随他们逃回家去。

她不喜欢妈妈在街上的新家。尽管她手里捏着五分硬币,随时都能去胖女人那里买到一只油饼;尽管妈妈给她买了漂亮的头绢花,把她打扮得像一只花蝴蝶,更准确地说,像一个街上的小女孩。但这些她都不喜欢,她的心中只有一个方向。

那个小小的倔强的女孩,是豌豌的妹妹麦麦。

后来,麦麦果然还是挣脱她妈妈的目光,随村里上街的邻居逃了回来。那时,麦麦和她的妈妈在乡间创造了两项惊人之举:一是一个年幼的小女孩,在没有任何大人的教导下,有勇气做了那么大的抉择;二是她的母亲,离经叛道,因贪慕虚荣,抛家别女与别人组建了家庭。当然,前者被人称颂,后者遭乡人唾弃。

据说,她的妈妈后来也几次三番地来村里要过孩子,因为离婚协议上,麦麦是被判给妈妈的。但是年长些的豌豌,每次都把妹妹藏起来,也拒绝了妈妈的零食与新衣裳的诱惑,拒绝了妈妈要拿她换妹妹的请求。拿我姨奶豌豌奶奶的话说,伢是有骨气的伢,金窝银窝不如自己的穷窝,街上再有好吃好喝好衣裳,她们也要跟穷家在一起。小小的姐妹俩,因此在当时的乡间被传为一段佳话。在大人们的夸赞中,我对她俩佩服得五体投地。

失去了母爱的豌豌,从此在家里就承担着原本是一个母亲该承担的一切,不过十二三岁的豌豌,就成了麦麦的母亲。每次上学之余,闲得发慌的我去找她玩时,她都是在放牛砍柴,给耳背的、成天闷着在田里地里干活的爸爸洗衣做饭，要不就是在田里淘野菜，备着鹅、鸭、猪食。麦麦总是寸步不离地跟着她。

她简直成了亲戚口中小孩子们的楷模。我的母亲时常拿她教育懒散的我们："你看看人家豌豌……"那时候我时常做过这样的遐想："假如我是豌豌，一边是在街上跟妈妈过着优越的生活，一边是守着有爸爸、妹妹的穷苦冰冷的家，让我只选其一，我该怎么选择呢？若选妈妈，就是和家族亲人永远划清界限；若选爸爸——可是有妈妈的家才有飘香的饭菜，才有温暖的烟火啊。"想破了脑袋，我也做不了这么艰难的抉择。好在我的父亲母亲虽然脾气暴躁，家里动辄也鸡飞狗跳，但始终没有到领着我们姐弟仨去人民公社判离婚的地步。

二

再遇豌豌，是我们一同考入了一所离家几十里地的中学。那时候，不知道为啥而读书，能稀里糊涂地考上中学实属巧合。隆冬严寒，北风猎猎，宿舍透亮的瓦缝、一扇破旧的木窗，皆挡不住户外漫天的凛凛风雪，我们穿着毛衣瑟瑟地裹在薄薄的被子里。食堂几个粗枝大叶的大婶，每天都把一锅饭煮到焦煳，泛着难闻的柴草烟味。玻璃瓶里，咸菜一直吃到长白色毛毛。这些，都让我痛恨不已，日夜想逃学。豌豌这次比我幸运，寄住在学校附近她的三姑家。

那天放学，我抱着摞书蔫蔫地往宿舍走，豌豌背着书包远远地跑过来，兴奋地拦住我，说三姑一家人出远门了，我可以随她去三姑家住一段时间。

这实在让我有些喜出望外。我俩缩着脖子走在寒风里，暮色中的田野已霜雪凝冻，光秃秃的树丫在灰蒙蒙的天幕下有种无言的苍凉。一到家，她就放下书包，娴熟地抱柴火生火做饭。锅台上飘起的蒸汽，氤氲在冷冰冰的空气里，灶膛里的火苗通红，映着她白皙的面庞，让我瞬间跌入了家的温暖。她边咯咯地与我说笑，边搬个木楼梯爬到阁楼上，取下一只三姑在霜雪前藏进屋的大冬瓜。我在灶下添着柴，她在菜板上嗒嗒地切着冬瓜，木榨的菜油在锅里滋滋地冒着香气。我偷望她忽闪的大眼睛，平和温婉，没有一丝我想象的忧伤。

那些寒冷的日子，我俩每天一块上下学，一起回家生火做饭，她在锅台上倒腾着，我在灶下添着柴。一方小小的饭桌，两人美滋滋地各坐一边，中间置上一青泥小火炉。火炉上咕咕嘟嘟，是一锅冒着腾腾热气的红烧冬瓜，两人隔着雾气，呼哧呼哧地吃着。那冬瓜，吃完一只，豌豌会爬到阁楼上去再取下一只。已忆不起有第二个可佐食的小菜，只记得那个飘香的砂锅，红红的炭火，豌豌温柔善良的浅笑，皆聚成一股暖流，至五脏六腑，熨帖舒适。

后来读到汪曾祺的作品，老头儿把寻常的一粥一蔬，都写得极具风韵雅致，我常要凝神掩卷片刻，把记忆深处那个雪天泥炉上的冬瓜，也拿出来比较品咂一番。

又如，生于"糠菜半年粮"时代的齐白石，晚年依然对白菜情有独钟。有一次，可爱的老先生竟拿一幅白菜画作，欲去换农夫的一车白菜，结果遭农夫的怒骂，惹人笑谈。我亦能理解，他对"先人三代咬其根"的白菜的感情，为何会胜于世人追捧的画作。

因那些热腾腾的饭菜，异乡的冬天也不觉那么煎熬。以后的人生，也经历了无数冬天，有咸有甜。唯想起那个有风雪的冬天，想起豌豌，便动了白石老人"菜根香处最相思"的心情，心底，便有冰在慢慢融化。

三

后来，也许是因为家庭原因，豌豌辍学了。我在接下来独自求学的寒冬里，再也没有享受过那热腾腾的小火锅。再过些年，去豌豌家玩，她平静地告诉我，她要与一外乡的男子结婚了，两人经人介绍，并不是十分了解，只因那男子自愿入赘上门，承诺帮她一起照顾爸爸奶奶，供麦麦上学。我有些惊讶，我知道豌豌是有心仪之人的，只是那人的父母，不同意独子做倒插门女婿，豌豌的态度也很坚决，两个人分分合合，到底是没有两全的办法来解决。想来，她不舍得抛弃的不完整的家，也确实需要一个可以依靠的肩膀，帮她分担家的重担。

穿过弄堂的风，那会儿正撩起她额前一绺乌黑的发，她水灵的大眼睛中，有一丝茫然，有一点期待。她榆木疙瘩一样越发耳背的父亲，放下肩上的犁耖就走向了厨房，那里，有豌豌早已做好的饭蔬。我小脚的姨奶，也颤颤巍巍地起了身。

我默然，但是我心里清楚，乡里的女孩儿，有谁不是对婚姻充满了憧憬，即使不是情投意合的那个人，至少也希望借婚姻的跳板，从此地跳到彼地，换一种全新的活法啊。

四

春去秋来，一年一年，我们在各自的人生路上走着，很少再有交集。早期偶尔回乡，还从我母亲那听到一些关于豌豌的零星的消息。有时，是她和她的老公也顺应着时代的浪潮，在镇上开着饭店；有时，是留一人照看着一家老小，另一人去了大城市打工。我想，平常的日子也是福，唯愿她幸福。

可是，后来又隐隐听到了关于她的不幸。

约莫是她的孩子刚入小学的年份，她的老公就患了严重的疾病，渐渐丧失了劳动能力。再后来，又听说她老公已不能正常走路，吃喝拉撒全由豌豌照料，乡间的土路上，常见豌豌背着他艰难地来去。

流年似水，我们仍然在各自的生活里浮浮沉沉，鲜有彼此的消息。偶尔，想起豌豌，心里别有一番滋味。不知温柔善良如她，有没有得到生活的赦免，有没有苦尽甘来，在正常的生活里，享受着一个女人该有的人生？

那天午后，我为一点小心事纠结着，慢慢徜徉在车水马龙的街道上。初冬的阳光懒洋洋地掠过城市的上空，路旁高大的法国梧桐已开始泛黄，斑驳的光影，零落的叶片，匆匆的行人。

有两个中年女子在我身边的红绿灯前驻足，两人口罩掩面，用以低声交谈的，是我熟悉的乡音。我望过去，迎上的是一双似曾相识的眼睛,虽然那双大眼睛已非我记忆中的清澈,眼角也是细纹横生,但我还是一眼就认出了她,是豌豌。她一身朴素的衣衫,斜挎着一只类似买卖时收钱的小包,一头乌黑的秀发过早地染上了风霜。她摘下口罩,那曾经周正秀丽的面孔上写满了沧桑,高挑的身材亦有些微弓。

她还是那么亲切热情,我一时语塞,千言万语,不知从何说起。

"你还好吗?"我语无伦次地问道。

"肯定没有你好。"她羞涩腼腆地笑答。

"她的老公卧床十几年了,都靠她在外面打工养活,要供儿子读书,还要挣医药费。这次是病情加重了,带回来住院治疗呢。"另一快言快语同行的女子,亦是本家亲戚。

原来这么多年,她没有离弃他,北上南下地求医、谋生,都是她用轮椅把他推着,或者驮在背上,一直带在身边。我愕然,心痛。哀其老公的不幸,更是心痛眼前这个曾经如花的女子。一个女人最好的青春,生命赐予的可贵的年华,就这样被耗在一个病人的身上,而且绵绵无期。

我悟不透禅机,不懂这世间轮回的因果,但是这样的人生是多么叫人无奈而悲伤啊!

我知道此刻所有的语言,安慰、褒奖、同情,于她都是苍白无力的。她依然温婉地浅浅地微笑着,除了岁月在她脸上刻下的痕迹,我看不出她的悲喜。或许,她早已坦然接受了命运的安排,早已习惯在逆境中柔韧地坚持。又或许,她就是上天派到人间拯救苦难的天使吧。

她说他自幼丧父母，是个在苦水中泡大的孤儿，她丢不下他，这一生只要还有力气，她就要把他带在身边。但是这一次，他短时间内出不了医院，他们已经欠了医院很多钱，上大学的儿子要生活费，她停不下来，只好把他托付给亲戚照顾，明天，她就要返回打工的城市了。说到儿子，她的眼底有亮光闪过，笑得灿烂，仿佛心里住满了芬芳。

五

乡里的豌豆，越冬，经霜，其藤能在逆境中生长，有着顽强的生命力。其花洁白清香，温暖淳朴。豌豌就出生在豌豆开花的季节。

生活于她，或许是困苦的、艰涩的，但她的心，依然那么顽强地向着美好奔跑着。斜阳的余晖将道路两旁的树影拉得很长，也拉长了她远去的背影。我继续慢慢地走着，早已忘了自己不值一提的心事，忘记了之前为何而不乐。

后来，我去医院探望了她的那个他。疾病，已将一个成年人折磨得失去了该有的意志。他握紧枯瘦的拳头，不肯配合护士打点滴，护士长走过来，说："你老婆刚打电话了，让你听话，好好吃药打针。"我看见他迅速松开拳头，把手递给了护士。脸上，有如流星划过般的一丝灿亮。

那个不幸的男人，听说他是个跟着兄嫂长大的孤儿，他又是多么幸运，人海茫茫，他恰遇豌豌，恰遇天使。

男孩天天

我刚从菜园里起身,准备把才栽上的青菜秧浇上定根水,隔壁的春草嫂子就过来了。她手里拿着一本皱巴巴的小学课本,边迈上我场院的台阶,边大声呼唤着:"天天,天天,快来让张老师教一下!"我明白,那是顺便让我听见。后面,跟着躲躲闪闪的天天。

天天是她的小孙儿,上小学二年级,如果离开课本,倒是一个很机灵善良又乖巧的孩子,我每次回到山里的小院莳花弄菜,他都要到我这边来玩,如果让他帮忙干点小活,他也很乐意,乐颠颠地跟着我跑前跑后。中秋,我们种大蒜,一篮子大蒜头,都是他帮忙剥成小蒜瓣儿,认认真真,有板有眼。末了,天快黑了,我急匆匆拿去园子里种,还是他把落在场院里的蒜衣打扫得干干净净,一片不剩,不管他奶奶在那边一遍一遍地喊他回去吃饭。一个七八岁的孩子,这种责任感很是让我意外且喜欢。这在城里的孩子身上很少见到。

春草嫂子的儿子媳妇都在外面打工,一年半载也不回来一次,天天就由奶奶带着在镇上读书,周末才随奶奶回到山里。以前，幼儿园的孩子没有作业，周末回来，奶奶只要管好他的衣食，便随他由着性子玩。他欢快地追着小狗，拿棍子戳着蚂蚁，或者在茶园里逮着油蛉子、蚂蚱，咯咯地笑着，让寂静的山里难得增添了许多关于孩子的生趣。山里面，没有车流，没有陌生人，没有城里才会有的潜藏的危险，只有树木、竹林、茶园、清风雨露与小鸟，广阔的自然，滋养着孩子快乐的天性。可是，就像天空之于鸟儿，海洋之于鱼群，一粒成熟的谷子之于大地，一个人，特别是一个成长中的孩子，终究是要与这个社会发生关系，难以逃离，也不能逃离。

二年级的课本，已让小学没有念完的春草嫂子感到吃力。作业的压力，也让从前叽叽喳喳、快乐的天天，明显多了些沉郁。

"我说是这样写，他不相信我，非说让张老师看看是不是。"春草嫂子咋呼着走到我跟前，我接过作业本，原来祖孙俩连作业题目也看不懂，不知道究竟要求写什么。毕竟是二年级的孩子，题目里面的汉字对于他来说如同一个个黑色的小蝌蚪。有些题型前面有过的，天天还算聪明，就依葫芦画瓢，没有见过的，他就拿不定了，问奶奶，奶奶也只是连看带猜，天天就半信半疑。

那些作业，还真是五花八门，就算我一个天天面对文字的人，有的也还需思考一番，然后以天天的知识和视角去指点他。比如一个"及"开了五朵花，在每朵花里给"及"字加上一个偏旁，再组成一个新字，他在其中的两朵花儿里各写上"级"与"极"，还有三朵花就不知道写什么了，我教他再加上其他偏旁，组成"汲""吸""圾"，问他认识不？他都茫然地摇摇头。我翻到他前面的课文，除了"吸"，其他俩字还确实没看到。这是拓展训练，说明学习不单单是在课堂上完成，这从小学一二年级就开始的拓展训练，就是教育一直强调的要"家校一半"的内容之一了。难怪城里的孩子一入小学就如入了高中一般，全家都跟着紧张起来。

可是留守山里的天天，有谁替他紧张呢？

还有一道题，就是把四组词语大声朗读一遍，诸如"白云、乌云、朝霞、晚霞"，还有"红花绿柳、春色满园"等，然后挑一组你喜爱的词语，发挥想象画一幅画。一听不用写字，天天大喜，他说选一组"小溪、河流、湖泊、大海"来画，可拿起铅笔，他只会画一根粗而硬的线条，估计想先画小溪，擦了画、画了擦，就是画不好小溪流畅的模样。我说需要画笔哟，春草嫂子说没有，一盒画笔落在镇上的出租屋里，没带回来。

最后还是在我的协助下，他用铅笔画了一棵柳树和一片春天的小草，草地上开出一些单瓣的小花。

天天画画的困难，也让我很是意外。

我的两个侄女入学前后，都极爱画画，她们俩有很丰富的想象力，如果关上动画片，只要给她们每人一张白纸和一支画笔，就能有效地打发走她们的吵闹，不一会儿她们就会给你看她们画的画，画纸被涂满了五彩的想象。她们家里最不缺的就是油画棒和水彩笔。我以为天下的小孩子都有用不完的画笔，可是天天竟然不是。一张铅笔画的黑白色的"春色满园"图，简陋、生硬，缺少了一份活泼的渲染。

风吹荒草

我所接触的城里孩子，无不是课余都背着书包、画板、或舞衣舞鞋、乐器，甚至滑板、溜冰鞋，在遍布城市的兴趣班上接受着文化课以外的素质培训。

我家不远处，就有一家在本市很有名气的少儿舞蹈培训机构。每晚散步至楼下，夜色中，那一扇扇全开放式的落地窗内，灯光柔和而明亮，孩子们青颜粉衫，发髻高挽，若仙若灵，步韵一致紧随着宛如仙子的领舞老师，俯仰收放之间，形舒意广，自信地把形体之美呈现到了极致，直叫路过的人看到痴醉。

很难想象，若干年后，在这些素质教育方面全部缺失的天天，与那些城里孩子生活在同一环境下。童年时期就已根植在这些城里孩子骨子里的自信，这种优越感，天天会不会有呢？或许磨砺可以锻造人才，但我更愿意相信雕琢才能出美玉。

机灵善良的天天，完全是一块需要被雕琢的美玉，也正是需要父母陪伴和引导的时候，就这样被留守、被放养着，着实让我心疼。而让我更加心疼的是，天天毫无选择的权利，春草嫂子他们对此也根本不会在意。他们的意识还停留在几十年前，孩子有学上、能吃饱穿暖，日子就该知足了。他们不知道外面的世界已经发生了怎样的变化，更不知道现在有一个流行词：内卷。这个网络流行词说白了竟然是"努力的通货膨胀"，谁更能胜任你所追逐的位置，那么机会就是谁的。城里的孩子，从一出生便是一个家庭的中心。每一位家长，都在为孩子谋划着面对"内卷"的对策，期待他们能十八般武艺俱全，以自身优越的条件去适应这个日新月异的世界。

我希望，如天天一般被边缘化的孩子们成年后，我们的社会发展得更加公平化、合理化，已没有"内卷"这个令人尴尬的词语，有更多的机会与岗位，让他们去实现做人的价值，去推动人类文明的进步。

路过四小的文具店，我在琳琅满目的文具间选了两盒彩色的画笔，准备周末带回山里送给天天，让他画里的春天多一些色彩。

风吹荒草

人在雨途

男人坐在装有高高玻璃柜的小推车后面,系着一条崭新的围裙,小推车也是新的,浅浅的菜盆里有一些卤鸭之类的熟食,因为量少,所以并不是很博人眼球。雨哗哗地下,彩虹伞在他头顶上形成了一个圆形的雨帘。

天已接近黄昏了,因雨,夜幕沉沉地向大地垂来。小区门可罗雀,光顾的只有铺天盖地的雨。我撑伞提着裙摆从他面前走过,很好奇这个新摆出来的摊,只微微侧过头去看了看他车里的菜,余光便立刻感受到了他迎来的热切的目光。

办好事情回来,还是孤零零一人一车在那里,茫然地看着一阵比一阵紧的雨。我已经走过去了,细细一思忖,便又转身朝他走去。他立马起身,殷切地探询过来,我随便指了指其中的一只鸡,说买一只吧,他就喜出望外、手忙脚乱地忙开了。说实话,一看他就很不熟悉这一买卖的操作,他很笨拙地戴上一次性手套,便开始撕扯着那只或许被称为手撕鸡的鸡。我在噼里啪啦的雨中等待着。我的驻足又引来了两个过路的女孩,她们叽叽喳喳地说:"我们要点凉拌素菜,再要点猪耳朵。"他更忙乱了,放下正在撕扯的鸡，抱歉地看看我，我微笑着示意他先帮她们弄。我甚至在心里感激庆幸，他在我之外又多了一笔生意，在这样一个大雨滂沱的天，在晚饭即将结束的时间。这个闷热又潮湿的天气，如果他能多卖出去一点，那他今天就会少剩一点积压的熟食，他和他也许天不亮就起床开始忙于卤煮熟食的妻子一天的辛苦就不会白费，明天，他们又可以信心满满地开始新一天的劳作买卖。

他还在卖力地撕扯着，我说用刀切就好，不需要这样费力。刀当然比手快，他三两下就斩好鸡，将其放入了一只大碗中，又忙里忙慌地往里面兑了一些调料。我说："才做这个生意的吧?"他苦笑着回答："是哟。"我说："菜不多，是卖完了吗?"他就不停地解释，天气热，没敢做许多，卖不完会坏掉的。简短的对话听出了外地口音，虽然戴着口罩，但是能看出来他不过五十岁上下的年纪，个头高大，衣着也不俗，除了新围裙，脚下还穿着一双尖头的新式皮鞋。这样的男人，应该也视尊严为生命，也爱好个面子，却背井离乡在一个并不适合做生意的小区门口，卑微地守着这个不起眼的小摊。他也许有他不得已的苦衷吧，我这样想着。这样连天的大雨，他本可以选择在牌桌上厮混，或在家里吃吃酒、喝喝茶，也可以什么都不用做，他却那样一个人寂寞地守在大雨中。

我并无意去探寻他的本意与内心，只是从那热切顾盼的眼神与并不熟练的操作中，触到了一个人的脆弱，哪怕他是一个可以叱咤风云的中年男人，也一样要为生活弯下高大的身躯。我接过他打包好的手撕鸡，微笑着说："真香，看上去挺好吃!"他边脱手套边满足地自豪地笑了，可能觉得一下午的守候终于有了些许回报吧。

那时候,雨似乎小了一些,有一丝清新的风迎面拂过来。

其实,我们每一个人何尝不是在这世上长途跋涉的旅人?有时候在阳光下,有时候在大雨中,有时候在荆棘丛中,有时候在坦途上。有谁不是在内心深处笑着哭着,哭着又笑着?余华在《活着》里说:"没有什么比活着更快乐,也没有什么比活着更艰难。"

快乐也好,艰难也好,谁认真努力地活着,谁便赢得了这一生,便赢得了活在这世上最美的样子。

氧舱里的男人

妹妹刚协助我把病床上的母亲推入狭窄的氧舱间，便被护士赶出去了，所有的家属都被赶了出去，只留一名卧床病人的家属，全程陪护高压氧的治疗。我把病床左挪右移，与先一步进去的两张病床错开，放到了一个满意的位置，接好面罩上的吸管，再安抚一番母亲躁动不安的情绪，才有空坐下来，环顾了一遍这类似于机舱的氧舱。氧舱确实如机舱，厚重的舱门关上后，与外面喧嚣的世界就隔绝了。舱里留下的十余人，除了我与一须发皆白的年老护工外，洁白的三张病床和舱壁上两排蓝色的座椅上，全是要求接受治疗的病人。

高压氧的治疗，是一个漫长而缓慢的恢复过程，有许多脑部和其他地方受伤的病人，都被医生妥妥地安排了三个月的治疗计划，所以他们大多是熟门熟路的样子，表情漠然，有种虱多不怕痒的无畏，全然没有我第一次进氧舱的忐忑。

但是有一双眼睛，一直热切地看着我，从我第一脚跨进舱门时，我就感觉到了。目光的来处是最里面那张病床上的病人，他是被那位年老的护工推进来的，与另外一名不幸的年轻人一起。

我回避着尽量不去看他们，倒也不是因为我心里有什么不坦荡，我也不是生性无情冷漠之人，而是，我向来不去仔细打量有身体缺陷的弱者，无论是迎面擦肩还是在别的什么地方。我总是以为以一种好奇的、同情的目光去打量着他们，那是一种极不尊重的行为。佛说，众生平等，我既没有能力改变这世间大化冥冥中注定的一切，便只好顺应自然，能给予的，只有最廉价又最珍贵的尊重了。所以我的眼神总是若无其事飘过他们，让对方感觉他与我没有丝毫异样。

　　眼前的男子，不同于其他年老的病人，我眼角的余光告诉我那是一个健硕的人，且正值壮年。这样一个健壮的人，生活在这世间，无论他曾混迹草莽，还是位居高堂，都应该有值得骄傲的人生。如今，他却像一头困兽被困在这狭小的空间里，搁置在逼仄的病床上，我一厢情愿地把他与不幸悲伤联系起来了。所以，我不会专注去看他的不幸，不让他在我的注视下自卑，只立在母亲的枕边，专注地看着母亲。

　　就如飞机起飞前的准备工作，氧舱开始加压，我的耳朵在瞬间耳背了。我始料不及，呀了一声，那男子隔了中间的床，竟然口齿清晰地跟我说："把嘴巴鼓起来咽口唾沫，就好了。"我照做了一遍，耳朵果然就通了，才扭过头去看他，表示一下感谢。他扭动一下上半身，转过黝黑的面孔，更加热切地看过来，问我："那是你母亲？"我说是的。他说："唉，人老了真可怜。"是外地口音。我无语，是我高估了他的悲伤，他似乎忽略了自己有多可怜，仿佛他并没有生病，只是进来陪护的一个健康的人。氧舱里几乎都是因各种疾病失语,或者灰心于疾病不愿说话的人。他是除了陪护他的那个年老护工外,唯一能正常与我对话的人。而那位护工老头,也许是这里面浓缩着氧气的环境对他有催眠的功效,早在他负责看护的两张病床间,酣然入梦了。

过了十来分钟,氧舱的压力已趋于平稳,扩音器里传来外面护士的喊话声,让大家把面罩戴起来。他一仰头,很快给自己戴上了面罩。我帮母亲戴好后,就坐下来读随身携带的一本林清玄的散文集。周围吸氧的声音在扩音效果下此起彼伏,我如同置身于一个大通铺上,四周全是打呼噜的人。我在林先生充满禅意的文字里也无法定下心来,一抬头,竟然发现那位粗心的老护工还在打呼噜,一名没有意识的年轻男子,面罩还没有戴上。我不忍心打扰老人的美梦,挤过那男子与母亲的病床,轻轻扶起年轻男子的脑袋,帮他戴好了面罩。我用林先生描述的菩提之心注视着年轻男子,他睁着一双茫然空洞的大眼睛,游离地看着这个于他已经陌生的世界。这是谁的儿子、谁的父亲、谁的丈夫?生命在这里仅仅剩下了生命,无爱亦无恨,无喜也无忧,但亲人还舍不得放弃他,还在极力期待用这种治疗方式能唤醒他。帮年轻男子把枯瘦的双腿塞进被子,披好,我回到座椅上。

那男子在我身后探起上半身,憨憨地微笑着看我做完这一切。

也许在这特殊的空间里,我是他眼里唯一的风景吧。他每天在这局促的空间里,目光所及都是一些迟缓呆滞的病人,他有满腔倾诉的欲望,但是没有一个人愿意倾听。我知道人在悲与喜两种极端的心理下，应该都有倾诉的欲望，所以他躺在那里，目光一直追随着我，满是想诉说的期待。

这欲望终于因中途摘下面罩休息，而让他有机会将其变成现实。他不失时机地找我聊天，问我是干什么工作的、多大了。我善意地随便报了个数，他开心了，欢快地说："我就知道我比你大两岁。"我问他是怎么知道的，他说："我看得出来啊！"语气与神态均有点孩子般的天真，竟让我有些惭愧得接不上话了，只好朝他的病床努努嘴，问他是咋了，他说在工地上干活摔下来了，从十六七米高的脚手架上。我说是摔着脑袋了吗？他得意地说，脑袋一点没事，腰摔了，腰以下都没有知觉了。

一直睡觉的护工老头这时候终于醒了，指着他很快地插了一句话："他这一辈子都废了，医生说他再也站不起来了。"他却笑眯眯地说："得亏中间有个脚手架拦了一把，要不然……"

他的脸上没有悲观绝望，那神态甚至还有点沾沾自喜，好像很庆幸自己还有清晰的思维，可以与人交流，还能够感知这个世界的美好，再不济，比起对面床的年轻人，他要幸运好多好多的样子。他不停地说着，期待着高氧能唤醒他腰椎上的神经，那样医生就会给他做手术，他还有可能坐起来，摇着轮椅去外面转转；还算计着老板会给他一笔不菲的赔偿金，让他后半生可以衣食无忧。甚至，他还憧憬着要找一个女人，可以在未来陪伴照料他。

老头说："你别做梦了，四十几岁了，好的时候都没找到老婆，现在瘫痪了，哪个女人眼瞎了会跟你？包工头付点医药费都跟挤牙膏一样，你还指望他能赔你多少钱？"

他理直气壮地表示不服。我不敢看他，心沉，又一次耳背，所有的声音都失真了，世界也很邈远的感觉。又仿佛身陷虚空之境，外面，那个花香鸟语的世界似乎从来没存在过一样，这感觉让人有点心慌。

　　舱门在释压前是打不开的，我们继续待在吸氧结束的氧舱里。他取下面罩，用老头听不见的声音问我："你们明天几点钟进来？"我说还是这个时间。他问："你还来吗？"我不忍让他失望，说："来。"他又开心地笑了，像个孩子，说："那太好了！我们明天还能碰到，有人可以聊聊天。"又环顾一下表情麻木的人群，用浓重的北方口音嘟囔，"他们都不说话。"我的心像被什么扎了一下，因为明天，我们请到的新护工答应进氧舱陪护，明天，我其实已经不用进来了。

　　舱门打开了，等在门口的其他家属吵吵嚷嚷的声音传了进来，世界的喧嚣也一下子涌了进来。四月初暖的柳风、微醺的阳光，混着花香的空气，哗然涌来，将我们拥入怀。大家如释重负，在亲人的关切中出了舱门。也许是因为家在外地，我没有看见他的家人，但，在被推入阳光底下的一刹那，他憨厚的脸上还是比别人多些笑容，似一轮明月，有着熠熠的光。也许，是他怀里比别人多揣了一枚月亮吧。

　　一个人，也许不可能一生沐浴着阳光，但是在幽暗之处，始终能为自己心藏一缕光亮，黑暗也许会退去一些狰狞之色吧，我想。我与老护工把病人们推出了氧舱，我们一起走向对面的病房。世界温柔可触，活着是多么美好。

风吹荒草

风吹荒草

老夏从我家院子的荒草丛里钻出来的时候，吓了我一跳。已是深秋，临近白露了，院子因少有人打理，繁茂的狗尾巴草、红蓼、牛尾蒿，各种杂草几乎能盖过人的头顶，何况她那么矮、那么瘦，与泛黄的草色几乎融为一体。如果不是身上那件白底蓝花的褂子显眼，我很容易就会把她当成一株草。

她竟然在草丛里洗衣服，那个高高的水池，在山墙的南边，装有一个不锈钢水龙头。我目测那水池的高度，至少到她胸部，靠近水池的地面上，垫有一块厚厚的山石。想必要靠这块石头，她才能够得着那个小小的水池。

老夏是我的堂房大娘，我堂伯大宽的女人，一个相貌丑陋的老妪。乍一见她，像是遇见了从莫泊桑笔下走出来的某一位平民女性，木讷、愚顽。

她的名字鲜为人知，因为姓夏，自我记事起，那时不过三十几岁的她，就被村里人喊着她的姓氏。我父亲背后提起她，也是没好气：老夏如何如何。只有我妈当面喊她大嫂，背后也喊她老夏。

她显然也被我的突然出现吓了一跳。近年，村庄日渐缺少活泛气，五畜不欢，炊烟稀少，鲜见年轻人的身影。偶尔有个外出的青壮年回来，便如一道游移在村庄的光亮，吸引着村里几位暮气沉沉的老人的目光，他们也跟着亮堂一阵子。年轻人一走，那道移动的光就没有了，老人们眼中的光便也暗淡了。

　　眼前的夏大娘，罗圈腿似乎越发严重了些，干瘦松垮的脸上，皱纹横生，似早年刻磨盘的宗石匠用錾子錾出的磨齿般，让人惊心。看见我，她先是哆嗦了一下，继而努力张开眼睑下垂的双眼，混沌的眼神中有了一丝光亮。她翕动几下嘴巴，才吃力地叫出我的小名："是秋啊，你回来了？"那张拧巴的脸上，呈现出的表情，令人哭笑莫辨。

　　我很吃惊她怎么会找到这个荒草丛生的院子来洗衣服，也有点不习惯她这么亲切地与我说话。

　　我伸手去拧了一下那个陈旧的水龙头，水没有像想象中那样喷薄而出，因为今年的旱情，自然引流的山水缺少水压，绵软无力，缓缓地垂流着。很难想象，这样的水量何时能储够洗一件衣服的量。我吃惊地问她："你怎么到这里来洗衣服？"

　　她声音大了几分："河里水都干了哇，有四十多天没有下过一场雨了，山水都断流了，河里洗衣服够不着，我也蹲不下去，膝盖疼。"她边说，边撩起她的一只裤腿。那只裸露的腿，膝盖已肿大如一只畸形的皮球，倒扣在一个不合适的位置上，仿佛在向我诉说着疼痛与不幸，令我不忍直视。

　　这几句正常的交流，于她而言是不正常的。正常的她见人都

风吹荒草

是爱理不理的，即便我这样的晚辈碰见她，老远热情地招呼她，她也都是极其冷淡的，鼻孔哼一声算作应答，没有被她转身狠狠地啐一口，已算是幸运。记得有一年清明，我回乡跟母亲去山上采茶，彼时蔓草如茵，茶园青翠，万物勃发，走在山路上，我们欢快得如正在枝头闹春的画眉。路过她的茶园，趁着欢快劲，我喊了声正在采茶的她："大娘，采茶呀？"她头也没抬，就嗯了一声。我们走过去，她忽然使劲咳嗽了一声。我很诧异，涌动在心头的快乐，一下子像被泼了瓢凉水一般。母亲气愤地说："天阴作变，老夏的神经病又犯了。"我望望天，并没有雨要来的迹象。

后来我才知道，是胖婶的鸡进了大娘的园子啄豆子，她骂骂咧咧："人欺负我，畜生也跟着欺负我啊？"一只鸡不幸中了她的石块，胖婶找她理论，两人差点要扭打起来。母亲从中阻拦，数落了她几句，她便说母亲向着另一边，从此也视母亲为仇敌，并殃及作为母亲子女的我们。

老夏的强势不知道源自哪里，或许一个人就如一棵树吧。长在乡下的一棵树，拴过牛羊，拴过猪、骡子或马，那些牲畜，围着一棵树打转，啃光了地面上一切能啃的东西，便会调转头来啃拴住自己的树。那些受伤的树，被啃得七零八落，被拉扯得死去活来后，总会在伤口处长出伤疤，以抵御生命的不能承受之重。

大宽伯生得英武帅气，小时候我很是纳闷，他怎么娶了老夏这样一个相貌丑陋的女人？后来，在大人的闪烁言辞中，我渐渐弄明白了事情的原委。当年，村上一大户人家的女儿，在二八年纪与别的村庄一位参军的小伙子订了婚。姑娘大字不识一个，两个人没有书信往来，那时候也没有电话，小伙子在部队音信全无。情窦初开的年纪，那女子就看上了隔壁帅气的大宽伯。一来二去，女子怀孕了，大宽伯一下子背了个破坏军婚的罪名。女子的几个哥哥，一人抄着一个家伙，怒气冲天地满村找他。幸好机灵的姑妈新玉事先发现了端倪，提早托本家亲戚把她哥哥送进了深山。

那个收留大宽伯的人家，就是大娘的娘家。待字闺中的大娘，因为相貌的原因，迟迟没有寻到一个好婆家。躲在山中，成天无所事事又担惊受怕的大堂伯，在大娘兄嫂的撺掇下，便答应了这桩婚事。大堂伯虽然一百二十四个不情愿，但是赶紧成个家，有可能会避免牢狱之灾，所以半推半就依了这门亲。过了一年多，等到这边事情平息，他才把她给领回了家。

新玉姑妈后来给我妈形容大娘回来那天的情形，据说她兴致勃勃地去看新嫂子，女人正在灶膛添柴，红红的火光映照着她褐色的脸，倒八字眉下的一双眼睛眯缝着，像是不能见光的老太太。新玉姑妈原本一脚已跨进堂屋，又默默地从门槛内缩回了那一只脚。

可想而知老夏后来的命运，她沦为一个生儿育女的工具，左邻右舍都不怎么待见她，她也没有得到大宽伯的尊重。但是她毫不示弱，谁家的鸡啄了她的白菜，谁家的猪啃了她的南瓜，甚至谁走路绊了个石头滚到了她的田里，她都要骂骂咧咧撺个鸡飞狗跳，霍霍地扔着石块。于是邻居们越发不搭理她。大宽伯常常为此揍她，把她的头发揪着，在地上倒着拖几圈，她的嘴巴还没有

风吹荒草

135

停止咒骂，毫不示弱，胜过一棵坚韧的树。虽然她先后生过的八个娃都夭折了，但最后她还是生养了我的两个堂哥。堂哥们都随他们的父亲，高大帅气，为人谦和，不像他们模样古怪、性格偏执的母亲。

她的性子，与两个堂哥的身高成正比。儿子们每长高一截，她便越是嚣张一些，怒骂一切她认为侵犯了她的人和牲畜，因为再没有人敢冲进她屋里去扇她耳光，大宽伯的大拳头也挥不到她身上了——大堂哥高大的身躯会将他母亲挡在身后，厉声制止他的咆哮得眼睛发红的父亲。

她彻底蔫掉的几年，是风华正茂的大堂哥出事的那几年。那一年，我九岁。刚刚高中毕业的大堂哥，突然因一场疾病意外离世。她终究是一个母亲，大堂哥的离世于她的打击是致命的，她失去的不仅仅是一个儿子，还是这世上唯一呵护她、心疼她的人。那些年，村庄上空随时会飘荡起她撕心裂肺的号哭，哭得一村庄的人都被笼罩在哀伤的阴影里。小小年纪的我，因此惧怕极了死亡。

她蹒跚的背影，如一片在风中摇曳的叶子，看上去有望秋先零之意，身上的戾气也一下子没有了。邻居那些婶娘，也被这巨大的悲伤击碎了心中的块垒，慢慢蹭到她屋里，陪着抹一把泪，好言相劝一番："老嫂子，不要成天哭啊，你还有小儿子呢，这样对他不好。"比我大两岁的小堂哥，不敢走近他妈，又不敢走远，杵在一旁，忧郁又忧伤地看着他妈扭曲变形的脸上，泪珠翻越着重重沟壑。小堂哥的泪珠也如断线的珠子，吧嗒吧嗒地落在泥巴地上。

时光是一味良药，她没有被风带走，却在时光的调剂里慢慢坚定起来。尤其是小堂哥早早结婚，娶回了温柔贤惠的堂嫂，并养了一对孙子孙女，让他们那个一度被哀伤笼罩的家，充满了温馨的儿语。就是从那几年开始，她的佝偻的腰又慢慢直了起来，她的沟壑纵横的脸，终于暖过村后印石岭上四季渗水的岩石。

她不是没有温柔的时候。我见过她给她的孙儿们缝制的老虎头的小鞋子，那红丝绿线绣成的虎眼，似活了一样可以转动；绣成的虎脸玲珑别致、栩栩如生。她还会一项古老的美容技艺——扯脸。女人们对"美"的追求，始终是执着的，不会受到贫穷和年代的影响。那时候没有美容院，女人们缺少护肤品，"扯脸"可拔除脸上及发际线附近的汗毛，让脸上的皮肤光滑细腻。女人们信奉"要得皮肉变，十天开回线"，扯脸在20世纪六七十年代的我的老家很是流行。但会这项技艺的人，方圆几个村庄还只有老夏，她因此也赢得了极少几个与她关系密切的妇人的友谊。到了扯脸的日子，她家门口就叽叽喳喳围起几个女人，她也有了难得的笑容，也很谦和地让座，大方地往女人们脸上涂爽滑粉。她把一根略粗的白色棉线用牙齿咬住，右手拿线的中间，左手将剩余的棉线拉到左边，再用右手食指将棉线中间部分缠绕、绷紧，然后张开右手拇指和食指，将棉线撑起呈三角形。被扯脸的人仰起脸与她面对面坐着，她这把三角形的"弓弦"便一张一弛弹琴似的在那脸上有序地"弹奏"起来。绞完脸，再扯眉，妇人们原本杂乱如草的眉，也会被扯得如细细弯弯的柳叶。

因此，村庄的女人们也渐渐习惯了她，习惯了她的坏、她的好。她好像已成了村庄寻常的风景，如春花、秋月、冬雪一样自然，仿佛没有老夏这样的女人，村庄便不成村庄了。

然而，渐渐地，村庄变得越来越凋敝，荒凉。小堂哥与他成年的儿女，与其他年轻人一样，都相继离家外出打拼，如今都散居在外面的城市，很少回家。

她的一度被娃儿们闹腾过的家，现如今，只剩下无边的寂静与冷清。

"你的大伯，他啥也干不了了。"她说，"每天都是我到这里来接些水，端回去烧茶做饭，但是水量太小了，几件衣服，我要洗一个上午呢。"

这个我早有耳闻，大宽伯已患轻度的阿尔茨海默病，不复壮年的威武，耄耋之年，苍老迟缓，而眼前这个妇人，亦苍老得如一株没有了绿液流动的植物，却经年如一日地照顾着他日常的生活，好像她从来没有被他暴打过一样。比起大堂哥出事的那几年，我更愿意相信此刻的她如一片风中的黄叶。除了一个个遥远的电话，会关心一下她和老伴是不是还活着，她的儿孙们是看不见她是如何在这大旱的季节，在这荒草滋蔓的院落里，颤颤巍巍地取一瓢水的。幸好她还机灵，找到了这一股细微的生命之源。也幸好她曾视为敌人的我妈不在老家，不然，她还不知道要去哪里寻到一处水源，让他们赖以生存。

我们都很少回村了，因为她的古板，我也很少与她照面，有时年节时按礼仪风俗去走动一下，拿些东西，她会嗓门很大地一样不少地退回来,一来二去,索性就不去了。我没料到会遇见她,只好从我随手的提袋里,把早上出城时买的一点数量不多的蔬菜、蛋、肉各分些给她。这一次,她竟没有拒绝,说好久没有上过街了。也是,她如何能去得了街上,最近的集镇,据这里也有十里地,车稀马少,高温酷伏。他们便只能如这满院子的荒草,偏安一隅,自生自灭着。

我帮她提起那只盛衣服的旧竹篮,她一瘸一拐跟随我穿过满院子的荒草,竟破天荒地问了句:"你妈可好?"我妈自从两年前病倒,我们就把她接到城里去医治、养老,其间我也遇见过大娘很多次,她从来没有问过一声关于我妈的境况,这是第一次。

她的脚步踏过茂密的秋草,那些草很快又站立起来,不知是不是因为卸下了心底的那些敌人,所以年老的她脚步如此轻微。

风吹过荒草,也撩起她比草更枯的头发。风也吹过我,把我们都吹得很荒凉。我忽然想起她扔过的,那些带着她力量与愤怒的石块,想起她做的那些小巧的老虎鞋,想起她给女人们"扯脸"的那些阳光明媚的日子。想起新玉姑妈给我们描述的,大娘嫁过来的那一天。

那一天,其实除了炮仗以外,唢呐也声动四野。一屋子的喜气,在冬夜凝固良久,又弥散而去。整个村庄,都曾因她的到来氤氲着一团浓郁的喜气。

福　子

　　福子表姐十八岁时，月事还没有来，二姑急得慌，一来就跟我妈嘀咕，说这丫头人长树大了，还没有"端盆"，不知道是有啥毛病没有。她边说边撩起衣服角来擦眼泪，还边用眼角的余光打量着我。我总是飞快地跑掉，不然她下一句一准儿会问我："秋有没有'成人'？""端盆"和"成人"，在家乡方言里，即指一个女孩子有了初潮，从小孩跨入了成年的门槛。完成这一次重要的成长经历后，做母亲的才会放心。

　　正常人家的女孩儿，到了十五六岁的年纪，即会陆陆续续地跨入成年的门槛。福子表姐是个意外。二姑嘀咕的时候，我看表姐涨红着脸，跺起脚来与她妈急，不许她妈拿这件事儿说话，我也暗暗替她着急。她自己表面上看起来云淡风轻，但是我理解女孩儿的心思，她未尝不是着急的，只是没有闲心为自己焦虑，她把心思深深地埋藏在心底了。

　　我那时候上中学了，上过"生理卫生"课，我知道福子表姐是个生理健全的女孩，除了黄瘦以外，她的个头已蹿出很高，四肢修长，大概是遗传了她的父母的基因。她久久不来初潮的原因，我一直不忍心跟二姑说，我确信是因为他们家日子过得太苦了，福子因严重的营养不良，而造成发育迟缓。

福子虽在生理层面上尚未成年，但是在心理上，俨然已是个小大人。姑父患有严重的肺病，长年佝偻着咳成一团，田里地里，只有二姑一个人劳作，弟弟们年幼，福子小学没有念完就辍了学。一个女孩子，春耕秋收，犁田打耙，水里泥里一身湿地劳作。过重的体力劳动，湿气不断入侵身体，想必也是影响她身体成长的因素。

比起她父母的木讷老实，福子表姐很是机灵胆大。家里分到户的几亩薄田，因为缺少肥料，又缺少男劳力深耕细作，收成总是很微薄。二姑除了要填饱一大家人的肚子，还要喂养些家禽家畜，然而断粮的事情还是年年发生。福子小的时候，每到年关，母亲都要打发父亲去一趟二姑家。于是，父亲的扁担吱吱呀呀，一头是木炭，一头是米面，在霜雪中一步一滑，挑着步行七八里山路，才能送达他们家。这样的情形，多少年来，在两家已经约定俗成，没有谁认为这有什么不正常。

可是不知道从哪一年起，到了年关，他们家就不需要我们接济了。现在想来，就是在福子渐渐成年的那些年中的某一年。

砍柴、摸鱼、捉虾、割稻收麦，福子无所不能。她最让我佩服的，是在那个物资匮乏、信息闭塞的年月，有着十分活跃的商业头脑。那时刚刚责任田到户，人们长期以来受集体主义思想的禁锢，仍被贫困缚住了手脚。在村庄里，只有福子敢为天下先，她和二姑一起，喂鸡养鸭，把田埂和边边角角的荒地，都种上了瓜瓜豆豆。福子在我印象中，是从不睡懒觉的，她一年四季都起早去赶早市，她把那些的微薄的收获都拿去卖了，再换些家用的东西回来，让长久以来窘困的日子，渐渐有了起色。

但更多的时候，那些钱是攒起来的，我知道她心里，一直有个从不轻易说的愿望：她要把他们的三间破茅屋换了，让一家人住上有明亮窗户的瓦屋。那三间茅屋，低矮、破旧、密不透风，厚厚的发霉的麦秸草在连天的雨雪里总是滴答着发黄的水滴。姑父畏寒，一到冬天，他就在堂屋烧一堆湿湿的树蔸，呛人的浓烟弥漫了满屋，让人透不过气来，但也烤不干点不明那年那月的潮湿阴暗。

福子单薄的身影，是一家人的主心骨。

她在我的眼里，就是村前那条柔软的小河，不动声色地流淌在故乡的田野上，越过一些沟沟坎坎，绕过挡住去路的山岭丘壑，竭力滋养润泽着村庄与庄稼。其实她很倔强刚硬。她的佝偻着咳嗽成一团的父亲，每每因疾病和穷困拖长了哭腔哀叹一声："这日子怎么过哟！"福子便会一跺脚一扬头，低吼他一句："我爹哟，号什么号？饿不死你的！"我瞧见那一字一句，是从她的喉咙再经过牙缝挤出来的。她爹便垂下头，不再作声，她又冲她爹轻柔地补上一句："成天长吁短叹的，你也不怕人笑话！"她爹的头就垂得更低了。

我从没见过福子的眼泪，也没听过她抱怨一声，她总是像个大人一样冷静，脸上时常是从容温和浅浅的微笑，像村前那条小河，用柔韧去对抗现实，不急不慌地奔流着。

冬天的清晨，田野一片萧瑟寂静。村庄还没有醒来，猫冬的人们为免去一餐粮食也不肯起床，福子已扛着她捕鱼虾的耙网，奔波在田野的河汊沟塘上。偶尔我寒假去她家玩，就断不肯放过跟她一起去捕鱼虾的机会。寒风瑟瑟，莹霜如雪，她扛着虾耙，我提着笆箕，我们俩缩着脖子，一前一后走在荒草凄凄的田埂上。那时候，乡野的河床干净，还没有被农药、煤窑水污染，河清"塘"晏，水草茂盛，鱼虾丰富。她很有经验，虽然天寒水凉，但是她晓得哪个塘的温度与地表的温度是相反的。远远看去，那塘面有雾气氤氲，就是水温高，运气一般不会太差。虾网长长的，一端是用竹篾固成的三角形网兜，她立在塘埂上，抓住竹竿的这头，使劲将那端抛入水中央，再憋着劲拉上岸，网里立时就有了青青的水草和活蹦乱跳的小鱼虾。她熟练地将网左右一摇晃，虾和水草便分开了，我递去那把长柄的铁勺，她将勺伸入网底，前后一抄，一勺鱼虾便扣入了我的笆箕。

抖掉网底的水草、螺壳等杂物，她又往前走几步，避开刚刚打捞过的水面，再抛开下一网。一网网下去，直到塘里的鱼虾纷纷受惊，逃往更深更远的水面，网中无获了，她才领着我，奔赴下一个水塘。

日头越升越高，几个水塘跑下来，我们俩已经敞开了花平布的棉袄，她的鼻尖上有了细密的汗珠，原本有些苍白的脸色也红润起来，细软的头发，不知是因晨露还是汗珠，湿漉漉地贴在前额上。

虽然鲜活的鱼虾让人有捕获的欲望，但是也需要极大的耐

风吹荒草

心,几个水塘跑下来,离村庄越来越远,四野无一人,我肚子便咕咕叫起来,萌生了放弃的念头。何况有的水塘,大老远赶过去,收获却甚微,一网网捞上来的,只有泥沙和杂草。我偷看福子,她仍然围着塘埂专注而凝神,不厌其烦地一下下往水面抛着网耙,直到我一再央求,有时还装着肚子疼,她才同意收网回家。

那时,村庄才有些稀疏淡白的炊烟,村前的小河边,有晚起的妇人零星的槌衣声,而我们的笆箕里已盛满了喜人的秘密。银白的小鲹条、扁扁的小鲫鱼、仍然活蹦乱跳的小青虾,它们混合的鱼腥气让人愉悦而兴奋。

那些没有卖相的小杂鱼,挑拣洗净就留作小菜。大锅烧"辣"了,也不淋油,把鱼倒入锅中先炕至蔫巴干,盛起,拍几瓣蒜,再将鱼和蒜放入抹了菜籽油的锅,放些青蒜干红椒,烹炒出来,那香味,能穿透屋顶厚厚的麦秸草。那时候,殷实一些的人家,一年中只有逢年过节才有吃到荤腥的机会,二姑家可能还没有,福子的鱼虾就填补了"烧白锅"的空白。

虾是舍不得吃的。灶膛里点燃一把干松枝,待锅发热微红了,她把挑拣干净的青虾刺啦一声倒入锅中,再添些松针,小火慢炕,直到一锅虾由青褐色变成了橘红色,每一只都呈微微弯曲状,虽然细小,也能看出肥厚的肉质,有了极具诱惑的卖相。翌日,她会比头天起得更早,要摸黑走上十里多的山路,还是用那把笆箕,把炕得半干的虾提到市镇上去,用茶杯计量着,一杯一杯地卖掉。一个早上,她的收入有七八块钱,让尚在上学的我,为成天花父母的钱而惭愧不已。

不知山路可还记得,一个十几岁的女孩在光阴深处的四季里,一个人把那条路一走再走。有时候浴着月华,有时沐着星空,有时伸手不见五指。她的筲篓里,除了鱼虾,还盛过时令蔬菜——几把豇豆、几个南瓜、一篓花生、几许豆角……她把生活的重担从二姑的肩上挪些过来,她浅浅地微笑着,温和地行走着。

二姑额上过早生出的皱纹,因福子表姐灵动的身影渐渐舒展,愁苦也一点点地消退,脸上常常浮现难得的笑意。但她总是焦虑着福子的身体,说,藤苦,结的瓜也苦,苦到熟不了。母亲总是劝慰她莫要着急,福子尽长骨头不长肉,女孩子家待到不长骨头了,自然会成熟的。母亲说的成熟,自然是指生理意义上的成熟,如枝头的果子一样,会有芳香的那一天。

福子虽然一点要成熟的迹象也没有,但她的力气大得惊人。她一担担从村后几里开外的山岭上担回她砍的晒得半干的柴火,又一担一担,在秋风里收割她们栽种的谷麦。

她是一个如此有理想,且愿意为理想而付出行动的人,她的理想,一直是房子。低矮破旧的茅屋,让她活得没有尊严,而她是如此的机灵,骨子里充满了傲气。她的存在于村庄,宛如一只白鹤立在鸡鸭群里。她痛恨那些成天窝在墙根晒太阳拉呱儿的女人,瞧不上那些破罐子破摔的懒汉。生产队里,有几间看上去有些歪斜的小瓦房,原来作社屋用的,因联产承包责任制的实行,已废弃了几年,队长扬言,谁要买,作价四百五十元。她在心里憋足了劲，要把这房子买下来。她心里明白，社屋稍作翻修，比重新起盖一座瓦房要容易得多。队长是她的亲伯父，一个冷漠的、干瘦的老头，队长家与她家仅一墙之隔。那边一家子的日子很宽裕，儿女都已成年，家里劳力众多。但是我不知道缘由，或许是因为姑父长年患病惹他们瞧不起，而二姑与福子又很是刚硬，不服输，他们两家好像积怨颇深，虽仅隔着一堵矮泥巴院墙，但一副老死也不相往来的架势。福子路过队长那边的院子，总是绕着走。她立志要买下队里的社屋，从没有想过要去求她的伯父从中斡旋帮点忙。

那是20世纪80年代初的一天，她攒够了四百元钱，又问我家借了五十元。交钱的那天，我揣着父亲交给我的五十元钱，给她们送了去。那一条发白的蓝色手绢，被福子攥着，她解开手绢，把几沓卷的结结实实的钞票在众人面前摊开，那些钱，最大面额不过拾圆，多是伍圆、贰圆的，还有毛票。

拿到社屋的钥匙，她吱呀一声推开那两扇有些卯不对榫、靠近东边山墙的木门，走到地面凹凸不平但干燥的堂屋中央，一丝阳光从屋顶的瓦缝间，穿过蜘蛛网，穿过厚厚飞扬的灰尘，照射到她的身上。那一刻，她仰头看着屋顶木头的椽子、檩条上青色的小瓦，仰着的脸上有了灿烂的笑容，我看她眼中转着的泪花，始终没有落下来。

约莫是搬进社屋后不久，福子就来还父亲借给他们的钱，我看她神神秘秘，脸色越发苍白，眉宇间多了些羞涩与烦恼。我知道，那正是二姑一直所担心的事情——作为一个女孩儿，她的春天来到了。这被她捂得严实的秘密,没有逃过我的眼睛。我追着她嘻嘻地傻笑着,她问我,这事来的时候有没有腰酸肚子痛,我说当然痛,但这几天过了,人就会觉得一身轻松。我以"过来人"的经验告诉她,以后不能在这几天赤脚下冷水,更不能挑担子,否则伤了身体,一辈子也补不回来。她在我的胖脸上揪了一把,说:"只有你这读书的女伢子瞎讲究。"

搬进社屋,她更是没日没夜地劳作着,莳田收谷,摸鱼捉虾,砍柴种菜。故乡的阡陌山野,叠印着她一双大脚的足迹,如我青春期时的无聊与彷徨,她应该从没有体会过。

那座社屋,准确地说也没有住多久,后来,她便又有了更远大的目标。她要重新再盖几间真正的砖瓦房,弟弟们渐渐大了,她寻思只有这三间逼仄的社屋,是没有哪个姑娘能看上这样的人家的。那时候的社会人们还很单纯,思想还没有被现时这样丰厚的物欲所左右,但是姑娘寻婆家,也开始讲究姑爷有没有三间独属的瓦房。她开始带着两个弟弟着手盖房的大事。土坯是他们自己码的,砖窑也是他们自己挖的,历时两年,他们就让几间敞亮的砖混结构的大瓦房,在原来茅屋的地基上拔地而起,村庄因添了新颜,跟着长高了一大截。

20 世纪 90 年代初期的一天,福子出嫁了。姐夫是一个普通农村青年。她还是以她的勤劳、聪慧机灵,改变着人生的境遇。她先后在镇上开过饭店、蔬果店,帮姐夫买过小货车跑货运……就在新世纪的钟声刚刚敲响时,她却因一场意外永远地离开了她为之努力过的世界。村前的小河,呜咽着哭了一夜。

风吹荒草

她的一生活得潦草，极不"女人"，她总是风风火火，来去在田间河汊，跻身于熙攘的集市叫卖，不曾有过闲心静气"对镜帖花黄"的时光。可她的一生，却是我的半部乡村记忆史。想到她，就让我想到村前那条小河，柔软、平静、日夜不息，缓缓流淌在故乡无边的原野上，流经并润湿我的眼角。

想起她，就想起上梁那天，喜庆的鞭炮冲散了村庄上空郁结了几个世纪的愁云。想起木匠师傅骑在高高的山墙肩上吆喝的《上梁歌》：

"今日天晴来上梁，东家修得好华堂。上一步一品当朝，上二步双凤朝阳……"

第三辑　纵使相逢应不识

窑衣与窑

一

窑衣不同于蓑衣。蓑衣是农人在春夏的霏霏细雨里，在水田耕作时用以遮雨的雨具。其材质非布质。屋头园角处，有野生的蒲葵树，取其棕色的树衣，挽线搓绳再细细编织了，才成一件不透雨的蓑衣。

窑衣，仅仅是一件普通的衣服。它，曾风光地被穿在山里人身上走亲访友。或是在一些其他隆重的日子里，也正正经经地在主人身上穿过。但是，时过境迁，当女主人把它补了又补，直到补丁摞得顶针再也顶不动时，它就沦为一件窑衣。

在山里，男人们大多有一件这样的衣服。

我的父亲也不例外。记忆里，父亲一生在不同的时期，就穿过两三件窑衣，抑或是两三个颜色的，无外乎蓝、灰、黑。当然，不管是蓝还是灰，最后一律归为黑色。它们在成为窑衣前，均是粗布的褂子。当在某一天，它们因为实在是破旧，已不能再承担作为一件衣服的重要使命时，便被母亲缝缝补补，做了父亲上山伐木烧窑炭的工作服。

那些寒冬，窑衣，连同一把砍刀与一把斧头，便成了父亲的标配。

父亲穿着这件破旧的衣服，系上两头是麻绳、中间用一竹节剜制的刀盒，将斧头的长长的木柄斜插在腰间，把那把雪亮的砍刀，恰到好处地插在他身后的刀盒里。他每走一步，铁质的刀身与竹制的刀盒便发出清脆的碰撞声，咔嗒、咔嗒，总是只有一长一短、一高一低两个单调的音节，却十分悦耳，让人心安。

父亲精气神十足，如一位斗志永不消磨的战士，日日出没于山中。那件窑衣，从某种意义上讲，它与父亲一样，劳苦功高，但它从没有居功自傲过。它始终低调而谦逊，任劳任怨，任灌木丛中的金刚刺把它拉出一道一道的口子，任那一捆捆沉重的栎树枝、茶树枝，以及各种各样用来烧制木炭的杂柴，碾过它再压向父亲的肩头。它始终与父亲一样咬着牙，完成一个又一个既定的目标，把一截截木头变成黑黑的木炭，然后父亲再把木炭挑下山去，流通到山外，变成我们的学费，变成米缸里满满的雪白的米。

它从来也无须清洗。或许因为，它在日复一日忠诚地履行使命时，已变得日渐破损不堪，已经不住水施于它的力量——只怕一下水，原有的窟窿会更大，层层缝补的针头会松散；再或许，它根本没有被清洗的机会，它的主人——我的父亲，从来没有在哪一个天气晴好的冬日，将它脱下来，让它喘口气，而换上另外一件干净的衣服，悠闲着往与山相反的方向走一回。只有在雨雪天气，它才被脱下来，挂在堂屋的中柱上。那时，它已被黑木炭晕染得失去了衣服原本的颜色，纤维里包裹着无孔不入的木炭灰，木炭灰也让它显得风尘仆仆。但是它庄严地挂在那根铁钉上，笔挺强劲，力道十足，仿佛是父亲笔直的脊梁，是某种精神的图腾。

二

苍莽的大山，从来不对山里人吝啬。树木冬枯夏荣，冬伐春发，总是以蓬勃的生命力，在季节里有序地轮回着，一年又一年，完成着自我修复的使命。

靠山吃山。白露一过，当山里那些厚实密集的树叶——枫树、槭树、杜鹃、栗树、紫叶樱树的树叶趋向黄与红，变得五彩斑斓而充满魅惑时，父亲便开始了一个冬天的伐木烧炭劳作。当然，他的刀斧所向，都是灌木丛生、长不成参天大树的杂柴，好的树苗多是留下来任其生长。聪明的山里人，从来没有令群山失去过葱茏，他们并没有意识到什么是生态保护，只是懂得一个简单的道理：不能吃了子孙的饭。

20世纪70年代，山林与田地都已分到户头，农人们干劲十足，可谓八仙过海，各显神通。我的大舅，他是一位种田的好把式，责任到户第一年，他承包的十几亩水稻田，由于沤肥及时，勤耕细作，便有了一万多斤的收成。而过去他们生产队，百十亩田，几十户的集体收成只有三万多斤。我的父亲也不例外。他充分利用分到自己户头的几十亩山林，有计划地在山中变废为宝，把几元钱一担的杂柴烧制成木炭，让它们身价翻倍，以改善之前我们家捉襟见肘的生活。

所有的炭窑，都砌在山坡朝阳的位置。选一处地势平坦的窝风之地，背靠青山，面朝村庄，以便在窑中木炭的烧制过程中，男人们站在山下的村庄里，便可遥望那袅娜升腾的青烟，并可根据烟的高低、颜色的浓淡判断出窑内有没有点火成功，木炭已经烧制到了什么火候，什么时间可以去山上开始关闭第一个火眼。从起火、顶火、落火、腰火、大角等火眼，一路关闭到大烟囱，一窑木柴约需经历五个昼夜的燃烧，才能羽化成蝶，变木为炭。

这期间，男人的心都在山上，在窑里。

起窑烧木炭，是一项技术含量相当高的山里活。哪怕是土生土长的山里人，只要是憨愚的男人，也一辈子学不会，或不得其中要领，没有烧出过一窑像样的木炭。所以，一个能把木炭烧得油亮乌黑，成色好、净度高的男人，是能得到一个村庄的人的敬重的。

在乡村，人与人不以高低贵贱来区分。大家吃一样的饭，干一样的活，喂一样多的鸡鸭牛羊，住一样的小瓦平房。唯一为身份加持的，便是他在山上或田里干活的本领。一个身体健壮、干活在行，可以带领一家人解决温饱，稳步迈向小康生活的男人，便是这个家的女主人的脸面。

三

父亲并不是一个烧窑的好把式，原因是他的性子急，人偏他不喜欢去请教麻烦别人，又常常因为性格急躁，在炭柴没有燃尽的时候，就封闭了火候没有到的火眼；或者用黄泥、山石砌就的新窑还没有完全风干，湿气太重，导致木柴没有燃透，炭不够纯粹干净。

那时，我蹲在窑门口，父亲扒开封窑门的石块，以匍匐的姿势，将身体的一半探入温度很高的窑内，一半在窑门外。从余烬未消的炭窑中扒出第一截炭时，掂掂分量，就知道一窑炭的成败了。他阴沉的脸被炭灰抹得黑一块白一块，那件专门在出炭时穿的窑衣，也委屈地被炭灰擦得黑乎乎的。我接过他递给我的一根根非木非炭的黑家伙时，很想用我在书本上学到的一些句子来宽慰他，但我终究没敢说一句话。面对一窑失败的炭，想想为之付出的汗水与艰辛，说什么都显得无力和多余。

因为那些炭柴不会自己跑到窑里去，它们是一斧头一斧头被斫砍而来的，是父亲与树木力量碰撞，一种韧劲与另一种韧劲较量的结果。他的满是老茧的双手，在经年累月与树的摩擦中，早已变成了树的颜色。那件窑衣，肩头屡与树木摩擦处，有母亲密密缝过的一层又一层补丁。

但是在日复一日的较量中，父亲从没有认输过。新窑烧过两窑，就干透了，接下来再将炭柴装进去，他就熟谙了它的秉性。引火的蔓子柴轻易地被点燃，顺着窑内的"火路"，按照从起火到落火的布局，循序渐进地燃烧着。他坐在窑边，挽起与他荣辱与共的有些褴褛的窑衣的袖子，在灰喜鹊们闹喳喳的叫声里，点上一支香烟，眯起眼抽着。在香烟与窑烟的交织中，他已悟到了

155

过去的失误所在。他小心地用手探着窑温,一遍遍地在窑顶上巡视。这一次他不急,耐心地等待着火在窑内循环燃烧。有时候到了饭点,他也不会撇下窑,直到窑烟从浓烟滚滚变成薄薄的一缕青烟,才选择在最恰当的时候,依次封闭一个个火眼。

我曾学他的样子小心爬上过拱形的窑顶。从尚未封闭的小碗口大的望火眼中,我瞥见窑内透亮无比,炭柴已变得晶莹剔透,若一窑稀世珍宝,闪着蓝色的、耀眼的光。那灼灼光华,让人觉得恍如见着了传说中的天堂。后来,无论我走在哪座城市里,它的夜晚最绚烂的霓虹灯,与那窑光亮相比,在我眼里也暗淡无光。

四

一窑一窑的木炭,从头年秋末开始,历经霜降、立冬、小雪、大雪、冬至、小寒、大寒,再至翌年立春。所以,在频繁装窑出窑中,父亲的身上都是那件越发破旧的窑衣,偶尔换一下,也是另一件肩负同样使命的粗布褂子。窑衣有两件可以替换,父亲却只身一人,像一头拉着套的闷驴,围着他的窑不停地转。

节令至深冬时,大雪会连天地下。铅云厚积,雪片如被天帝赶到人间的一群一群的白羊,把山与村庄围得厚厚实实。在大雪纷飞的夜晚,在算计好的时辰里,父亲要上山去查看赶在大雪前点燃的窑火。这时,他会换上母亲请杨裁缝做的蓝哔叽棉袄,两手笼在袖筒里,缩起脖子迎着风雪出门。

那个时候他是欢欣的,脸上有难得的笑意。虽不致"心忧炭贱愿天寒",但雪后天霁,凛冬奇寒,至少不用费力去找买家。自有隔壁村庄种稻田的人家,因家中老小扛不住严寒,不停上门来寻炭买。一窑成色上好的炭,那怕是不好,也很抢手。他们有时候也会拿稻米来换,以最原始淳朴的交易,以最简单又充满智慧的劳作,在这世上互相取着温饱。

这样的天,多半是临近年关。年前最后一窑炭出窑后,窑也该封休一段时间了——整整垮塌的窑身,补一补窑顶的裂纹,再砍些干枯的芭茅将窑顶盖牢实了。窑顶一般不会轻易坍塌,砌窑时,封顶是最重要的技术活。砍一捆芭茅,放在被窑柴撑拱起的顶面,取山中上好的耐火泥,和入盐巴——据说泥土里掺入盐巴可以防止炸裂。男人们齐齐围在窑上,有专人在培土,其他人便人手一根溜滑的杵棒,以柔韧的、恰到好处的力道不停地夯捶,直至把顶面夯实,变得坚硬光滑。点燃窑内蔓子柴时,顶面不裂,火眼均可出烟,便是一个合格的好窑了。

一座小小的炭窑,实则凝结了劳动人民的大智慧。不是有白居易诗为证,以及《周礼》《吕氏春秋》等文献的记载,很难想见早在唐朝乃至先秦时期,我们的先民,便已具备并熟稔这项技术。

五

我的父亲,这位新型的"卖炭翁",虽然因久被炭烟/灰熏烤,时常亦是"满面尘灰烟火色",但他没有诗人遇到的老人活得那么凄惶。他没有被掠夺,也不具典型的社会意义,他只是默默地完成着一个父亲和一个男人的使命,如同他身上那件窑衣,竭力在完成作为一件衣服的使命。

比如他还侍弄着几十亩茶园——茶叶的烘焙也离不了木炭。一家人的生存,少了哪一个环节都不成生活。所以他的木炭,还有一半是留作己用。村里的茶树生长在高山云雾间,在青山的褶皱里,扎根在贫瘠的山阴峡谷,祖祖辈辈以来,经年累月,茶树吸天地之精气,沐雨露之泽华。

木炭有一半是要在清明、谷雨时节,等待着鲜嫩碧翠的春茶,等待与它们相逢在新新旧旧的篾烘上。经木炭烘烤的明前、雨前茶,细致清丽,具闺阁秀气,且在清香之外有种被炭火炙烤后的浓醇,是经日头大大咧咧暴晒的茶叶无可比拟的。卖茶是山里人维持生活的另一种方式,木炭也为茶叶提高了身价。

因此,过去的日子,一直与木炭密不可分。我们家的阁楼上,堆满了陈年的木炭与新烧的木炭。有炭的人家,就多了几分过日子的底气,那感觉,无异于庄稼人屋里堆满了秋收后的谷子。

六

炭在人间制造着温情,偶尔也会制造悲剧。

村上瞎眼婆婆招赘的女婿,是一位烧窑的好把式。我注意过他身上那件窑衣,比父亲的穿得更长更久、更黑更旧。他家早早就盖起了亮堂的新楼,于是他家三间废弃的老屋,自然就成了炭屋。瞎眼婆婆因为住惯了老屋,不肯搬去新房子。或许,她习惯了木炭的气息，习惯了木炭们在夜里发出的温和的炸裂声，这让她感觉到日子的富足安逸。这个勤劳的女婿，不但为她家养育了一堆讨人喜的孙子和孙女，还是村庄最先靠木炭与茶叶发家、有本事盖起二层小楼的人。然而有天深夜，堆在她床边的新炭复燃了。冲天的火光惊醒了沉睡的山村，人们惊叫着提着水、担着厕粪冲向火场，但是无奈火势强劲而威猛，老屋很快化成了一堆灰烬。

瞎眼婆婆以这种悲烈的方式走完了一生，村里人为之唏嘘了许久。

日子不能因摔了一跤就停滞不前。收拾好狼狈的心情，男人们还是穿起窑衣，别上他们的砍刀、斧头朝窑上走去。一年一年，一辈一辈，有人去了，又有人来。山中的窑，东一座西一座，烟雾缠绵密结，又各自袅绕着挣脱树梢，朝着村庄的方向延伸。

可是那些烟雾已越来越少，越来越孤单，直至完全消失不见。上窑的男人，步履越来越踉跄，脚步越来越轻、越来越远，远到有些人再也不回头，有些又即将远行。村庄也越发寂寥，年轻人们在面朝城市背对村庄的时候，住在工业技术可改变地理环境的屋子里，已体会不到寒冽彻骨的感觉，关于村庄的记忆也所剩无几，空乏苍白，苍白到没有几个人还记得窑。

苍苍群山，寂寂无言，再也听不见男人们夯窑时喧闹的号子声，难觅一缕袅娜的青烟。

七

　　缺少了男人的砍刀，山林与茶园反而显得日渐荒蛮杂乱，被芒草、覆盆子刺、金刚刺、葛藤、水竹们横七竖八地织成了网。茶树们缺阳光、缺养分，多有被藤蔓缠绕而窒息的。

　　而另一种生机勃勃的植物——绿竹，正翻山过岗而来，以猗猗之势，在年年的春风里，坚定而有力地覆盖、掠夺了赖以生存的沃土与岩隙，把杂草们也灭在了它婀娜的身影里。

　　再抬头望山，漫山遍野都是油油碧翠的竹子，笑傲着江湖。那绿着实让人心动，让人的眼睛也盛不下。缺少了知秋感冬、色彩斑斓的树叶，山中似乎再无四季。自然的法则，就是这么冷峻无情，毅然决然。

　　竹子也可制炭，谓之竹炭，但是再不需要炭窑，由制炭的机器加工而成，规规整整、细滑纤巧。触之，似乎缺少一点木炭的温度；嗅之，也没有窑炭的香醇。制炭机轻而易举地就结束了土窑的时代，隆隆轰响的声音，有如大江春潮，涌过树梢、竹梢，谁也阻挡不了。

　　在某个秋冬来临前的雨夜，我听到了山中最后一座窑垮塌的闷响，分明还伴随着一声窑的叹息。在淅沥的雨声里，我祈祷窑基成佛，能经得住岁月的风霜雨雪，年复一年坐在山中，以提示一段斧斫丁丁的过往。

旧居新趣

老屋其实不算老,它建于20世纪90年代初期,上下二层,砖混结构。因为无论我们走多远,它都一直静静矗立于老家,又因为我们后来在城里置了新家,所以它自然就成了老屋。

我们离开老家已多年,老屋一直空着。因为地处闭塞偏远的山村,过去一直因山路泥泞、路途迢迢、车马不通,我们又被红尘俗务所扰,分身乏术,所以老屋年久失修,日渐破烂不堪。但是"羁鸟恋旧林,池鱼思故渊"。近年来,我在异乡装饰华丽的房子里午夜梦回时,常常不知身在何处,幻觉里总以为还在故乡亲切的老屋里,许是年龄渐长,便愈加恋旧吧。待一细想,收藏了我们无数美好时光的老屋,此刻孤寂冷清地站立在无边的夜色中,心中不免一阵怅然,再无睡意。于是和爱人偶尔会回去看看,可是因风雨长久的侵蚀,门锁常常锈蚀到无法开启,有时竟连家门也进不了。就算有时候侥幸开了门,老屋满目疮痍,家徒四壁,根本慰藉不了游子的思乡之情,又常常悻悻而返。

进不了门的日子,两个人只好傻傻地围着老屋转一圈,在春天松软的茶树地里走一走。摘一片吐绿的新茶,放入口中细细咀嚼一番，那微苦有甘的滋味，和四野碧绿油亮、正勃勃生长的泛着清芬气息的林木，皆有春天的味道，嚼着嚼着，好像把春天也吃进了嘴里。夏天，跑去我曾经浣衣的小溪，探一番那清澈见底的山泉里好像总也长不大的小游鱼，静坐在流水叮咚的小潭边，听四周百鸟嘤嘤地歌唱，一颗心也跟着雀跃不已。再或者去门前的竹林里，踏一踏旧年厚积的落叶，飒飒秋风过处，金子一样的阳光穿过竹叶，细细碎碎落在我的裙衫上，两个人心照不宣相视一笑，忽如那年初恋的感觉……冬雪皑皑时，再来一幅"千山鸟飞绝，万径人踪灭"的绝佳写意图，云遮雾罩间，又生浓浓的乡愁。

为了这些惦念，和爱人商量，决定修缮老屋。

于是历时半年的打造，老屋焕然新生，生活设施一应俱全，还把门前已荒芜多年的小菜园重拾耕种。节假闲暇，再不惦记远游，老屋俨然成了最好的度假之所。小菜园也被我们安排得井井有条，种菜种花，四季葱茏。春夏的黄瓜、南瓜、西瓜、冬瓜、丝瓜、苦瓜、扁豆、豇豆、毛豆一应俱全，秋天的菠菜、白菜、萝卜、大蒜、芫荽也竞相生长。也许是因为我骨子里就流淌着农民的血液，所以天生对泥土有种非比寻常的热爱。而天地万物，只有泥土最宽厚仁慈，它从不亏待爱它的人。一粒种子几分耕耘，稍事侍弄，它便会几何式增长，回报给你。

且不说收获的喜悦，那四季把玩泥土的乐趣，便可媲美陶公的《归园田居》。但我们可是勤勤恳恳"晨兴理荒秽，带月荷锄归"，没有出现过陶公"草盛豆苗稀"的状况。清明一过，两个人便要找机会回乡下去，锄地、平畦、施肥、栽秧、搭架。乐呵呵地忙碌一下午，黄昏时分回望小菜园，干净、整洁，已初具规模。过些日子再回去，之前栽种的小秧苗们已成活，全昂着头蓬勃生长，甚是惹人欢喜。人生所乐之一，是可为所爱之事。始终能与爱人同行，也算一件乐事吧。

经历了一个春天的和风细雨，初夏时节，满园的藤蔓绿意渐浓，叶嫩花初。最喜流连其间，听花语叶语，玉米脆生生地拔节，小蜜蜂们在凝香生露的花蕊间嗡闹，有些瓜豆刚现雏形，毛茸茸的，煞是喜人。时令再稍晚一些，那些藤蔓越发葱茏，瓜果也一天天长大。初生的丝瓜条最是惹人怜爱，似一个个窈窕的少女，千娇百媚地悬在风中，前有藤蔓缀着大片的绿叶开道，后有一朵一朵含笑的黄花簇拥。与丝瓜架遥遥相望的是豇豆架，豇豆结得厚实的时候，一串串就像女孩儿的发辫，袅袅娜娜垂至架腰处，每串的发根处还别着两朵朝天的紫花。这紫花只在清晨有露珠的时候才开放，太阳一出来，它便羞羞答答地闭合了，只余俩月牙儿倔强地朝向天空。黄瓜也是东一条西一条，不甘示弱地默默奉献着。

间隔着各类架蔓的，是矮脚的辣椒、茄子类作物。辣椒墨绿油亮，擦着地就挤挤挨挨地结了许多。茄子大大咧咧、没心没肺地伸展着枝丫，花期比较长，果实来得比辣椒慢，我对这厮的特殊感情还源于《红楼梦》里贾府的家宴。我第一次读《红楼梦》是在上小学时，在外公陈旧乌黑的书架上，我在众多不感兴趣的线装古籍里面——诸如《小五义》《三侠五义》中间欣然发现了莺莺燕燕的《红楼梦》，绝不亚于哥伦布发现新大陆的喜悦，随手一翻就迷上了。我瞒着大人日夜捧读，虽然似懂非懂，囫囵吞枣，在众多的酒令诗赋中，我读到的只是热闹的场景，在里面错综复杂的人物关系中也只能捋得清宝、钗、黛，但是却记住了贾府顿顿珍馐美馔的家宴。就像书中的益气养颜汤等药方都标注了需抓几钱一样，曹翁对贾府家宴中许多美味佳肴的食材、烹饪方法都作了详细介绍，读来令人垂涎欲滴。但大多数食材我不认识，只有贾母招待刘姥姥的一道菜我记住了——"茄鲞"，大致做法是将茄子削了皮，佐以鸡脯肉、新笋、蘑菇，投入鸡汤中慢炖……我很惊讶茄子竟有如此好命，鸡肉成了它的配料。后来，我每每吃着母亲烹炒的只有辣椒做配料的茄子时，也努力想象着鸡汤炖茄子的味道。

相比春夏的热烈，秋天的菜畦就安静了许多。在有月亮的夜晚，一个人静坐其间，只有蟋蟀不知躲在哪片菜叶子下面高一声低一声地弹着琴。月色如水，萝卜缨子和白菜在月光下青翠欲滴；辣椒已褪去了之前的油绿，像一个个红红的新嫁娘，半遮半掩在渐瘦的叶子后面；新蒜和芫荽则散发着迷人的香气，那是生命的蓬勃气息。

拥有几分自己的土地，闲暇时就来耕作，充分满足了我对田园绿野的渴望。这四季时静时热烈的园子，给人以无限希望，并常常有实实在在的收获。有时索性赤脚站在园子里的土坷垃上，仿佛可以汲取无限天地之精气。那因长久在城市的栅栏里，被隔绝而渐失的身体内的灵性，一次次在刹那间清醒复活，亦觉得人生所有的不快，在这广阔的天地里渺如微尘。这满园的绿意，以及园边的深深林木，竟似一台巨大的过滤器，滤净了城市的车马喧闹、烟尘弥漫，也滤去了心头的一些执念、焦躁浮动与狂妄。我越来越明白，我太需要这样的一些时候，这样一处安静的所在，"无丝竹之乱耳，无案牍之劳形"，用以沉淀、释放、思索。每一次回城的路上，耳聪目明，心胸只余淡泊宁静，脚步亦轻灵无比。

原本只想努力在旧居故土处栖身一晚，不想竟有如此多美妙的感受，如此多丰饶的收获。朝霞暮云中，竹林掩映下，白墙红瓦已换新颜的老屋，终于又迎来了我们的欢声笑语。看着宽敞的廊檐下，挂着拐杖笑眯眯地听着我们在园子里忙来忙去的婆婆，胸中溢满踏实与温暖。婆婆也随我们离家几十载，如今又回到她最初生活的地方，熟悉的环境、亲切的老邻居、鸟欢虫鸣的大自然的声音，治愈着她不幸失明的忧伤。

菜园的篱笆外面，就停着我们的代步车。如今"村村通"水泥路已修到了老屋门口，修到了每一户农家门前，出行再不像昔日那样难。城里可乐业，回乡可安居，来去便捷自由，何其乐也！这承载着我们青年时光的老屋，依然是我们不可或缺的精神家园，依然可以安放我们的灵魂。"雪沫乳花浮午盏，蓼茸蒿笋试春盘"，若得生命清明的滋味，那么诗意的生活不在未来，不在远方，就在眼前。

纵使相逢应不识

微信朋友圈里,大姨的女儿菱波发了一张照片。照片中,一条宽敞的水泥路,呈坡状通往村庄深处,几棵金黄的银杏树,静立在路的两旁,如油画中铺陈的暖色。银杏树下,一人正躬身清扫着路面的落叶,他的面前是碧青的菜地,绿化带里的栅栏将其围成了花圃似的方格。那些栅栏,蓝白相间、簇新、规整,透着陈旧的竹篱笆所没有的精气神。

几条新铺的水泥小路,如大路分出的支流,沿着栅栏,流向了白墙黛瓦的农家。画面里,炊烟正起,牛乳般氤氲在村旁茂密的翠竹之上。修长的路灯,将明亮的气息坚定地传递着,让曾凝望过村庄暗夜的人,眼里也充满了光明。

菱波给照片配文:"人在路中,路在画中。夕阳西下,炊烟袅袅,恬静而美丽的乡村。"

我将照片放大,横过来竖过去仔细地看,似曾相识又不识。相识的是村庄的远景,有我熟悉的大山的轮廓,还有村庄的特殊位置。不识的是,菱波的出生地,那个叫施冲的村庄,在我几十年固化的印象里,根本不是这如画的模样。

忍不住在朋友圈下面留言，问："这是施冲吗？"

她回："是呀，新农村建设刚刚完成。"

我愕然不已。施冲，我曾无数次地走过，每走一次，都要在心里愤愤地问一遍："这是人住的地方吗？"此后经年，它仍会闯入我的梦境，我跋涉其间，艰难而疲惫，如跌入盘古开天辟地前的鸿蒙。眼前这秀丽的村庄，真的是施冲吗？

第一次去施冲，是大姨出嫁时。老家的婚俗，是新娘子过门那天，须有闺中的姑娘送亲，为讨吉利，人数不能为单数。为凑人数，小小的我被安排进了送亲的队伍。小伙子们抬着红红绿绿的嫁妆走在前面，姑娘们拥着新娘跟在后面。走着走着，前面的嫁妆队伍拐离了大路，停在一处陡坡上。坡下，是姨父的家。山冲里的村庄，可一目了然。

但是从坡上到村庄去，可没有那么容易。

往姨父家，需从眼前这断崖式的陡坡上下去，才能抵达。断崖上的一条"毛毛路"，大约是姨父平时一个人进出时踩出的，湿滑、细窄，羊肠一样垂挂着。这样的"路"，徒手尚可通行，可是嫁妆怎么抬下去呢？小伙子们商量了很久，尝试了多次，只好放弃把嫁妆原封不动抬下去的想法，他们解开红红的绳索，来来回回地搬弄着，记忆中，好像还有用竹竿垫在崖上，把箱子等重物滑下去的情节。

按照乡间约定的婚俗，在所有的嫁妆进屋之前，新娘是不允许先进屋的。于是我们陪着大姨，在冬月瑟瑟的寒风里，等啊等啊，终于等到最后一件物什被运完。

因了大姨的缘故，我便时常去施冲走动。后来我才发现，通往村庄还有另外一条秘密的山路，这条路平缓，不用经过那个"断崖"。只是那一条路，唉，我该如何形容那一条路呢？那也不是人走的路，那是村庄众多的牛、羊、猪，以及鸡鸭们走的路。那条沟壑般的小路，常年堆积着厚厚的牲畜粪便，新鲜的压盖着陈旧的，牛屎是其中当之无愧的"粪王"。

如果哪一天，在那条路上，侥幸没有与牛们相遇，跨过一坨坨冒着热气的牛粪，走到村口，就将会面临另一个令人瞠目结舌的场景。村口稀松散落的几户人家，可能是因为没有钱去盖一座牛棚——他们自己住的屋子，也是破败不堪。破败不堪的屋子的周围，有几棵枣树，就算在春天、在盛夏，它们的叶子也稀疏泛黄。那些不幸的枣树，就是拴牛桩，一生都被牛们拉扯着，被蹭光了树皮，苟延残喘地活着。树的四周，各种牲畜的粪便，在雨水的加持和人畜的践踏下，融合在一起，足有一尺深，形成一片特别的浓稠的"塘堰"。几户人家无院无篱，单薄而孤零，泊在臭气熏天的"堰塘"中央。在买不起一双雨靴的当年，住在那些屋子里的人，每天如何进出，赤脚还是穿鞋，于我，是一个千古之谜。

大姨的家，是如此的不堪回首。

菱波的村庄，还是施冲，却蝶变成花园，在深秋的光影里，如诗如画。

大　雪

今日大雪。夜里就听见窗外淅淅沥沥下着雨。大雪节气依旧没有期待的雪，日子一如之前乘着滑竿般溜出去的小雪节气。江南的雪已越来越少，我在半梦半醒间这样疲倦地想着。

那些记忆里大雪纷飞的天气，多是在农闲时候了。忙完一年的春播秋收、冬藏，父亲母亲都很闲，雨一阵雪一阵的黄昏，红泥小火炉上咕嘟炖着笃鲜，腊肉炖酸白菜，里面加了霜雪前晒干的粉条。粉条滑滑糯糯，在炭火里释放着冬季收藏的阳光，吃得肚子里暖暖和和的。

总是在夜里，雨先止了，天地一片寂静，只有窸窸窣窣的雪的声音。它们落在屋顶的小瓦上，落在窗外四季常青的杉树的针叶上，落在梦里。我们翻一个身，在万籁中又安恬地睡去。直到天露出异于往日的光亮，熟悉的木头门闩哐当一声，两扇木头门吱呀一声被拉开了，而后我们把头蒙在被子里，支棱起耳朵，从开门的父亲那里捕获着关于雪的讯息。就等着他用戏文里学到的京腔夸张地唱道："哎呀呀，雪真大呀！雪封住门了呀！"我们便一骨碌从床上爬起来，边穿衣服边计划着，是去张（捕）鸟呢，还是去山地里追兔子。

然而，这些宏伟的计划一次也没有实现过。因为我妈总是会兜头泼来一瓢冷水："兔子要是被你们抓到了，我连皮毛一起吃了。"

但是总不能辜负这么美丽的雪呀。更多的时候，我们是忙着堆雪人、打雪仗。后来，我喜欢一个人在雪地里行走，喜欢那天地一色的童话般的世界。带一本汪国真或席慕蓉的诗集，把一些青春的怅惘、迷茫，都丢在雪里。或者，为赋新词强说愁，在雪里寄托一份不可名状的哀伤。

在大雪节气的雨里，在半梦半醒时分，十分清晰又恍如隔世的昨日，忽上心头荡漾着来去。那些你以为会永恒的时光、关于雪的故事、雪里遇到过的一些人、雪在心上来过的痕迹，只留给你一个模糊的苍茫的背影，让人恍惚，怀疑它的存在，就像那些缥缈的曾带给大地一片洁白，又消融归还于大地的雪。

人生，是不是也是一场覆盖大地的雪？那些美丽的、冰凉的、温暖过的细节，都是一片一片六角的雪花，来时无声，去时亦无踪？最终呈现在我们眼前的，时常都是生活面露狰狞的底色。

我们不得不用内心的洁白，去抗衡，去面对，去不动声色一遍遍地粉饰，我们遭遇过的幸与不幸。

小　寒

　　我在转动锁孔的时候，就已经感受到了两道探询的目光朝着门的方向投射过来。沙发到门，咫尺之近，而我的母亲，已没有能力来为我打开这扇门。或者，我已没有足够的耐心等待。我抖落雨伞上的雨滴，将伞默默放在门口，再换鞋，进屋，进厨房。我的母亲用模糊的残缺的目光追随着我的身影，而另一位母亲，我的完全失明的婆婆，连残缺的目光也没有了，大概是用听力在追随我。母亲没话找话："回来了？"我回应的声音于她太小——她的听力也在日渐下降，只好冲她点点头。

　　我没有摘下口罩，直接去厨房为她们做吃的。生活以狰狞的底色呈现在我面前，我实在笑不出来。

　　我用口罩遮掩着心底的无奈，遮掩着我先天不会说话的缺陷，以免我不生动的、僵硬的表情，令她们内疚和不自在。其实我在心里已暗暗下定决心善待她们，世事轮回，就当母女、婆媳的角色到了轮换的时候。她们被疾病折磨的残疾的身体，因而带来的精神上的无助，为人子女，应该用健康的体魄、柔软的心肠来偿还，来弥补。我觉得这比写诗写字，或者徒劳的哀伤、无边

171

的怨憎更有意义。但是还是那句俗语，理想很丰满，现实很骨感。每天照料她们的起居，吃喝拉撒洗，还要做"家庭医生"，按时给其中的一位姆妈打针吃药，奔走于工作与家庭之间，时间一久，我有种无以言说的疲惫。尤其每天回家面对两个行动不便、暮气沉沉的老人，心情怎么也无法明朗。

就像我写过的那首诗：

　　我无法把岁月放回原处
　　无法把生命放回原处
　　我谴责时间这样无情地篡改一切
　　把青枝绿叶篡改成枯木朽株
　　把草原篡改成荒漠
　　把年轻的脸篡改成陈旧的宣纸
　　把温情篡改成寒冰
　　……

小寒节气，仿佛是中年的此刻，遇见人生的小寒，一边在社会上打拼，一边要照顾父母，一边还要面对学业尚未完成的孩子。凛冽，无奈。如在小寒的夜里，刚刚从公交车上下来的那一刻，扑面是无边的寒风凄雨。

母亲的目光一直追随着我，厨房里竟有煮饭的香味，水槽里早上来不及洗的碗筷也被洗了，一筐清洗过的青菜放在水槽上沥着水。我立刻被眼前的景象迷蒙了双眼。是母亲，遭遇重创的她在完成自我救赎之后,在拄着拐杖跌跌撞撞勉强才能行走的今日,还想着要帮我分担一些家务,她的心才是最柔软的。

吃饭时,她忍不住高兴,一遍遍说:"今天的饭是我煮的。"仿佛她做了一件什么惊天动地的大事。她忐忑地问我好不好吃,可熟了。我一边咀嚼着因水不够而夹生的饭,一边漠然地点头:"好吃,熟了。"我想跟她急:"你莫要进厨房,摔倒了怎么办?"又不忍心打击她此刻孩子一般简单的快乐。

母亲也曾是走路带风的女子,是乡里数一数二的大厨,无她不成席。遇婚丧嫁娶、建屋起舍的大事,她起早摸黑,风风火火,是东家早早必请的人。几十桌酒水,需几十斤肉、几十斤鱼、几多绿蔬,大字不识的她,却能以碗为单位,精确计算出所购数量。如今,她颤颤巍巍着,只能给我一碗半生不熟的饭,我还得感激上苍对她的宽厚,只默默吞咽咀嚼着岁月的无情,一天天掠走她与我最好的光阴,却叫人无力反驳。谁又能预知,在人生的尽头,等待我们的,又是怎样的光景?想到此,我面容缓和,眼眶润湿,又大声对她说:"妈煮的饭,真香!"她才如释重负般,真正有了开心的笑颜。一旁埋头吃饭的婆婆,也有了笑意。

冰冷的小寒夜,倏然明朗,有了温度。

我感激自己在自省中的超越。生命的一半写着喜乐,一半写着忧烦,这一站一站的欢喜或悲愁,才让生命有了厚度,生活有了情趣。我们有什么理由去抱怨呢?

唯有爱与包容。

时间内外

去乡下荷锄归来，已是午后很久，头痛的老毛病，因没有得到午休而愈加严重。得补一个午觉了，我想，也许能幸运地睡着，哪怕几分钟，也能缓解一下这生之沉重。

和衣躺在床上，手机叮咚响了一下。凭我敏锐的听力，我知道那是微信信息，而非泛滥的资讯推送。谁会在这时候发信息呢？疲惫的我闭着眼睛努力不去想。但手机叮咚叮咚又响了两下。我想到了女儿，她周末加班没有回家，是不是有事要找我商量？最近，刚参加工作的她，从象牙塔进入陌生的环境，情绪上有些起伏不定，失落的时候，她经常找我聊天、倾诉，而我，立即摇身一变，成为她的专业心理疏导老师，半文半白、搜肠刮肚地安慰鼓励她，期望她早日度过与社会的磨合期。

女儿的信息是要秒回的。从床头的书上摸过手机，屏幕上，绿色的微信显示"六班长"字样，原来不是女儿。点开，六班长说："美女，秦阿姨的尿片和牛奶没有了。"又补充了一条"再买点零食。"六班长是我妈所在康养院的护工。两年前，妈妈因一场重疾失去生活自理能力，我们在照顾一段时间后，实在没有精力再耗下去，只好狠心把她送去了养老机构，把专业的事交给了专业的人。这样，我们只需每个月往机构账户里打钱，周末去探望一下，再把所有生活必需品准备充足交给她们，就可以了。虽心有不安，也是无奈之举。显然，这些必需品是用完了，我需下楼去采购，然后赶在天黑前送过去。明天是周一，新的一周开始，又有一堆事情需要去应付、处理，想到周末只剩眼前这点时间了，心里一紧，再无睡意，便翻身坐了起来。

头还是昏昏沉沉的，只好用温水冲了一杯速溶咖啡，仰起脖子一口气喝了。咖啡本是用以消磨时光、怡情悦性的，我却总是喝得潦潦草草，从没有细细用心品尝过。十余年来，咖啡几乎成了我的"止痛药"，好像总是能缓解我的头痛。久而久之，我确定我是对咖啡产生了依赖。然而，不依赖咖啡，我又能依赖什么呢？看过无数次医生，他们给出的诊断结果总是一致：神经性头疼。医生们常常把难以判断的疾病，都归结为神经性疾病，比如，神经性耳鸣、神经性厌食、神经性皮炎、神经病。嗟乎！神经，这东西真的很玄乎，看不见摸不着，说它是罪魁祸首，它也不会反抗。

出城往西，晚霞似融化的金子，正穿过厚厚的云层，力图把最后一丝光亮留在人间。乌云如女人破洞的丝袜，无论如何也网不住那灿亮的金色的光芒，反而被残阳染成一片金黄。但仅仅是在几分钟后，光芒便被夜色收敛，整个天空开始暗淡下来，远方的高楼、厂区、路边的人家、田野，都被暮色笼罩了，天边的青山，只剩隐隐的轮廓。夜雾开始氤氲，天地一片虚无苍茫。

那一栋灰色的高楼,"爱晚医院"几个红色大字依稀可辨,孤单地伫立在暮色中。

把车停好,在门房以车钥匙交换了进铁栅门的磁卡。这是一个刷卡的时代,卡比人更智能,一卡在手,进门、出门即可畅通无阻。一张薄薄的卡片,冰冰凉凉,没有一点温度。不像从前,木心写的,木门上都是挂着好看的锁,一根红线绳,拴着一把有着岁月包浆的钥匙。幼时,其实我们村里人家的门,多数时候不锁,就开着,暮色四起的这个时候,门内一定是飘香的饭菜,一定是灶火的温度。现在,这扇冷冰冰需刷卡的铁栅门,你进门和出门时,都少了一道悠远的目光。

铁门内,"爱晚医院"的裙楼有福寿楼,妈妈躺在三楼的某一张病床上,她已变得十分瘦小。老年性血管疾病,连同阿尔茨海默病,让她的眼神迷离、涣散、空无一物,我喊她数声,她才缓过来一点点神,艰难地先张开嘴,又张了一下,意识比声音先行,从胸腔里呼出缓缓的一声:"哎——"

晚饭护工已喂过了,我倒点热水,坐在床边一勺一勺地喂她。

窗外的暮色已浓得化不开,从窗框的缝隙挤进了室内,微弱的节能灯好像也染病了一样,散发着有气无力的光晕。邻床的老奶奶,睁大眼睛,静静地看着我。想起不久前,这张床上还是另外一位老人,她还能下床艰难地行走,虽然佝偻的腰呈 90 度,让她离地面越发近,但她已比卧床不起好得多。她坚定地以为我妈是她儿子,不许别人"欺负"我妈,吃饭时她会喊我妈"起来吃饭",喝水时我妈会问她要不要喝。我们每次过来,把我妈弄到轮椅上,再推到室外走廊里去晒晒太阳,她都会一瘸一拐地攮到跟前,嘴里咕咕哝哝,手里的拐杖狠狠地在地上戳着,一遍一遍用力呵斥着:"回去!回去!"大约是怕她的"儿子"遇到了危险。这位在生命的最后只记得自己儿子的母亲,已经走了。

枣红色的病床,清一色浅蓝的被服,十几张床上,都是苍老、病弱的老年妇人。有的非常安静,只有薄薄的起伏的被子,证明了那是一个生命;有的发出混沌的、模糊的喊叫,那声音是从胸腔里发出的悲鸣,如夜归的秋雁,把生命的欲望一遍遍留给茫茫的长空。当然,她们的欲望,仅仅被囚禁在这间病房,能听见她们声音的,只有几位身穿粉色工作服的护工,她们进进出出、忙忙碌碌,对这些叫喊已习以为常,无暇顾及。只有我这个外来人,心被呻吟声一阵又一阵揪起,直至无法呼吸。有空调的房间,密闭,少有通风,这些老年病人口腔里呼出的气息,混合着卫生间马桶泛出的味道,以及沐浴露、肥皂、洗衣粉的味道,黏稠得能一把抓起。

妈妈的意识,像一部游离在信号之外的手机,短暂、微弱,她很快又进入半昏迷状态。毫无氛围感的灯光下,她的脸如一张蜡刻的纸,枯黄、干瘦,没有一丝生动的表情,花白的头发一根根竖起,如不愿屈服、逐渐萎靡的生命。那一头白发也乌黑油亮过,也或长或短过,引领着村庄的潮流。她也是爱美的,一头青丝,曾经是"三七式""运动头""碎菊花""大波浪"。记得有一年腊月,她上街办年货,天都黑透了,她还没有回来。我们挡

177

不住寒冷，关了门很久，她才在外面喊开门。我急忙打开厨屋那扇窄小的木门，她气喘吁吁地站在门口，夜色如水，在她的身后荡漾开去，门内泛黄的灯光齐刷刷一下子跑出去拥抱了她。油盐酱醋，杂七杂八，肩上一担沉甸甸的年货，把她矮小的身躯压得更加矮小，但一头新烫的如菊的卷发，和因在寒风中赶路而红扑扑的脸，在灯光里充满了生命的活力和女性的柔美。那一刻是我见过的她最美的时候。

她的嗓门也是很大的，在炊烟将尽的暮色里，呼唤一声"回家吃饭咯"，能让归鸟振羽、群山回应，我们立即丢下正在兴头上的玩伴，撒开脚丫子就往回跑；在地里干活的父亲，也加紧收拢手上的活计。现在这时候，她只安静地躺在这里，青丝成残雪，人成渐离人。

我瞅瞅四周，忧伤陡增，这庞大的房间，是生死之门，不在此地，即在彼地，它在生命的尽头等着我们，我们每个人，都将孤独地穿越这道门。奔波的跫音、悲喜、爱欲、信仰、功名、利禄、纷争，终将停止，远去，撒手。一样长宽的床，也消弭了贵贱高低。哦，我仿佛临渊而立，在死亡的边缘，沮丧地窥见了时间的秘密。余华说，死亡不是失去了生命，而是遗弃了时间。我感觉，她们正在这里一点一点地遗弃时间。

天已黑透，我在窗玻璃上看见自己的影子，杵在妈妈的病榻前，孤单、茫然、无措、无奈。生命的来处离我这么近，又那么远。我想起挂锁的老屋、月光下的井台，俗世的欢颜、灿烂的烟火，这一切，与这间屋子，有隔世之遥。

我忍不住晃动一下身子，玻璃上，我的影子也晃动了一下。妈妈已经平静地睡着了，不知道她有没有做梦，梦里，她会不会抖开她这一生保存的记忆？希望她在梦里忆起她的三个孩子，再做一次我们的母亲，梦到她用黑色的碎布条，给四岁的我编两条麻花辫的日子。那时，明黄色、黑色、金色、白色、绿色、棕色、红色以及长有各种斑纹的五彩蝴蝶，正绕着门前的萝卜花、蚕豆花、油菜花飞，蜜蜂嗡嗡地在土墙上打着洞，一次一次扑棱起细碎的尘土……

不，我不能待在这里，我想逃离这萧瑟的、被夜色淹没的地方。再次帮妈妈掖了掖被子，我转身朝门口走去。邻床一直沉默的老奶奶忽然探了探头，嘱咐了我一句："姑娘回去啦？开车慢点呀！"她思维清晰，是代妈妈在叮咛我吗？这生命的温厚，到底抵消了些初冬的寒意。

拭去眼角的泪水，我走向暮色沉沉的夜，再调转车头，加速开往城市的方向。那一城旖旎的灯光，就在不远处温柔地等着我，一城繁华，嘈嘈切切，仍是我迫切想要融入的地方。我要回到时间里去，要替母亲好好活着，在温凉自知的苦乐里，继续叩问人生的意义。

爱的散章

一

我前脚跨进电梯的门，后脚就开始后悔了。原以为正好赶上了电梯，不用数着电梯跃动的红色数字等待，不想，还没来得及高兴，就发现电梯里独自站着六楼那个有问题的少年。触到他刀锋一样寒冷的目光时，我忍不住一激灵，想反身，电梯门已关上了。便只好以最不刺激他的柔和的微笑，和猫一样谦卑的姿态，在狭小的电梯里与他保持着距离，并用眼角的余光扫视着，暗暗调动起全身的细胞，以随时应对他可能对我突然发起的攻击。虽然是一个十五六岁的少年，但是他的身高已高出我许多，假如他真有什么动作，比如一把薅住我的长发什么的，我是毫无招架之力的。我只能暗暗祈祷电梯快点到六楼吧。他始终保持一个站姿，昂着头，嘴角朝一边上扬，一副桀骜不驯的神态。也许他的眼中根本就没有我的存在，我所有的不安都是我强加给自己的。

也就几秒钟的时间，电梯就到了六楼，他机械地走了出去。我长吁了一口气。

认识这位少年，是在小区的微信群里，大概是因为每栋楼都要加盖一个电动车充电棚，楼管在群里预告了我们这栋楼的充电桩的规划位置，如果大家没有意见，就准备施工。这本是一个好消息，大家一致赞同，但是只有一个女人坚决不同意，这个女人就是男孩的妈妈。她坚持说她的孩子有孤独症，且好动，经常独自跑下楼去，如果充电棚就在楼下，对她的孩子来说，会是潜在的危险。

　　这真是一个令人啼笑皆非的理由。楼管说："只要有一户居民不同意，就取消安装。"大家自然不接受，一时间群里七嘴八舌。有的说，总不能因为她一户影响大家充电；有的说："你孩子有问题，做家长的要起到监护作用，走路还会摔跤呢，你能保证楼下没有充电棚，他走路就不会摔跤？"可是这位妈妈很顽固，她一人舌战群儒，一副死猪不怕开水烫的样子，从天上说到地上，她就是不同意。

　　最后就因为这件事，充电棚果然没有安装。

　　说句实在话，以我与人为善、充满了仁慈的品性，对她也相当不满，认为这样的人自私而霸道，怎可为一个未知的、尚没有发生的事故而去阻止大家该获得的利好？简直不可思议。

　　第一次见到他们娘儿俩，是她主动发了一段视频在群里，以证明她没有说谎，确实有个有问题的儿子。视频里她在教那孩子说话，她张大嘴巴说"啊"，让孩子也张嘴发声，可是她一连说了数遍，那孩子就是一声不吭。但是她仍一遍遍耐心地说着，最后还是拿了一个孩子感兴趣的玩具，他才发出一声急促而短暂的声音，像是脖子被掐住一样，恍若谁在空中画了一个不规则的圆圈。她进一步诱导着孩子说话，让他说"大家好，我是×××"，孩子伸直起脖子，发了三个勉强听出是"大家好"的音节，没有起伏，没有音律，又让我联想到一条短粗的线条。我眉头紧蹙着看完视频，心也紧紧地揪着。他的妈妈却为此笑逐颜开，大声夸着："嘿，真棒，又进步了！"

当我们在为自己孩子的考试成绩和排名而闹心的时候，没想到还有人在为孩子说话而努力。而这个孩子，已比他妈妈高出半个头，他嘴里发出僵硬的"嗷嗷"声，伸手去抢她手上的玩具的时候，看起来力气很大，他的弱小的妈妈根本不是他的对手。

那一刻，我开始同情起她来，忘了她在群里说的那些措辞强硬的话了。子非鱼，安知鱼之乐？同样，子非鱼，安知鱼之苦？或许，只有她了解，倘若那个充电棚装在他每天必经之地，会对他有什么潜在的危险。哪怕那个可能微乎其微，她也要极力阻止事情发生，她要给没有行为自控能力的孩子创造一个安全的、没有伤害的世界。

这就是妈妈，她不惜为她的问题儿子得罪全世界。他是一万个孩子里唯一不幸的一个，或许他一出生，就如一只被雨淋湿了翅膀的小鸟，可是妈妈为他撑起了一片无限的晴空。

我不再对这个女人有任何抱怨之心。后来，再在电梯遇见他们母子，我会送上一个友善的微笑。

二

电梯里的孩子，让我想起生命里过客一般的一些孩子。曾经谋职的早教中心，算是小城比较高端的幼儿教育机构，小班制，高端的服务伴着高额的收费。幼儿入园年龄从六个月到十八个月，所以班级里的孩子有的才牙牙学语，有的刚蹒跚学步。

某一学期，我们收到了一个"大块头"。这个肤色黝黑看上去很结实的孩子，个头比其他小朋友要高出一倍，当然年龄上也相差了很多。但是，从第一节课开始，我们就发现了他的异常，他的智商与年龄是成反比的，远没有其他小人儿玲珑乖巧。上课时他不仅坐不住，也不能按老师的引导完成早教中心特殊的学习。当然，如果他是一个正常的孩子，以他的年龄，这些针对幼童大脑思维、手眼心一致的蒙氏训练，于他应该完全不是问题。问题是他根本不接受老师的训诫，如果非要他老老实实地坐在小椅子上，他会不停地绞扯自己的衣服，把上衣的衣领揪起来送到嘴里嚼来嚼去，以致胸口的衣服被口水渍湿一大块。

倘若只是坐不住就算了，他的亢奋也超乎人的想象。老师甫一宣布课间休息，小朋友们就开始雀跃，他更是兴奋不已，在偌大的教室里左突右窜，狂奔不止，那相对其他小朋友而言高大的身躯，如一道黑色的旋风，把小朋友们撞得东倒西歪，让我们胆战心惊，连连阻止。

这无疑是一个多动症患儿。以前我只听说过这个名词，真正接触了，才知道这种患儿有多麻烦，或许他还不仅仅是多动的问题。他也有不动的时候——躲在角落里，不声不响，事后才发现，教具上的一些数字，或其他红、黄、蓝颜色的标记，被他不止一次偷偷地啃食了。还好幼教的教具都是用一些无毒的材料制成的，对他的生命没有造成危害。但是有一次午休时间，我在陪最后一名小朋友睡着之后，从卧房出来，发现从来不午睡的他，屁股朝上趴在窗户上，头朝下正对着绿草茵茵的草坪。我们的教室在三楼，那个窗台是一般孩子不能企及的，我们差点忽略了他。我相信那一刻他是无意识的，没有空间的概念，如果那一刻草地上有他感兴趣的玩具，我毫不怀疑他会一头扑下去。我轻轻地走过去，一把抱住了他的双腿。

在经历一周困难的观察期后，我们宣布投降。这样的孩子，即使我们有专人看护，也不能保证他的安全，不敢保证他不伤及其他孩子。家长的态度是强硬的，根本不能接受我们的劝退请求，尤其是年轻气盛的妈妈，跑到园长那里大声吵闹。为了不影响正常工作，园长只好与我们协商，在家长配合看护下，再留观一周。

第二周开始，他的奶奶，一位年过六旬的瘦削的妇人，领着他来了，把他交给我们后，就坐在了班级门口。她还带了一袋橘色的绒线团，孙子安静时，她就安静地坐在门口，一针一针织着薄薄的毛衣。就这样，下课和吃饭时，奶奶就进了教室，我们只负责在上课时看管住他。有时也管不住，他会倏然起身，跑到门外，奶奶便扔下手中的毛线，一把拉住他，多数时候是拉不住的，反被他跟跟跄跄地拖拽着，拉到楼下的游乐园或操场上。有时在教室他像颗流弹飞来弹去，奶奶拉也拉不住，一面被他拖拽得跟跟跄跄，一面忍受着尴尬，目光中满是歉意。但是为了减少老师们的麻烦，让孩子能留在这个教室，奶奶一直默默守候在教室的门口,连午饭都是用绒线包里带的一些饼干对付着。

一连几天,因为奶奶的坚守,他对我们的困扰逐渐淡化。我们也深深为奶奶所感染,因为奶奶看他的目光中充满了疼爱,在她眼里,她的孩子就是一个正常的孩子,丝毫感觉不到她的孙子与别的孩子有何异样,没有像我们一样在心里给他贴上了一个标签,言行上自然就有了偏见。

再后来,与第一周的亢奋相比,他听话懂事了许多,奶奶仍然在教室外织着毛衣,看我们的眼神依然小心翼翼。虽然我们花在他身上的时间比花在一般小朋友身上的多,但也不是不能接受,他奔跑的次数越来越少,甚至坚持到坐下来把一小碗米饭吃完,也懂得了礼让呵护其他小朋友。

寒冬来临前的一天,奶奶坐在教室门口,织完她那件橘色毛衣的最后一针,我们说:"奶奶,您明天不用来了,把他交给我们吧。"

那一刻,我看见了奶奶浑浊的眼里充满了晶莹的泪光。

后来,我们才了解到,他不止一次被其他幼儿园劝退,他的父母带他去看过医生,医生给出的结论是:他算不上一个不可救药的孩子,如果把他放在正常的孩子中间,他有被逐渐感化的可能。但如果把他放到特殊的环境里,和行为不正常的孩子一起接受特殊教育,于他也许有害无益。

初春,他穿着那件橘色的毛衣,安静地坐在孩子们中间,只偶尔啃食一下自己的手指头。小朋友们奶声奶气地齐声朗诵着"草长莺飞二月天,拂堤杨柳醉春烟。儿童散学归来早,忙趁东风放纸鸢"。我注意到，他喜悦地沉浸其中，眼里的光明亮起来，欢快的音律，裹挟着春的气息，正穿过他的身体。

三

　　故事还是发生在早教中心。每到秋季开学，老师们便焦头烂额，新来的孩子经历着人生第二次心理上的"断乳"，哭声不断，哄好了这个，那个又"我要妈妈、我要妈妈"地哇哇大哭，老师们只能临时充当"妈妈"的角色，一个老师怀里搂上几个娃，任他们鼻涕眼泪在身上、脸上胡乱地蹭着。

　　一般的孩子，过了一周就适应了班级环境，小小的脑袋大概就接受了"必须"要上幼儿园的现实，不再哭闹；心理再脆弱一些的，两周也完全适应了。幼儿园的哭声会逐渐被欢声笑语代替。

　　可是有一学期，我们班的哭声持续了四十多天，那哭声尖厉刺耳，终日不断，均来自一个叫"浩"的孩子。这也是一个奇怪的孩子，他的奇怪在于不能接触其他小朋友。不但不能允许他们中的任何一个靠近他，也不能听到他们的声音。他不敢与他们一起坐在小板凳上，读诗认字学儿歌，也不敢与大家一起做游戏。小朋友们的欢快的声音越大，他便越恐惧，常常用双手捂住自己的耳朵，紧紧闭起双眼，尖厉的哭喊声简直能刺破天花板，令人窒息。

　　在幼儿园的时光是孩子们的"实习期"，让他们脱离家庭"一对一"的关怀，渐渐懂得一些社会上的规则。在这个"小社会"里学会自理和社交的能力,是老师们的课程内容之一。

所以,帮助浩融入这个集体,学会和其他小朋友交往,是我们不可推卸的责任。

我们以极大的耐心忍受着他非比寻常的哭声,试着探寻破除他内心的坚冰的方法。开始,他坚决不睡午觉,极度缺乏安全感。我们总要派出一位老师,以母鸡孵化小鸡的方式,陪在他身边,他才肯把头蒙进被子,在渐弱的抽泣声中睡一会儿,但只要你轻轻一起身,他立刻惊醒。

后来,我们索性叫了一个小朋友过来陪他,坐在床边像大人一样拍拍他、搂搂他。开始他惊恐的哭声仍然能刺破屋顶,但两三天一过,他就意识到那位小伙伴并无恶意,竟然没有那么排斥,哭声也没有那么尖锐了。看到事情的转机,我们继续如法炮制,让小朋友做游戏时,以他为中心,围着他蹦蹦跳跳。孩子们天真无邪,丝毫没有觉得他有何异样,只当他是玩伴之一。有时候,他也会沉浸在欢乐友善的气氛里忘记了哭,还有破涕为笑的时候。

操场上,秋阳灿烂,蝴蝶在飞,鸟儿在欢唱,孩子们快乐地荡着秋千,在蘑菇小屋里跑来跑去。他远远地躲在花圃的一角,眼巴巴地看着欢快的小伙伴们,虽然没有安静的时候,但只是小声地咕哝着,也不再是紧闭双眼。我走过去,牵起他的手,慢慢地靠近他目光所及的跷跷板,跷跷板的那头,是自己玩得正欢的朵朵。因为缺少玩伴,朵朵正用小脚一上一下地点着地面,维持着跷跷板的平衡。我抱起浩,把他轻轻地放在这头,两个重量相当的孩子，就在绿草茵茵间，一上一下地荡开了。

　　开始，他犹疑地把手伸向我，我只是伸出手去扶住他，让他感受知我的力量，待他发现我已悄然松开手时，既紧张又兴奋，小脸涨得通红，嘴里哇哇大叫一阵，又响起一串串银铃般的笑声。那兴奋，绝不单单是坐上了跷跷板的兴奋，而是生命多彩的大幕在他眼前已哗然开启，一种全新的生命体验有如电流正穿过他的身体。我深信不疑。

　　朵朵的笑，浩的笑，孩子们的笑，汇集在一起。

　　有谁知道，他不仅仅是接受了一块跷跷板，更是走出了束缚自己的藩篱，接受了那一头的朵朵，接受了这个美丽的世界。

　　那一刻，我禁不住热泪盈眶。

午后有雨

在宣城北上高速的时候,我们丝毫没有觉得有什么异常。匝道,大弯,唯一的往前延展的公路。对熟识的芜宣高速,我和茜子都很自信,虽然知道这条公路正在升级改造,多个路段都因扩建而处于半封闭施工状态,但我们仍有充足的把握,能在天黑前赶到那个江北小镇。我们预留的时间很充足,两点半出发,最晚不会超过四点就能到达。

这是难得的陪练机会,我俩没有争议,车还是由茜子来开。这是她第二次在高速开车。

前一次是不久前,她去江北的工作单位报到。那一天,是她爸爸在副驾驶位一路护航,我悠闲地坐在后排刷手机,累了,就抬头看看蓝天白云,看看车窗外初秋的原野、恬静的村庄、大地上缓而宽阔的河流。那天心情特别好,愉悦如高天上飘浮的白云,在心头悠游着来去。好像女儿才蹒跚学步,忽而就到了会开车的年纪;明明才上完幼儿园,转眼就出落得亭亭玉立,开启了人生全新的旅程。觉得人们说的岁月静好,无非就是这个样子。

我提醒她把车速控制在时速一百公里左右。午后的高速公路上，车流量不是很大，导航语音甜美地播报着前行的信息，我们没有丝毫防备，完全依赖着它的指引。

天气不知道在什么时候起了变化，离家时，宣城阳光明媚、天空湛蓝，但是越往北走，越见天空阴郁。大团大团的乌云，镶着白亮亮的金边，翻滚着与我们相向而来。路，仿佛是从天空延伸出来的天梯，要把我们引入那变幻莫测的云端。

临行前，茜子只轻描淡写地说了一句，江北在下大雨。下雨不过寻常事，我没有往心里去，但看这情形，北边的雨果然不小。上午，手机上也闪过一条气象台发布的大雨大风黄色气象预警，但午后灿烂的阳光，让这条信息如细长的蚯蚓般爬过硬实的泥土，没有在我心里泛起任何涟漪。

开始有风，有零星的雨点砸在前挡风玻璃上，我稍稍打开一点车窗，空气里有潮湿的腥味，迅疾入人鼻息。车再往北，空中的雨丝开始连成了线，只稍微一瞬，便糊住了车窗。然而，这只是前阵，还没有等我们回过神来，车子就一头扎进了大雨中。天地雨雾相连，模糊了视线，路面也变得白茫茫一片，一辆辆车后都溅起高高的浪花。路边的行道树被风吹得东倒西歪，山上柔韧葱绿的植被，被狂风一阵阵压低又掀起，仿佛在集体抗争这不公平的待遇。

我们一下子从秋高气爽的恬静，跌入一个疯狂的、摧枯拉朽的世界。

没有退路，只有前行。我偷眼看看茜子，她很冷静，目视前方，双手沉稳地紧握方向盘。反而是她的从容让我心安。

雨没有停的意思，越下越大，我们的车如一叶扁舟，顽强地穿梭在暴风雨中。我开始有些后悔，后悔没有重视气象台发布的预警。前方的路好像长得没有尽头，我们已出发很久，已没有退路。路边的道路指示牌上，一直没有看到我期待的"芜湖"二字。黑云压境，让平时熟悉的道路风景也变得有些陌生，导航偶尔提示的前方的服务区，也是陌生的，我开始有些怀疑是不是走错路了，掏出自己的手机，点开导航搜索到目的地的路线，发现与车载屏幕上的导航路线是一致的，没有任何异常。茜子也说："妈妈，你看两部手机的导航路线是一模一样的，你就放心吧，也许是因为芜宣高速有封闭路段，去江北的路线临时改道了呢？"我只好收起狐疑的心。

雨刮器左右摇摆，如两只蝴蝶的翅膀，再快的扇动也刮不去玻璃上的雨水，视线越来越模糊。有前车开了双闪，我们也打开双闪，啪嗒啪嗒的，如初生的婴儿，在大自然无比的威力中，胸怀敬畏、小心翼翼地行驶着。出发前，江南深秋的柔和静谧，阳光下，那些五彩斑斓诗意燃烧的树叶，在此刻，有了天遥地阔的距离。

人类自以为可掌控一切，但在自然面前，是何其渺小而卑微。一辆辆车，速度或疾或缓，被大风大雨裹挟着，就像一只只细小的甲壳虫。而那每一辆车里，何不是载着一个个丰满的、被各种欲望左右的个体宇宙？

我说停停再走吧，茜子看看时间，说："来不及了，要在天黑前赶去镇上，你还要赶回去呢。"也是，来去不过三个多小时，帮她安顿好住处,是不耽误我返程的,明天还有一堆事等着我。

就这样,怀着对终点的渴望,我们既茫然又机械地前行着。路上车辆越来越稀少,也许是因为视线受阻,路旁也没有看见村庄和集镇,倒是前方的山峦,因天色暗沉,愈显险峻陡峭,呈现出完全陌生的景象。就在我期盼能出现一个地标性建筑时,铜陵长江大桥赫然出现,桥的上空高高伸出的桥臂如参天的巨手,合力撑起一片天空,挡住欲铺天盖地的滚滚乌云。我俩同时意识到,这全然不是我们熟悉的芜宣高速。我再一次查看导航地图,芜宣高速不知道什么时候变成了京台高速,终点还是指向那个小镇,也许是因为有路段封闭,绕道铜陵来到长江?我们又一次自圆其说。

导航终于提示下高速了,从高速公路拐到国道,行驶一段时间后,道路变宽。前方,远远的天幕下,一座宽大的收费站,如天地尽头的驿站,在暮色中,高举"泉镇"二字迎接着我们。我长长地舒了一口气,看看时间,已经快到五点了。雨小了一些,虽然莫名其妙多走了一段路,但总算在天黑前赶到了。

但我想我这一生都不会忘记,车子驶入那个小镇后,茜子用带着哭腔的声音说:"这个地方怎么这么陌生呢?好像不是我认识的泉镇啊。"我的天!我环顾四周,这个湿漉漉的、显然刚刚遭暴风雨洗劫过的小镇,有"枞阳某银行"、"枞阳某超市"字样。我用手机定位了一下所在位置,这次得到了准确答复:枞阳县泉镇。原来,导航把我们导向了另外一个同名的小镇。

暮色四合,一下子把我们彻头彻尾地包裹了,心,也一下子沉到了谷底。来不及细看这个小镇，只匆匆瞥了一眼——它也没拿正眼瞧我们，两个误闯的不速之客。印象中，这是我走过的中国乡镇里普通的一员，一条主干道旁，挺立着稀稀拉拉的香樟或其他树种。天寒，阴雨，路两边商铺的大门，或关或掩，行人稀少，透着乡村的寂寥和初冬的萧瑟。不知道导航为什么会把我们导向了这里，难道冥冥中，我们与它有一次必须的交集？人至中年，我已经越来越想安身立命，有了坦然接受一切的能力。

人生地不熟，在这里留宿是不可能的，重新搜索一番我们要去的小镇，发现完全不在一个方向，我们需要往东北再行一百多公里，才会抵达我们的目的地。不是在困境中消亡，就是在困境中奋起。这句话虽然悲壮，但有点接近我当时的心境。茜子有点绝望，连声问怎么办？怎么办？我一咬牙，说："走啊，车我来开！"心里想着，不就是百来公里的路程吗，有什么可怕的？只当是一次自驾游了，不然，我这一生来此地的可能微乎其微。这样想着，心情便越发平静了。

车灯里，雨依然丝丝缠缠，暮色更深沉了一些。当我把车驶出街头，拐进七弯八拐的乡村小道时，路旁的水稻田已然模糊不辨了，身后的小镇，已渐次亮起了灯火，静静等候着晚归的人。然而我们，再一次把自己投入了茫茫夜色中。江北的田野、道路，陌生到让人无助，然而我坚信，只要有路，只要不放弃，今夜我们一定能抵达终点。我沉稳地把住方向盘，睁大眼睛小心地驾驶着。

"现在有两条路，近路可节约一个小时，行程减少几十公里，

193

走哪条?"一直低头拨拉着手机的茜子突然问我。"走近路。"我不假思索地回答。导航语音提示:"已为您切换路线。"车在田野里颠簸一段后,不知何时爬上了一条高高的大堤。原来沿江的大堤路,就是我们要抄的近路。

　　天已黑透,眼前只剩一条细细窄窄的水泥路,灰白,湿滑,蜿蜒着不知去向何方。堤上风大雨急,在车灯的余光中,堤下一排排杨树的叶子还没有落完,在风雨中顽强地挺立着。如果天气晴好,我想这高高的大堤,倒是可停车于此,好好欣赏一下平畴沃野的江北平原。可惜眼前,夜色深沉,车灯的方寸之外,是看不见底的深渊。

　　湿滑的水泥路面,让车的附着力远不如平日,轻飘飘,如舟行水面,稍不留神,就有滑向坡底的可能,我的心提到嗓子眼,加倍小心地驾驶着。偏偏羊肠一样的路面,还有会车的时候。大概别人都是熟门熟路——像我在老家弯弯的山道上,开车如开过山车一样熟练——每次都是我慢下来,再慢下来,打开近光灯,让别人贴着我呼啸而去。会车时刺眼的灯光,让视线盲区不断,十年的驾驶经验也不算短了,我的心,还是一次次提到嗓子眼。

　　前方的路往黑暗中延伸着,如未知的命运。也不知这次行程是不是命运里有何不测的安排,高科技支持下从没有过失误的导航,为何在今天下午出了差错?我开始在心里犯着嘀咕。不,如果命运给了刻意的安排,我今天一定要把命运紧紧攥在自己手里。我偷偷看看副驾驶位上的女儿,她闭着眼睛窝在座椅里,长长的睫毛上挂满了疲惫。

女儿正是如花的年纪，苦读多年，她把在我们的教育制度下，人生前半生该考的试全部考完了，中考、高考、研究生考试、就业考试，一路笔试加面试，终于顺利抵达人生的彼岸，寻到一份属于自己的天地。她的天地，正等待着她去开辟、建设。我不能有丝毫的闪失。然而这大堤，长得没有尽头，就在它拐了一个大大的弯，你以为会柳暗花明时，它还是一如既往地伸向远方，我们被它引领着，去往比夜更黑的深处。

雨越下越大，天地间是一副没有边际的雨帘，被风掀起凌乱的阵脚，狂乱地拍打着车窗，让人躲闪不及。天空中没有星星，也没有月亮，偶尔堤下有一些村庄和集镇，零星的灯火慰藉不了被暗潮的夜弄湿的心。有好几次，我听错了导航的提示，在某个小的岔路口，把车开下了大堤，但下去，发现根本没有了路，路不是消失在了村庄，就是消失在了田间地头，只好又在泥泞的泥巴路上，艰难地调头，再小心翼翼顽强地爬上大堤。

这真是一个令人啼笑皆非，危险重重、充满了挑战的夜晚。

小时候，常听村里老人说，在村里很熟悉的地方会迷路，而且全然不自知。比如有人去上街，会走错村庄，或是莫名其妙会钻进路边的树林，连荆棘丛生也浑然不觉，视若大路，走了几个小时还在原地转悠，到渐渐有些意识时，有经验的人会原地撒泡尿，或者抽根烟，就完全清醒了。待走上大路，才发现衣服鞋子都被蒺藜刺扎得稀巴烂，手脚被划得伤痕累累。

我很清楚地记得，有一次，好像是冬天的凌晨，我们窄小的蒙着塑料纸的窗户外，还没有一星点光亮。我家的后屋檐下，传

195

来一阵咳嗽声，我妈睡眠浅，大声问："哪个？"

那人在檐沟下清了清他嘶哑苍老的嗓子，喊着父亲母亲的名字，说："哎呀，是我，起早去上街，咋走到你屋檐沟来了？找不到路了，你们睡你们的，我来抽根烟。"

原来是村上过得比较滋润的老猴头，估计他又嘴巴馋了，起早去肉案子上斩腰条肉。老猴头吃猪肉，嘴巴刁，这是村里人都知道的，无论谁家杀猪，白条条的猪刚剖开在猪案上，他就挎个小竹篮去了，蹲在一旁抽烟、磨叽，杀猪的要给他斩肉，但他前也不要，后也不要，只要腰条肉。腰条肉只有一刀，村里没有人家杀猪了，他须早早起床，头顶着月光，赶到街上唯一的肉案跟前，才能买到那一刀猪肉。但那天早上，他迷路了。对于这位驼背、瘦高、面相凶狠的老猴头，我们小孩子是不喜欢的，我又紧张又兴奋，便用被子蒙住头，在心里嘲笑着他活该迷路。天亮后，我去后檐沟看看，松软的霜土上，有老猴头凌乱的脚印，还有他留下的一堆纸烟屁股，并没有看到其他可疑的印迹，很让我失望。

虽然出发时，我和女儿可能因为一时的自负和疏忽而拐错了匝道，也可能是因为强对流天气，影响了卫星信号的精准度，但现在，导航无疑是精准的，剩下的公里数在不断减少，我们的方向明晰而坚定。当我把狂风急雨中的长长的大堤甩在身后时，宽阔平展的347国道，在大地上温柔地接纳了我们。

再艰难的旅程，都有终点。

想起书房有一副朋友的赠字《定风波》："莫听穿林打叶声，

何妨吟啸且徐行。竹杖芒鞋轻胜马,谁怕?一蓑烟雨任平生。料峭春风吹酒醒,微冷,山头斜照却相迎。回首向来萧瑟处,归去,也无风雨也无晴。"

那是元丰五年(1082)三月七日,被贬谪黄州的苏轼,与友相约去沙湖买田,途中遇雨,狼狈不堪,同行人等皆逃窜避雨,抱怨天公不作美,只有苏公豁达,"也无风雨也无晴",仍徐徐而行,向天歌啸,作了这首流传千古的《定风波》。

"每次出发,无论是脚下延展的路,还是心尖上发生的路,你永远不会知道前方的答案,终点是不是如你所愿。你要做的,就是在出发前,不断让自己变得强大,然后才有足够的能力,去面对不可预测的一切。"

"别回头,往前走,你要的终点,总会抵达。"

我把这些话说给茜子听的时候,江北斑斓炫目的灯光,亲切地拥抱了我们。一排排修长的路灯,整齐又庄严,似列兵在欢迎我们的到来。灯光在细雨中洒下柔和的光晕,落下如潮的掌声。

第四辑 眉眼盈盈处

水湄三叠

寻觅

最先唤醒我的，是一两声鸟的呢喃。先是一声，咕，接着两声，咕咕，如从梦中醒来，意犹未尽，翻个身，复入另一只翅羽下，碰醒了酣睡的爱侣。于是，唧唧、咕咕、唧唧咕咕，晨曦微露，天地辽阔，没有车声、市声、人声，只有两只鸟儿忘我的情话，悠扬婉转、缠绵缱绻，滴落在窗外万顷碧波中。推窗，看鸟儿们栖息的大树下，水面往远方展开，在清风和鸟鸣的加持下，漾起一圈一圈的波纹。

我从水阳江上游出发，借居圩乡一夜，只为从山的凝重里走出，来探访水的灵性。对于圩乡，虽谋面甚少，但我早已从圩乡文友清祺散文集《此心安处是圩乡》的文字中窥知一二。圩乡的水、荷塘、月亮、星斗、大鱼，还有说着吴语方言的男人和女人们，在我心里是一幅连环起伏的图画，始终在心上荡漾，深切吸引和召唤着我，如故人秋水般的目光。

理理晨妆，正正衣裙，走进尚有露气的清风里，把一颗急切的心投递给圩乡。

　　风从水面来，带着鱼腥味，把我揽入怀中，轻抚着我的发丝和衣衫。想起日前读作家储劲松新章，他一路温习《沧浪亭记》，追随苏舜钦、归有光的足迹到了苏州，文人之气淋漓，扬扬自得，自叙"悠悠好风送我到姑苏，妙丽文章伴我至沧浪"。循着一本圩乡散文集的描述，寻觅好风好物好情态，我今所遇，实属作家当日之境。

　　如身边的那条河流，顺着一条有些年代的通村公路，在道旁水杉林的绿荫下，往田野深处徜徉。初夏的水杉刚刚褪去金黄的针叶，皆着了嫩绿、葱茏的青衫，遥指苍穹，真正是玉树临风，因此风里除了鱼腥气、露气，还有摁不住的生长的气息。

　　偶尔驻足一望，四野开阔，白水茫茫。河汊、沟渠、秧田、蟹塘或鱼虾塘，与水中央的村庄相依相抱，白墙红瓦，倒映入水，荡漾在嫩绿的秧苗上。一簇簇水边的灌木，深绿、葱茏，墨团一样，漾在水里都化不开。望得久了，便成了莫奈的画。

　　谁也没有见过这块土地最初的样子，相传它曾是水阳江泥沙的沉积地，在春秋时期只是一个面积很大的"金钱湖荡"。后东吴大总管丁奉率兵至此，围湖造田，筑圩浚河，建成东吴粮仓，疏通往吴都建邺的南北漕运。史记："赤乌四年春，大雪，平地深三尺，鸟兽死大半。"吴国时年免饥荒倾覆，正是丁奉将金宝圩的粮草及时运至建邺，解了危机。

　　如今，总管庙香火旺盛，绿拥翠微，庙前有一亭、一塔、三桥，坐镇大圩中心双丰村四坝、四水中央，听流水潺湲，看烟火欢腾。一个人改变了一个地方的风水，构筑了一处庞大的农业耕作田园，让这片夜空深邃的苍茫大地，沧海变良田，荒滩成桑梓，让迁徙的先民得以在此驻足、繁衍，千余年来生生不息，推动水阳江流域农耕文明向前迈进一大步。丁奉值得被铭记、敬仰。

古人已远，只遗巍巍大堤，护佑着一方百姓安泰。勤劳智慧的圩乡儿女在此耕耘，再创造，在大地上书写五彩图景，从未中止。水杉护卫的这一条村道，后当地朋友告知是宣城市第一条"村村通"公路，因已使用了很多年月，车勤马稠，有看得出的沧桑，但仍笔直宽阔，通向我一个外乡人未知的远方。天色已大亮，赶早市去进行鱼虾交易的村民渐渐多了起来，电动车、三轮、摩托、小面包车，皆匆匆又匆匆，从我身边"嗖"的一声就蹿出很远，空气里又多了些鲜活、忙碌，倒叫我这个闲散走着的人，心生惭愧。

在总管驻军的金宝圩，在水之湄，我想寻觅友人笔下摸蚌的沟渠、人与大鱼较量的堰尾、弯弯曲曲的小路、开满荷花的池塘、埠子间行着的舟楫、悠悠行走的老牛……但没有寻到，总觉得哪儿都是，又哪儿都不是。也许友人是站在现代文明的场域，在无限怅惘和无法消融的暖意中，凝视那些已成记忆或已弥散于新的文化构建之中的圩乡形态，为我们刻录了一首如画的田园牧歌，勾勒了一个坚韧的、奋进的圩乡剪影。

不可否认，圩乡的符号，所有中国乡土的符号，都在时代的更新、城市化进程中，逐渐消散，关于圩乡的书写，关于所有乡土的书写，因此就变得十分必要和有价值。有人说，这些书写可以为单一的现代主义逻辑提供一种全然不同的价值理性，中国的现代主义逻辑之所以迥异于西方，在某种程度上，正在于乡土伦理、乡土人文的价值导向参与其中。

这块土地，从围湖造田，到圩乡书写，都是不可磨灭的文明记忆。我步履匆忙，亦不是生在圩乡，没有机会感受它的四季、它的农渔、它的慈悯和恢宏。但是一部圩乡的近代生活史，牛的脾气、人的品行、一粒稻谷和一朵棉花的一生，《此心安处是圩乡》所有的书写，都累积和叠加了水乡的智慧与情怀，已了然于我胸、于世人胸，成为子孙后世案头和心间的清供。这，就够了。

水牌

水牌立在墙的一角，蒙上了厚厚的灰尘。在被人拿起来之前，不知道它已经默默地靠墙站立了多久，也不知它是枣木还是桑木，抑或是柳木、杨木做的，总之除了蒙尘，它还是保持着原来的形状，没有破裂、变形。只是原先被桐油刷出的光泽已经暗淡，只有眼尖的人才能辨出尘埃下隐隐的底色。我想接过来用手去掂掂分量，但看上去它早已被岁月风透，精干、清瘦，如一位饱经沧桑的老者，除去涩滞与虚浮，风干身体多余的水分，让自己不至接近腐败，仍然精神抖擞地作为水牌——一枚随时可以待命的水牌。

它的长度接近一支船桨，两端是桨叶的形状，中间是手可盈握的桨杆。它可以扛在肩上，如战士的钢枪；也可以提在手中，如关云长的青龙偃月刀；还可以当作拐杖，在风雨如晦、泥泞湿滑的圩坡上支撑着身体，让人不至于失足滑入江中。但更多的时候，它忠贞地践行着自己作为一个水牌的使命。

我不知道这种古老的、最有效的传递信息的方式，它的灵感是不是来自古战场上的烽火台，但值得肯定的是，它们传递信息的原理是相同的，不过一个是靠烟火，一个是靠徒步。

在金宝圩，没有扛过水牌的男人很少。圩乡的男人均以上过大堤扛牌巡堤为荣，这成为他们日后在庆功宴上大碗喝酒时的谈资。

二十四个时辰，二十四段汛情值守点，二十四枚待命的水牌，二十四位眉头紧锁的圩乡男人。

千百年来，每逢水位最危险的时候，水牌令启动，他们如击鼓传花一样，把一枚枚水牌按时辰顺序传递下去，再循环到原点。他们把长长的圩堤用脚板一寸寸丈量，用鹰一样的眼睛，盯住管涌、塌方、水位，把险情记录在水牌的桨叶上，迅速传递和敲响警钟。

因此水牌不仅仅是木质的水牌，它还是兽骨材质、陶质、钢质、铜质的号角，虽寂寂无声，却雷霆万钧。

水牌是凝重的。水牌的启动意味着危险的来临。这条被称为母亲的河流，她从徽州绩溪的丛山中出发，至山城宁国，被唤作西津河，至宁国的河沥溪，中津河、东津河汇入，汇入口以下便是水阳江。她一路海纳百川，沿途左岸汇入华阳河、宛溪河，右岸纳郎川河等支流，绕宣城市区而过，经宣州平圩，注入长江。

水阳江滋养着两岸肥沃的土地，下游金宝圩更是江南鱼米之乡，世代生活于此的人们受其恩泽。但历年来，水阳江急躁易怒、灾害频繁。可以说，宣城之于水阳江，因水而兴，又因水而困。特殊的地理位置和地形地貌，决定了水阳江是易发灾害的河流。发源地——南北冷暖气流交汇频繁的皖浙山地，又是暴雨区的中心，降雨量大，加之山高坡陡，河流落差大，导致洪峰高、来水快、冲击力强，极易造成洪灾。

1998年深秋，水利部门开始实施"上游建库、中游建闸、下游开卡"三步走有效治理前，母亲河，其实是一把高悬在水乡人头顶上的达摩克利斯之剑。

翻开水利历史资料，水阳江流域的洪涝灾害历历在目，最近三百年来，流域内共出现大小洪灾二百多次，平均每三年就有两次。新中国成立以来的五十年间，发生了多次重大洪灾。在得到有效治理以前，水乡人这种传统的、古老的公约良俗，观照了先民们一路走来筚路蓝缕的艰辛，和团结协作、人定胜天的力量。

在送水牌仪式启动之前，人们会把水牌拿到丁奉大将那里去祭拜一下，让丁将军在天之灵保佑险情顺利解除。祭拜结束之后就是交接水牌，拿到此牌的人就是领取了艰巨的任务，二十四个男人，便同时肩负起圩内十万百姓的安危。

在没有手机的时代，水牌意义重大，具有极强大的传递信息的功能。现在虽有手机，但在险情紧要时，金宝圩，乃至与江苏高淳相连的高宣圩，仍要皖苏两地联手执行跑水牌的传统，这已不仅仅是传递消息，更是传递了一种责任，一种"同圩如同命"的情怀。让紧急状况真实、可触，危险得以迅速解除，传统的方法依然是人们心中最可靠的方法。水牌在手，有丁奉大将的护佑，有上一位传递人掌心的温度，执牌人的脚步便更加沉稳，目光更加坚毅。人类命运共同体，或许可以从一枚水牌、一条圩埂开始。

一枚水牌，藏于丁湾一堆堆显赫的杉木、竹、钢管、缆绳、石锤、石鼓的后面，藏在这些防汛物资的角落，它没有宣言，没有威慑的力道，它只是一根硬硬的骨头，深埋在圩乡身体的内部，携着圩乡托付的命运，随时准备出发。

阁与塔

甲辰龙年，端午前夕。

一江春水，岸阔潮平。两岸大堤上欢声雷动，水阳江上龙舟蓄势待发，划手、鼓手、舵手们皆身着红黄艳色服饰，在舟上跃跃欲试。一场龙舟赛事，即将开始。龙溪塔文秀，梓潼阁巍巍，一阁一塔，隔江相望，如从历史的烟尘中走来，微笑地看着这一切。

殊不知在此之前，今天巍然矗立的梓潼阁，已坍塌并毁于大火二十余年。

先民们喜欢楼榭，历史上，每个时期都不乏名人志士在山巅水涯修建亭台楼阁。这些楼阁，一些因文人墨客的诗词而名扬天下，成为地域文化的标识；一些自生自长在民间，成为当地人精神的图腾。梓潼阁,于水阳人而言,两者兼具。

多少年来,人们从水阳老街的青石板巷拥出,一次次走过门楣虚掩的龙溪铺,走过义仓、油坊、槽坊、纸坊、粮行、茶楼酒肆这些沧桑旧居,往大堤登阁远眺。江水汤汤、帆樯如云,明月从对岸龙溪塔升起,清风送来唱晚渔歌和清脆塔铃。登临者,各有所得。文人登阁,有怀古思今之情,多有吟咏;百姓登楼,则有极目天舒的惬意,令心胸旷达。而水阳袁氏十四孙【名允珮,字登月,号馥亭,康熙五十五年(1716)生】袁桂所撰《文昌阁记》,更是调动其望闻通感,从私塾小儿到芸芸众生,生动道尽登阁之趣,千古难摹:

阁之右,小构数椽为家塾,俎豆莘莘,登临瞻拜,峻可以荡胸襟,洁可以涤肠胃,远可以彻蔀屋,静可以通鬼神。仰有取,俯有拾。有物皆理,无韵不诗……

《文昌阁记》不仅历数袁氏来迁、滨河建祠的家族历史,还介绍了袁氏营建梓潼阁(原名文昌阁)的缘由:

每岁时伏腊,祭毕而燕父兄耆老其中,有议于列,曰:"江州印绶、濮氏子午墩,皆培土也。祠左形偏,盍建阁便?"而形家者亦云:"坎艮补陷,莫若高飞重阁,取青龙左绕之势。"会阻于时事,岁久不果。

延洎戊辰,迄今之辛未,四稔落成。

据此可考，阁始建于乾隆十三年（1748），历四年功成。阁建成后，屡经洪水、兵燹，但一直未有大的毁损，据现有史料记载，曾于（同治十三年1874）、（光绪十七年1891）进行过两次维修，然而于2002年1月遭火灾焚毁，存世二百五十二年。

今天，一座重建重修的新阁，古息醇厚，气宇轩昂，逆转了时光，在原址拔地而起，向水阳江巍然而立。圩乡人欣喜地看到，阁依然层台累榭，雕梁画窗，不失魂魄，依然是圩乡人心中矗立的精神的高阁。他们心头那根断了二十年的弦——乡愁、文脉，在巍峨层楼上，书有"梓潼阁"三个大字的牌匾被晨阳照彻的瞬间，悄然续接。

一座楼阁，陪伴了古镇千载的沧桑，它记录了圩乡的荣光和苦难，聆听过水阳江日夜奔腾的潮汐。它优美如飞天仙女裙裾般的翘檐，迎接过一轮又一轮初升的红日。它摇曳的风铃，总伴着圩乡人安恬的梦境。它一次次挣脱洪灾、战火，在风雨中屹立，承载着一代代水阳人关于家园的记忆。千载悠悠信难求，阁在，家园恒在，微茫的过往便有了可触的温度，焉能不建？

登阁一望，十万亩平畴沃野尽收眼底。江水自杳霭群山而来，缓缓流经脚下，又往天际而去。两岸人家济济，沉静如梦；渡口绿柳拂水，船只悠闲。一如明朝掌管宣城漕粮的官员汪佃留下的诗句：

　　一簇炊烟暝色昏，短篱疏竹数家村。

逢年田舍浑无事，风雨离离对掩门。

不仅仅是这位宣城通判，志书有载，明清年间，施闰章、梅清等文人墨客多有经敬亭山顺江而下，流连山水，吟诗作画，为水阳留下诸多深厚的文化印记。

对岸龙溪塔，见证了梓潼阁的兴衰。梓潼阁，同样见证了龙溪塔的发展历程。

吴赤乌二年（239），这是一个时常被圩乡人提及的神秘的年份。这一年，丁奉大将为镇守金宝圩而建龙溪塔，史传初作筑圩督工的瞭望台。风急，雪大，雨急，四个春秋，十万军民，史册上没有一页记录过他们的名字。但他们不仅给东吴建起了一座粮仓，也给后世留下了一座取之不尽用之不竭的粮仓。英雄也好，平民也罢，都成了烟云。当真是江山风月，本无常主。苏轼说闲者便是主人。但没有前人的开拓，哪有后人的闲情？

《龙溪水阳》是清代画家梅清康熙十八年（1679）画作。画中，塔与阁一东一西，隔江相望。江上渔帆点点，两岸绿树成荫，簇拥着阁、塔、村舍，一派怡然安宁。

画中的龙溪塔，于青碧中入渺渺云烟。它不会想到在三百多年后，它会为江水让道，被智慧的宣城水利人安然平移出一百二十九米，生生创造了自古没有的奇迹。水乡有谚：人不给水出路，水不给人活路。正是这一壮举，让眼前的河道宽阔，圩埂坚固，让一江春水汩汩东去，奔流到海不复回。

行至跟前，发现龙溪塔因加固和纠偏才被新修过，塔基培有新砖新土，塔竟被整体稳稳抬升五米，高高立于水阳江畔。新碑记：

  宣州之北八十里有古龙溪，溪流自敬亭纡徐北流，合南湖水，绕注龙溪。夹岸并峙一塔一阁，东为龙溪塔，西为梓潼阁，是为龙溪之大观也。
  ……

水阳江，古称龙溪。

塔上风铃，清越有声，是从远古传来的密语。塔下绿草茵茵，青石铺路，一端直达江堤，一端连着村庄。旧貌换新颜，仍是江畔千年的守望，是圩乡游子心之所依。

筑圩人不朽，水利人不朽，龙溪塔不朽。江山依旧在，人间多变迁。

铿锵的锣鼓已经响起，人群开始欢腾。端午的龙舟，箭一般穿过塔、阁之间。

四和记

一

站在群山四合的四和村时,天蓝得旷古而幽深。

那条在梦里百转千回的东溪河,与我分别了三十年的光阴后,就在眼前。我远远地看着它,它也看着我。它与我,眉眼间传递的都是当初的温情,有种"故人江海别,几度隔山川"的欲言又止,什么都不用说,也不用问。

秋深,河水远不如记忆中丰沛。

那会儿我们小,小舅很年轻,从师范学校毕业,与舅妈任教于大山深处的四和村小,表姊妹们常随外婆来常住。我们最爱这条清澈无比的河,那会儿东溪河似乎也年轻着,一路从山里面活泼泼没心没肺地奔来,在学校门口通向山外的路基上,往下游跌落成一帘小而透明的"瀑布"。"瀑布"上,隔有一步远的距离就垫有石块,多数时候,我们可一跳一跳地越过河。

但是遇上雨季,东溪河就无拘无束起来,在奔流途中,不断地吸收从各路峡谷投奔而来的小河,左冲右撞,自由而任性,汇聚成一条波涛汹涌的大河，把一条河滩中人们出山进山所走的小路，淹没得无影无踪。

遇上涨水的日子，我们只好攀上河岸的山崖——崖上有条石壁小径，贴着深绿湿滑的苍苔，小心翼翼地走着。那时候，心里就很恼恨这关隘重重、把世界都阻隔了的山山水水。

可是恼恨归恼恨，山水涨得急，退得也快。水退后，露出白花花的河床，我们又蹦蹦跳跳地奔走在上面，欢喜的时候还是多于怨恨的时候。

初夏时节，乍雨还晴，河水初涨，阳光明晃晃地照着河滩，被雨水洗刷干净的裸露的河床，正是洗晒衣物的好地方。舅妈爱干净，提着衣物一趟趟下河去洗，浪花哗啦啦唱着歌，一不小心就会卷走我们正在浣洗的衣物，让人惊叫着去追赶。山里的女人们都生得白净，一则山中日照时间短，二则无不与这清凌凌的溪水有关。她们洗衣、洗菜、洗家什，把家里所有能洗的，一遍遍地洗。末了，再把自己放水里，洗把脸，洗洗胳膊腿。直洗得大姑娘小媳妇个个水灵嫩生，堪比四月的葱白。

一溪流水，曾带走山里一半盛夏的酷热，冲散过光阴深处的一些艰涩，一些郁结。无论是什么时间，去河边走走转转，男人们紧锁的眉头就舒展了。汩汩的流水，或许让他们悟出了一条河的处世哲学——顺着山势绕着弯，日夜奔流，总会有挣脱大山，融入大海的那一刻。

别后，东溪河曾迂回在我的梦里多少次，有时也是夜半梦醒。原来，多年过去，河还是当初的河，水却已不是当初的水

——它早已成了我梦里的模样,温顺乖巧地流淌在被改造、被疏浚的河道里,避开村庄、避开庄稼、避开道路,被路基下修砌的齐整的石坝拦截着,一路朝山外奔去,奔向属于它的江河湖海。

二

我并不是出生在山里,但四和村算得上我半个故乡。后来再大些,在山乡的中学求学,除了时常走动去小舅家,还与山里面的同学们友好相处。今天放学去这家蹭顿热饭,明天又去那家蹭个热澡。其时,从学校到山里人家,少则要溯着东溪河走十里以上的河滩,多则要翻越几座海拔几百米的大山。年少的我们,天生就是山中的精灵,常常乐此不疲地来回奔波着。

四和村,位于宣州区溪口镇东南部,村寨多以"坑"与"坪"命名。生在山谷则为坑,生在山腰则为坪。诸如凤凰坑、大坑、小坑、桐坑、水利坑,这些大大小小的坑,都散落在大山皱褶的深处。山里人家就依山傍水,日出而作,日落而息,世世代代繁衍生息。他们好像已习惯了东溪河,溺爱着它秋冬季的温顺,也无奈着它在暴雨来临时,任性而骄蛮的狂暴。当东溪河如一头猛兽,以千军万马之势卷走河边的房屋,荡平滩涂上辛苦打理的庄稼,切断外出的通道时,他们也只是默默地忍受,等到水退后,收拾起狼狈的心情,再在半山腰上劈石扩疆,把村庄一点一点地挪上半山腰。一辈一辈,这就有了山腰上的"坪"。

"坪",听起来就很亲切,也很有学问。姚坪、周家坪、王家坪、燕子坪,众坪安营扎寨在群山翠微间,遥遥相对,虽鸡犬相闻,然看山跑死马,从此坪到彼坪,此坑到彼坑,非涉水即爬山,也是要花费不少的体力与工夫。更不说要出一趟深山,将山里的茶叶、笋干、香菇、杉木的桌椅、竹制的几凳等一些山中特产翻山越岭捎去外面的镇上,再换些米盐酱醋回来,靠的都是肩挑背扛,多半是顶着星辰出山,浴着月色进屋。

同桌顺喜的家在燕子坪。如果顺着那条东溪河往回走,就不用爬山,但是会绕十几里的河滩路。我俩为抄近道,会选择直线行走。而那条所谓的"直线",就意味着要翻越牛头山与桐木岭——两座海拔均五百米以上的大山。当我随她背着书包攀爬在暮色的山中时,常见有暮归的山里汉子,担着一副沉甸甸的挑子,在石砌的山道上,拄着打杵,汗水涔涔,与我后来见到的黄山挑夫一样,往山顶的方向一步一挪着。那一条扛在肩头油亮的竹扁担,柔韧地担着生活的艰辛,汉子们的脸,沧桑如石。

多年来,想起四和村,脑海里就会浮现出当年那些负重的背影,就会扯起心底一缕莫名的愁绪。

那时,小小年纪的我们倒是不知疲惫,叽叽喳喳一路,穿梭在滴翠的林间,与长笛短哨莺莺燕燕的鸟儿们一起,把茫茫的大山一遍遍唱响。记得我第一次随顺喜翻越桐木岭,从山脚仰望岭头时,斜阳的余晖还和琴弦一般,从更高的山峰跌落向低处。天寒,夕阳坠落得急,待我们气喘吁吁爬到山顶的山神庙时,暮色已沉沉地将我们裹挟。四周的山峰都变得影影绰绰起来,近处的灌木幽深沉静,似隐藏着无数我们不可对抗的力量,诸如鬼怪、野兽之类的。我们又拔腿尖叫着一路跑下山去。遥望对面山腰上的村庄，已炊烟袅袅，然而从桐木岭岭头到阿妈的灶头，还隔了山下一条长长的峡谷与半座山的距离。第二天清晨，村庄还在酣睡中，阿妈就起床了，点亮油灯，做些热汤玉米面，我们吃完，再顶着星辰爬回桐木岭时，晨曦才微露。多半时候，山间都有晨雾，弥漫缭绕。高过我们头顶的芒草、葱郁披拂的藤蔓，都湿润似刚刚出浴，叶尖上挂着的千千露珠，一副要滚落又不敢滚落的样子。

站在中年的阳光中，回望那些晦暗的时光，多少次，脑海中还忽现年少的顺喜与我，被晨雾洇湿的细软的头发，被露珠湿透的衣裤，还有脚上没有第二双可换洗的白色回力球鞋，委屈地花着脸。

还记得某次，我与顺喜气喘吁吁地爬上桐木岭后，坐在庙前的木凳上憧憬着未来。面对沟壑纵横的千山万仞，想来想去，无论哪一种归属，都是渴望能生了双翅，好飞越这沉重的贫瘠的大山……

今天，不用爬山，也无须涉水，我能把车开进散落在山腰与山谷，乃至山顶的"坑"与"坪"——那里，竟还修有宽敞的停车场，不知道，是不是实现了当初腋下生双翼的梦想？

三

与燕子坪隔了一座大山的虎塘，藏在山的更深处，是一个距村部还有 8 公里的小山村。生活在那里的老人，恐怕做梦也不会想到，有一天，轰隆隆的挖掘机会开到他们家门前的河滩，疏河道，垫路基，然后，一条水泥路慢慢地铺到了家门口。一路热心陪伴我们的，是胡金梅女士。胡大姐是被四和山水养育大的优秀女儿，对山有着浓厚的感情。她兴奋地告诉我们，今秋，随着虎塘最后1.6公里路面硬化工程的完工，四和28个被重重大山围困、被条条河流阻隔的自然村基本实现村村户户通公路。

有路就有一切可能。路如一条条白练，随蜿蜒的山势飘入山里的人家。山里人走出了大山，优美的自然环境、丰厚的资源，在带动旅游业的同时也引来了山外的客商。山里原生态的春茶、竹笋、香榧、蜂蜜、香菇、木耳等奇珍异货再也不靠肩挑背驮。或者，只需男人们一个早晨来回，就妥妥地流入山外的集镇，流向山外更广阔的天地。山里的男人，再也不为大山束缚，不再听天由命，他们的代步工具在路上轻便地出入着，捎着他们的女人，捎着山货，捎着自信和乐活。

有三三两两的外地车辆，停在书有"景文石基地"的路旁，人在河滩寻寻觅觅。料亦是如我们吧，偷得浮生半日闲，跨出藩篱须臾，来亲山近水，运气好的话还可拾得一块会心合意的景文石。

景文石，生长在四和的大山里面，不断被山洪冲落在山间峡谷的河滩上。这些珍贵的自然之子，刻录了四亿年的山容水音，全凭大自然巧妙地安排着它灵动的纹理，组成万千美丽的图画。有些图画简洁明快，一目了然，若渔翁垂钓、深谷幽兰；有些又存在于虚实与有无间，如佛家禅语"实相无相"，没有一个固定的形态，一石一世界，全取决于你如何去领悟。

217

近年来，这沉寂了几亿年、极具美学价值的景文石，因青山秀水的魅惑、当地文化旅游业的兴起，引得艺术鉴赏家、美学家与奇石爱好者们纷至沓来，让一块块石头带着对山水的眷恋走出了深闺。

回望四和，重峦叠嶂，清奇秀美，虽是深秋，古木、丛竹仍然浓荫密匝、翠色欲滴。鸟儿们一如当年，在竹、杉、松、槠、栎、檀、柏、枫、茶间鸣奏的长笛短哨，似更脆、更远，抚慰着游子的轻愁。

陪茶再坐一会儿

节令已是大雪,但并无雪迹。一行人从六安城出发,往大别山东麓去,去舒城,寻舒茶。

冬日的轻寒让阳光格外明丽,天空高远,蓝得透彻。路旁收割后的稻田、村庄,皆被冬阳涂抹了一层亮亮的色彩。乡野寂静,荒草瑟瑟,但仍有小麦和油菜嫩绿的秧苗,在宣告着金色大地的孕育。

起起伏伏的山峦追随我们,一路疏密有致,深黛浅黄,远远望去,如公望的画。

路旁村镇的人家,院落一座连着一座,簇新而明亮,现代得很,贴了瓷砖和大理石的墙面,在阳光下白得耀眼,大大的玻璃窗也映得出对面的山峦。楼上楼下,那些镂花的铝合金栅栏,朝来往的车辆亮着明晃晃的自信。便是那稻田深处,也有一条独属的水泥路直达院落,似桃源又不是桃源。那份殷实和安逸,只叫人暗暗羡慕,羡慕到想留下来,想拥有这样一座洒满阳光的院子,落入日常的光阴。在光阴里,莳花弄菜,煲汤煮粥,然后,泡一壶上好的茶,在墙根的小椅子上坐下,把闲书翻到折角的那一页。

　　这里为什么是"舒"城？原是看上去叫人觉得舒舒服服，在这里过寻常的日子，做一个寻常的女子，料也是件惬意的事。

　　我熟悉茶，是因为它们与松、竹、檀、栎、枫、杉，及各种我列不出名目的植物一起，覆盖着生我的皖南，任你跑个百十里，也跑不出它们的视线。但对于要寻访的"舒茶"，我仍然有些期待。

　　这个特别的以茶命名的小镇，用什么词语来形容好呢？精致，对，是天然去雕饰的精致。街巷干干净净，屋舍也井然有序，街上少有车辆，行人皆从容而过。沿街有茶铺，店内坐着好看的老板娘，身段优美，眉眼弯弯，娴静如街尾缓缓流淌的小河。

　　舒茶镇的精致，似一泓随风漾开的湖水，从镇上一直蔓延到青岗岭，延伸到茶园。站在小镇的十字路口，就能看见巍巍的青岗岭，被郁郁苍苍的茶树覆盖着。

　　去茶山，走的是彩虹大道。这片山，全然不是我印象中的茶山，小桥流水、亭台轩榭，青山为屏，说它是舒茶镇的后花园也毫不为过。彩虹大道为带，从小镇出发，连着镇上的舒茶纪念馆，串起宽阔的"九一六"广场，一路盘旋而上，托起从云霄落下的三百亩茶。

　　这条路，把自然与人文无声无息地融合起来。

　　半山腰的路边，有棵望春花树。树下，设有石桌石凳，几位银发老妪围坐一旁，细声慢语地聊着什么。斜阳浩荡，正透过望春花尖尖的花骨朵，拥抱着她们。花影落在她们的银发上，衣衫上，让我感动，我举起相机想拍下这一瞬，她们都冲我友好地笑，几张苍老的面孔，竟如春水般舒展。我读过一篇文章，题目是《陪花再坐一会儿》，我想，她们是不是每天都来"陪茶再坐一会儿"，诉说当年岁月峥嵘——她们战天斗地建茶园、争做"铁姑娘"的往昔；数数光阴袅袅，流水四季，只此身旁茶叶，岁岁碧青、年年葱茏……

茶田两端，人工修砌的石阶，令上茶山如履平地。

我们有时候活得很矛盾，坐在书房里，喜欢在文章里无限贴近原生态，寻求粗犷之美，但是如果真要踮起脚，让你选择，比起荆棘丛生的蛮荒之地，现代人类的文明建设，或许仍然是你的不二之选。

当年李白上蜀道，发出千年一叹："蜀道难，难于上青天"，那是他没有选择。如果当年有高铁、有汽车，可以坐飞机，他还会放弃文明的红利攀蜀道去长安吗？若一定要说，如果没有蜀道的艰难，诗仙就不会留下这样磅礴的诗句。那么试问，"一桥飞架南北，天堑变通途"这样的抒怀，难道还不够豪迈？

文学的魅力在于想象，如果李白当年乘坐飞机飞越蜀山，我相信他一样能写出这具有巅峰想象力的诗作。蜀道难，除了地理意义上的形容，他何尝不是在表达一种人生求而不得的艰难？

溪水不知自哪一条山谷而来，在耳际汩汩潺潺，注入岭下冬日的荷塘，又从荷塘蜿蜒而出，一路欢畅而去。沿山根拾级而上，每登一层梯田，胸中荡漾的便不仅仅是清新的山风、清脆的鸟鸣，更多了一层敬意、一种庄重。只有融入其中，才能深刻感受到这是一座需仰视才可见的茶山。

早在岭下的纪念馆，我们已经了解到这座茶园的历史，舒茶人是如何把一座寸草不生、怪石嶙峋的山岭，辟为一块块整齐的梯田，再种上了茶叶。

"英雄的舒茶人民胸怀朝阳，志坚如钢，冲破了一切束缚，以'敢教日月换新天'的宏伟气魄，向荒山秃岭进军了，他们冒着严寒，顶着风雪，在山谷里安营扎寨，开山凿石，垒梯田，修水库，掀起了群众性的治山运动，战胜了一个又一个困难，取得了一个又一个胜利。"这是我在舒茶纪念馆，读到的一个课文片段，它来自1978年安徽省小学语文教材第九册第十八课《红日照舒茶》。这篇课文，真实记录了青岗岭茶园的由来。那是1958年9月16日，毛主席视察舒茶人民公社时，挥手遥指青岗岭，说："以后山坡上要多多开辟茶园"。1966年9月16日，青岗岭梯田式茶园动工，历时冬春几季，舒茶人终教沧海变桑田。

如今，当年用一块块山石垒砌的石坝，似卧伏在苍穹下的巨龙，缚住青山，锁住岭上的泥土，成就了一块块平整的梯田。那些石龙，巍峨壮观，均已着上苔藓的旧痕，在岁月的洗礼中变得越发庄严厚重，在青山之巅，守护着舒茶人的情感和梦境。

冬阳里，墨绿油亮的老茶，看上去很有质感，像刷了层墨绿的油漆，随着梯田的走向，一垄垄全部覆盖了脚下的土地。我弯下腰，抠起一些泥土端详，想看看能孕育出如此丰腴的茶园的泥土，与别处有何不同。黑黑的泥土，硬硬的砂石，一样的山区土质。唯一不同的，是这些泥土里，蕴藏着人们的汗水和"嘿呦吭哟"的号子。

如今，有着兰花形、兰草色、兰花香"三兰"品质的"舒城小兰花"，像舒城的一个个远嫁的女儿，从茶园飞向各地。"舒茶"的意义也已更加宏大，人们不停地来，来品"小兰花"，来这座令人舒服的小镇走走转转，像我们一样，从小镇连着茶园的大道入口，沿青岗岭的山脚直上云深处。

坐在高高的十二坝上，茶的清气呼啦啦地簇拥过来。天蓝，云白，离头顶很近，辉映着我身旁的"九一六茶园"几个大字。放眼望去，远山迢迢，莽莽苍苍，有触摸天空之势。石径旁，还有忘了季节的映山红，临风开着，花瓣边缘虽有痕迹，却仍有着透亮的红艳。唧啾，唧啾，唧——啾啾，声声清脆溜圆的鸟鸣，枝头上尚未告别的红叶，厚藏着新芽的老茶和一朵朵散落如雪的茶花，青岗岭的丰富，可远不止一朵"小兰花"那么简单。

那山下曾让我一路仰慕的人家，烟火红尘，有如世外。坐了很久，便想，倘若一直坐下去，晨见红日喷薄，夜见明月升起，轰轰隆隆，照彻了宇宙，覆盖了群山，那该是怎样的一种景观？

人在山水的境处，心中杂芜的欲念就矮了，那些跌宕起伏、蝇营之利，变得根本不值一提，心中涌起的，竟是《大风歌》里"大风起兮云飞扬，威加海内兮归故乡"的豪迈。是视野的辽阔，将我这平庸之辈拔高了一回。我想象的景观，我相信当年的治山人都熟知。我相信大自然的瑰丽，有时可赋予人一定的力量，也赋予了人们战胜自然的勇气和豪情。

坐得久了，屁股下的石头也有了温度，山风里，恍有醇厚的耳语。这座高高的山岭，因人力的征服，到底让人不觉疏离，有着一种说不出的亲切。这份亲切，来自坝上整齐的石头、身边葱郁的老茶，它们和脚下黑色的泥土一起，透着一股别样的气息，那是我的父辈们，或是所有曾在粗粝大地上书写美丽图景的人们的气息。这气息里蕴含着智慧、汗水、坚韧、勤劳。现在，这些熟悉的气息，也早已根植于我的体内，成为我的基因密码，奔流在我的血液里。于是，坐在老茶们中间，我甚是安恬妥帖，如同置身母亲的子宫。

我想陪茶再坐一会儿，但斜阳渐远。沿级下山，在茶谷小院喝茶、休憩。

春天采摘的"小兰花"，凝结了春的味道，在大雪季的寒凉里与我们相逢。主人也不吝啬，一人一只高高的玻璃杯，抓一撮"兰花"一丢，再往杯中注入滚沸的山泉水，那兰花便枝枝直立杯中，芽开成朵。客人喜不自禁，皆双手小心捧了，把脸颊埋进袅袅的热气里，寻一隅还有太阳光照的地方，独自去细细品尝。有些况味，容不得喧闹，只适合一个人去静静咂摸，仿佛此刻的喧闹，会惊落一盏一碗的香。就像有些心事，怨憎、贪痴、得意，有时候，只适合一个人去消解，任他人如何把心门擂得哐当哐当响，任欲念如洪水猛兽般欲冲出牢笼，也绝不能敞开一丝丝缝隙，一敞，便失了半壁江山。

"你是花来衫里，影落池中，纵使亲近，也不沾染，你是来得去得。"这样的句子，本是虚伪的他在夸她不入俗流，她却偏偏被击中、沦陷，不做"来得去得"的那个人，愿意为他"低入尘埃再开出花"。倘若她不打开静安区常德路195号爱林登公寓的大门，凭张爱玲的才华，人生不会输到远不止丢失半壁江山。有时候，守住了内心的秩序，便守住了高洁的灵魂。

远离人群，把脸深埋在丝丝缕缕的茶香里，无端地想起了这些，大抵是醉了茶。我小的时候，是有"醉茶"一说。

群里有舒茶文友发了一条音画短视频，点开，青岗岭的春天，那叫一个美。山色翠微，飞泉流瀑，春山半是茶树半是花。坝上垄垄茶树如五线谱，采茶姑娘们纤指飞舞，是谱子上灵动的音符。

短视频里飘出优美的歌声：

  站在舒茶望北京
  胸中一轮红日升
  开天辟岭造茶园
  战天斗地壮志凌云
  站在舒茶望北京
  抚今追昔想亲人
  毛主席当年来视察
  画出茶乡一片春
  ……

歌声深情、甜美，终将听者心里撕开一道裂缝，令人有想返回的冲动，想陪茶再坐一会儿。

绩溪册页

十碗八

在绩溪，倘若主人在餐桌上自豪地宣布："今天上的是十碗八！"那么，你该感到庆幸，那是他把你当作了贵宾，你在绩溪，享受的是春节待客的习俗，是上等礼遇。

十碗八，是十碗八碟的简称，想到绩溪方言仗着外地人听不懂，如此"偷工减料"，不禁莞尔。

坐在偌大的餐桌前，美食被店家一盘一盘地端上来。红烧的，清炖的，热菜凉品，酱红葱青，一色盛放在大大小小典雅的青花瓷碗碟里。十只大碗，依次是红烧土鸡、笋丝猪蹄、绩溪炒粉丝、红烧肉、酒酿包、焖粉条，还有素白如玉的萝卜丝汤、丝滑的虾米汤、薄如蝉蜕的水渍饼，最后，再来一盘硕大的徽式臭鳜鱼。如一首平平仄仄起伏押韵的长诗，臭鳜鱼，是压轴的、点睛的诗眼。八只青花小碟，红枣、蚕蛹、鸡蛋瓣、海蜇丝、粉排骨、猪耳、瓜子、花生，精致到如同宋元的小令，令人不忍下箸。

徽文化的系统性，不仅体现在大大小小的祠堂、黛瓦灰墙石巷悠长的古村落、各姓各族保存完好的族谱上，也体现在眼前的餐桌上。鸡和鱼的顺序是不能颠倒的，讲究"上台鸡、下台鱼"，他们说，这是为"大吉大利"。

别处也有臭鳜鱼，但多不及徽州的地道。要么是经特殊处理后，鱼味道过了，鱼肉真正地变质、腐烂，要么是处理的火候没到，根本不是那回事，臭也不臭，鲜也不鲜，拿吾乡的话来说，属于"夹生子"。吃到地道的徽州臭鳜鱼，还是首次。主人好客，鱼足有二斤，形态丰腴完整，外酥里白，卧在酱香浓郁的汤汁里。在青红椒丝和葱白丛中掏得一块，见鱼肉白嫩似雪，全无为"臭"而臭的腐败，入口鲜香醇滑，清脆爽口，似有若无的"臭"味，正好抵消了鱼腥和泥味。

徽州人自古勤劳，喜远足，善经商。关于臭鳜鱼由来的说法很多。一说是明清年间，有徽商孝子坐船回家探望老母，带有两条长江的鳜鱼，但路途遥远，天气炎热，到家时，鱼早就臭了。妻舍不得丢弃，以浓油赤酱红烧，没想到臭鱼比鲜鱼好吃，后邻里纷纷效仿。一说外地鱼商入徽州卖鱼，舟车劳顿，山路迢遥，鱼至徽州也变质发臭了，鱼商只好以盐拌之，降价处理。徽州女人们专捡这种"臭鱼"买，她们都知道臭鱼的秘密，闻起来臭，实则吃着香。总之，臭鳜鱼在贤惠温柔的徽州女人灶头上发扬光大，渐成徽州招牌菜。

在美食家戴爱群、张婕娜，摄影师王同合著的《口福：今生必食的100道中国菜》里，它与徽菜一品锅、石耳炖石鸡、毛豆腐位列其中。

这"下台鱼",好吃得让人"下不来台"。

仁里印象

那些古色的村落,是藏在绩溪山水里的秘密。仁里便是其中一座。走进仁里,如同一脚踏入时光隧道,回到了明清。仁,字形拆解了就是"二人"。"仁里"词条显示,《鱼川耿氏宗谱》有载,南朝梁武帝大同五年(539),工部尚书耿源进衣锦还乡途中,与弟耿汝进慕新安山水游历,行至梁安,就是今天的仁里地界,见其地山水环抱,风光旖旎,不惜弃其生长里居淮阴,迁徙至此,兄弟二人,即成村名。"仁",也彰示以仁为美的儒家文化。后来,又有程姓人入村世居,又名程里。明末清初,仁里人丁兴旺,千灶万丁,有"小绩溪,大仁里"之说,聚财蓄气,是徽商会集的水陆码头,索性更名"大仁里"。

行在仁里的三街十八巷,除了古城门、古祠堂、古牌坊、古民居、古书院、古码头、古坝、古井等营造的静气、古气,我还捕捉到了另一种清新气,从村外的青山绿水中涌来,在灰墙黛瓦的村巷间,与烟火气、书卷气、家长里短的人间气、小儿卧剥莲蓬气交织,穿梭。走着走着,迎面还碰上另一种气息,一条有着一千五百年历史的"百步钦街",突然呈现在眼前。这条街长不过百米,中铺条石,边镶竖排青砖,与民地异,意为金砖铺地。碑载"百步钦街"为南北朝梁武帝根据工部尚书耿源进的功勋,钦赐他"免征地"的甲第之地,并造廊亭,遮阳避雨。这是在烟火里弄中突然冒出来的,封建社会的令人生畏的官气。但它的显赫已沉寂在千年的风雨里,如今,廊亭已无影踪,巷子里墙壁斑驳,青砖被岁月消磨得圆润光滑,失了当时的颜色和棱角。虽有修缮痕迹,但到底少了一份当年沐浩荡皇恩的精气神,除了墙上"百步钦街"标识让人心中一凛,我等寻常百姓,如今不必下马下轿,皆可坦然穿巷而过。

"'普天之下,莫非王土'的霸业与大一统,在一段短短的颓街上再一次得到丈量;臣与民们匍匐在街上接纳恩宠的喜悦与荣耀,也穿过历史的尘雾,恍惚着映照到了眼前。"玩味前面路过"百步钦街"时看到的一位作家留下的感慨,我深有同感。

在一座以县城规模建造的村落中,走在长长短短的青石巷,路过"世肖坊""嫁姿井""继叙堂",跨进巍峨恢宏的程家祠堂,读过一条条程氏先人的家训,我才逐渐认识到自己的肤浅和盲目,才发现被冠以"国家历史文化名城"的绩溪,这"历史文化",不仅仅是教科书式空泛的名词,而是有着真切的人间的消息。这"消息"不仅体现在徽文化中的民俗、制度、教育、徽菜、徽商等领域,精神文化也是其中厚重的一部分。徽文化中的精神文化,人们的思想观念、行为准则,不是书本中的理论知识,而是徽州人通过生活实践,口耳相传的伦理价值。追根溯源,徽州祖民是晚唐时期从中原邹鲁大地移民而来,因此深受孔孟儒家文化熏陶。

"同干事务必劳苦,同饮食勿贪甘美,同行走勿贪好路,同睡眠勿占床席。"在程氏宗祠"光启堂",默诵这段对于今人仍觉适用的《程氏家训》中的"四同歌",便觉伦理化作文字,如涓涓细流,从古至今,长流不竭,令共情者释怀、蒙昧者警醒。

歌　者

热烈的阳光从祠堂天井落入地面的苍苔,让五月的仁里变得梦幻。灰墙斑驳的围墙,高大威仪的门楼,曲径通幽的巷子,窄小的边门和充满文艺气息的商铺,眼前的和流淌在空气中的历史的气息,新鲜的和陈旧的,寂然无声又嘈嘈切切,让人如临深渊,深陷其中不能自拔。

把我从这深渊中唤醒的,是一段歌声。

两名银发的徽州女人,坐在高高的山墙根上,锄兴和草帽被搁置一旁,也不管裤脚上尚有从田间归来的泥土,就那么大大方方地唱着,歌声婉转优柔,方言如太古密语。二人均年逾八旬,但气色红润,精神绝佳。娇俏的脸颊轮廓,看得出年轻时的美丽。其中一位,有一个好听的名字:程织女。她当然不是天上的织女,她是会唱歌的徽州女人。二人齐声合唱的是徽州民歌《十绣鞋》:"一绣红绣鞋,正月梅花开,梅花开了,绣一双红绣鞋。二月杏花开,杏花开了,绣一双红绣鞋……"唱完《十绣鞋》,又唱《十送郎》:"送郎送到那个一里亭,一里亭上说私情,人多不谈真心话,看那个能露早言情。送郎送到那个二里亭,二里亭上冷沉沉,一年好花开一转,一年那个好处转少年……"

她们唱得认真、动情,如登源河的水,汩汩潺潺,高亢处如在悬崖之巅,低回处如染深谷幽绿。在徽州女人的歌声里,我想起从前徽州男人的境遇：前世不修，生在徽州；十三四岁，往外一丢。徽商的成功，除了坚韧、勤劳、智慧，我想也与他们身后袅绕的歌声，温柔美丽、勤俭持家的徽州女人有关。如今，她们的歌声不再被高高的马头墙囿禁，她们不只在深闺小儿女的摇篮边轻唱，她们还把徽州民歌唱上了央视的舞台，唱成了省级非物质文化遗产。

仁里是厚重的仁里，也是亲和的仁里。它的积满了灰尘的青砖黛瓦、书院余音、琐碎庸常、高大恢宏、儿女情长、袅袅歌声……终将纵横到我们目力所不能及的远方。

伏岭的雨

伏岭的雨，不似城里的雨，漫无边际，<u>丝丝缕缕</u>，不由分说将人裹挟，让人行遍东、南、西、北门，也呆呆地走不出雨的视线。邂逅伏岭的这一场雨，我惊奇地发现，雨竟以山峰为坐标，一座下完，再下另一座。远远地，看见群山中的一座被乌云拥住，天地难分，有无莫辨，有同行者说那座山在下雨了。而与它比邻的山峰、脚下的田野，青黛嫩绿，依然享有云层后探出的明晃晃的阳光。我们就在它的对面的辽阔高远处，在摇摇晃晃的阳光里，坐观雨的盛大演出，看它"洗"完一座山峰，再"洗"一座。然而，如一生所遇好坏叠加的命运，我们到底不能置身事外，雨"哗哗哗"，不容抗拒地一直"洗"到我们跟前。

这雨声，是一首交响曲的四个乐章：先是弦乐轻和，如与大地商量；再是行板欢快，鼓点密集，是少年不羁奔放的心性；最后，也就一顿饭的工夫，阴霾散尽，雨收兵敛将，奏起简洁的终曲，于高处定音，缓缓而落……

雨止，山色空蒙，白云出岫，横切山腰汹涌流走。连绵的山像含羞的少女，忙把薄纱样的雾气拿来遮面，遮住仰躺的卧姿、高耸的双乳，还有修长的四肢和腰身。然而缥缈的雾气，怎能挡住那层次重叠的妖娆的曲线？

雨水洗净了每一座山峦、每一片叶子上的灰尘，它们干净又明亮，闪动着水光，清润得让观望者迷醉，有五脏六腑融化之感。

地球是圆的，走到哪里，都是世界的中心。纵使在神秘的群山环抱的尽头，你以为到了世界的边缘，或者是异域他乡，其实不然。道路两边的水稻田，一直延伸到远处的山脚。稻田犁得平整，田埂的小缺口释放了多余的雨水，黑色的泥土微微凸出水面。秧苗从这里生发，正积蓄分蘖的力量，只待盛夏抽穗，深秋金黄。伏岭的秧田时刻提醒着你，纵在这群山的皱褶里，伏岭也是乡土中国的一部分。

一株株香樟，华盖一样撑在笔直的道旁，绿叶荡漾如水，馥郁的香气丝丝扣扣，与秧田喷薄的地气相得益彰，徘徊在湿漉漉的空气中，丝毫不输一园子春花。比起天寒水瘦、枯枝残叶，文人们为其定义的"隐"与"藏"，我更喜欢大自然这样天真的、饱满的情绪，喜欢这汪洋恣意的泥土的腥气、樟树的香气、草木的清气。

终曲未了，雨又零零星星落下来，洒在水田里，激起一圈圈小涟漪，滴在人的手臂上，带着沁心的凉意。便是这样，也不舍得离去。前后左右，群山如轴，云雾是其间流动的画，迅速聚拢，又疏忽散开，开合自如，变幻出无穷的山水写意，让看它的人痴痴醉醉，不知身在何处。

　　人需要在这样的山水里走上一走，尤其是雨后。走在松软的泥土上，与青山两见妩媚，寻一点点心头放不下的乡愁，在浩荡的山气、地气与清风里，摒弃一些成见和执拗，直面自己的逼仄、平庸与渺小。

眉眼盈盈处

在天堂山

一

寒露，天气晴朗，微微凉。夕阳的余晖从西边的山头投向东边的山头，山与山之间似乎架起了一座座炫目的光桥，气象万千。宽敞平整的黑色柏油路面，如飘在山胸前的气派的领带，山有多高，领带就有多长。当然，山也毫不逊色。这里一片齐整整的竹海，那里一片四季常青的灌木丛，间或有些泛黄和泛红的落叶乔木点缀其中，似山不小心打翻的调色盘。

一行人在黄昏的时候进了山，去朝山谒水。

我们要去的山，叫天堂山，隶属于中国竹子之乡、全国生态百强县——广德市四合乡。山路十八弯，暮色渐深，山重水复疑无路，柳暗花明"到山庄"，天堂山庄在路的尽头、山的半腰等着我们。一下车便被黑夜淹没了，四周是黑黝黝的山脊，穿过山谷的风从我的脸上掠过。抬眼，半个月亮贴在山背上，把浑厚的夜色扯开了。冷峻清亮的光，美得那样无情，镀在树叶上、草尖上、山石上，莹然如霜，仿佛触手可成冰。若不是山庄的灯火，我还以为到了另一个世界。

纵横的山峦是枝柯,山庄是一个筑在"枝柯"间的大鸟巢。我们是今晚栖息在鸟巢的倦鸟,从城市的高楼大厦里飞来,从充满烟尘的尘世中飞来,从拥挤嘈杂的人间飞来。落地,抖抖一身的尘埃,在舒畅的呼吸和吐故纳新的爽快中,倾听山风在林中追逐,山溪在窗下潺湲,山雀在它们的爱巢里喁喁私语。

围炉夜话,福鼎白茶的香味从沏茶女甜甜的酒窝里溢出来。松木的床,樟木的衣柜,棕榈的床垫……这一夜,我把自己嵌入山中。青山为屏,把所有的喜或不喜、懂与不懂都挡在了心窗之外。

这一夜,我只迷醉于大自然动人的交响,我只与它们周旋。

二

晨曦中的天堂山,薄雾轻笼,起伏的轮廓似一尊安然的卧佛。一个人信步攀入竹海。那条倾泻的山溪从竹林深处涌来,被山庄主人筑坝拦截,形成一幽幽深潭,灌溉完山庄又蹦蹦跳跳地朝山下奔流而去。

寒泉涓涓,晨露如雨,湿着早起人的衣鞋。山色空蒙、苍翠欲滴,只有零星的红叶点缀其间。我想起那首诗:

荆溪白石出,天寒红叶稀。
山路元无雨,空翠湿人衣。

不禁偷笑，这个深秋的清晨，恰同一千多年前王维在秦岭山中盘桓的那个早晨啊！难怪这山，看起来如此似曾相识。

继续攀缘，谷静林幽，径上苔衣点点，老树盘根错节；山石嶙峋，苍藤悬壁，粗犷原始。山已经很老了，老到你不知道它已经存在了十万年还是百万年。山依然年轻着，奔流的溪水，丰茂的植被，灵动的鸟儿，含充足负氧离子的空气，巍峨雄壮的"臂弯"……

高山如树，流瀑若弦。"嘉木立，美竹露，奇石显。……则清泠之状与目谋，潆潆之声与耳谋，悠然而虚者与神谋，渊然而静者与心谋。"不禁又莞尔，当初那位柳老头遇"钴鉧潭"之欣喜与我今日不谋而合！悠悠千载，多少文人墨客，无论失意还是得意，无不寄情于山水。而天地之间，唯有大自然才具无穷的张力与教化之力，唯入山临水，才会令人豁然开朗、旷达忘我。

独坐林间，与鸟对话，与水嬉戏，与野花亲昵。眺望远处，青山四合，层峦叠嶂，如复瓣的花。俯瞰桐川内外，山深却并不闭塞，三省通衢，交通便捷，东连杭嘉湖，北倚苏锡常。川内村庄若隐若现，一座座白墙红瓦的小洋楼掩映在竹海浓荫中，已远非昔日茅檐低小的山里人家，文明、富足、云水从容。

三

天空蓝得透明，山庄还在晨梦里没有醒来。

徽派建筑的房舍依山而建，呈四合院式分布，典雅古朴亦不失现代风尚。堂前一坡忘了季节的绿草，还郁郁青青着，全然不知山里已秋深。有早起的晨练客在坡下篮球场上打着太极,白云从这一山到那一山,悠悠而过。时光,仿佛在此刻静止。

我踢踏着草尖上的露珠,摘一朵洁白的山茶花吮了它的蜜,又采了一串秋冬成熟的覆盆子,往山下一片远远能见得着的菜地走去。

左边草坡外的篱笆上爬着开着紫花的扁豆蔓,仿佛是景区某个路口的指示牌,提示着这里是蔬菜的天地。顺着篱笆往前,越过右手边山溪上的一座小石桥,果然有一葱茏的安南瓜架挡在跟前。满架梨状的果实,青碧碧地垂在架下,点缀几朵纯洁的鹅黄色的小花。花、叶、果皆生机勃勃,毛茸茸,裹着清亮的露珠。

穿过瓜架,眼前豁然开朗,竟有一大片梯田状的菜地藏在山坳里。我欢欣不已,最喜爱在菜地松软的土地上徜徉,喜欢看四季的瓜菜有秩序地开花、拔节。豆角、黄瓜的藤蔓已在秋风里枯瘦,比邻的青菜、芫荽、蒜苗、芋艿、红薯却在晨曦中透着精气神,凑近了去,有幽幽的香。最喜人的是一畦畦红萝卜,红扑扑的萝卜头都探头探脑地钻出地面一小截,绿茵茵的萝卜缨子像绸缎一样柔软细腻,给黑色的泥土穿上了绿色的衣衫。

拐过一道弯,有两人正在弯腰拔萝卜,竹篓里,连萝卜缨子都被码放得整整齐齐。腰间的对讲机向我说明了萝卜的去向。原来,这一大片菜地是专为山庄而耕耘,这些在山里生长的新鲜的瓜菜,都进了山庄的厨房。

人终非仙,离不了人间烟火。从筑舍在天堂山深处,打造舒适的居住环境,到辟园种菜,为客人奉献绿色健康的田园绿蔬,可见主人把这份事业做得何等专注用心。

四

离开天堂山时,已觉心底清宁,思想澄澈。

林语堂先生有言:人生有前台,也有后台。前台是粉墨登场所在,端着架势,使出浑身解数;后台才是心灵休息之所。在后台,可以不必有出息,可以不必有形象,可以暴露全身弱点,这是很大的解放。在解放一阵子后,重拾勇气,再次端起架子,走到前台去扮演好需扮演的角色,做一个人模人样的人物,博得世俗的赞美。

如果你在前台累了,就寻一处天堂山这样的后台去坐坐吧。

赶　　湖

决定赶去黄昏时分的南漪湖，看浮光跃金，听渔舟唱晚。

从飞鲤镇一路向西，去往福寿岛的通湖绿道上，画着红、黄、蓝三色的醒目的彩虹，这给簇新平坦的柏油路平添几分祥和、安宁与喜气。节令虽是暮秋，然江南的秋似乎犹抱琵琶半遮面，迟迟不肯掀起她多彩的面纱。秋英与百日菊开得正欢实，一路追随着我们，飞驰的车子窗外总有它们妖娆的身姿，红色的，粉色的，黄色、白色、紫色的……五彩缤纷，如豆蔻年华的少女般活泼明艳，远远地冲着人笑，冲着明净纯蓝的天空笑。笑得叫路过的人忘记了前尘后事，不由得也跟着笑，不由得想下了车来，走近前去与它们亲昵接触一下才好。

皖南地势多起伏，高高低低，高的是林地，矮的是茶园。林间的香樟、松木、杉木、青檀，还有许多叫不上名儿的树木，依然油绿、锃亮，午后阳光铺洒在它们密叠的叶子上。绵延起伏的茶园，不如直接说是"绿园"，或者说是"绿色园林"——那一垄垄修剪得齐整划一的茶树，既有园林才具备的清秀精致，又迥异于园林的方寸局促。眼前的茶园，放眼望去，辽阔无边，起伏绵延至遥远的天际。刚刚返青的秋茶，油绿、丰润，齐刷刷绿浪一般扑入眼帘，足以喂养久伏城市案牍的疲惫的眼睛。

林间偶有香樟和三角枫，略略感知了秋风温柔的抚摸，在翠绿间有些红与黄，生了些许斑斓的秋意。而在大地绿的底色上点缀的，除了知秋的树叶，还有一块一块成熟饱满的金色稻田。

沿途是一幅美丽的新乡村画图，追着彩虹在画里行，除了目光会迷失在一路的风景中，不必担心会迷路，彩虹会一直指引你抵达福寿岛，我们要赶的南漪湖，就在岛的尽头。

南漪湖，位于长江中下游南岸，是皖南第一大淡水湖，由古丹阳湖分化而成，水域面积达两百多平方公里。它东接美丽的郎川河与水阳江支流，西连水阳江直达长江，一湾丰沛的碧水将宣州与郎溪相连，如一面清澈的明镜，被天地遗落在风光绮丽的皖南。

我们的车稳稳地停在了湖边的滩涂。打开车门的那一刻，我又一次为自然大化所叹服，被水天一色波光潋滟的美丽惊得目瞪口呆。如果说一路的风景是小家碧玉，那么眼前夕阳里的南漪湖则是大家闺秀，它宁静、内敛、阔大而柔美。福寿岛如一枚伸向湖水的绿叶，被南漪湖静静地揽在臂弯之中。

湖风也一下子将我们揽入怀中，沁凉、清新，夹着一丝潮湿的腥味，如一丸灵药，直直地钻入五脏六腑。身体里某些已腐朽疲惫的因子，好像在刹那间被激活了，突然觉得轻灵无比。我们伸开双臂，像燕子一样朝湖飞去。

天地有大美而不言。一轮硕大的红日已褪去灼热的、刺眼的光,正慢慢接近湖的地平线。一抹酡红的晚霞,接天连水,在水天荡漾处,渐渐染满西边的天空,染红半湖碧波。那是大自然一幅静美的油画,天空是铺展的宣纸,无边无际。画中的落日温和到可以接受目光的直视,与之对望,仿佛可以看穿千年万年徘徊的光阴。光阴里,住着南朝烟雨迷离中芳草萋萋的江南,住着唐宋夜夜笙歌里情义绵长的江南,住着在明清幽暗陈旧的时光中彷徨的江南……此刻,这波光潋滟的岸边,是另一番全新的景象,属于我的江南,正荻花如雪,鱼肥水美,稻米飘香。

  动态的湖面如天地间铺上的一匹湖蓝色的绢帛。微风,一遍遍不厌其烦地欲抚平绢帛的皱褶,掀起一波又一波轻柔的涟漪,环佩叮咚奏起悦耳的乐曲。一叶渔舟,两位渔人,犁开湖面迎着夕阳朝湖心驶去,嗒嗒的马达声打破四野的寂静,惊动岸边归巢的倦鸟。渔船上被渔人奋力抖开的渔网,打捞着沉甸甸的梦想。待他们归来,不知小小的船舱可盛得下南漪湖慷慨的馈赠,可载得动渔人的殷实与富足?

  想起"两山论",想起长江的十年禁捕计划,想起南漪湖的休渔期。山川湖海,我们置身其中,亦如一棵树、一株苇草,但如法国思想大师帕斯卡尔希望的那样,我们得做一株会思考的芦苇,清楚自己的渺小与高贵。我想人类只有悟出自己的渺小,才会对自然心存敬畏之心,才清楚活着的意义不仅仅是索取。我们在索取的时候也要学会尊重和给予,才有更多的机会静观风景,安享大自然的馈赠,通向无穷。

  站在岛的至高处举目四顾。远处,稻禾成熟的香气从金浪翻滚的大地深处涌来，芡实与菱的绿衣覆盖着茫茫漠漠的碧水；深秋的莲藕，还在高举粉红的重瓣的荷花，试与这醉眠的晚霞比着嫣红；辽阔的水域，是众多青虾、银鱼、蟹、白鲳、团头鲂、鳜鱼、河蚌的乐园。这里已不仅仅是唐诗宋词里烟雨迷蒙草色青青诗性的江南，她规划的蓝图保持着水乡的生态之美，水乡人正以蓬勃的姿势，耕耘着这块富庶的土地，理性地迈着每一步。

夕阳收起最后一抹晚霞，夜色如幕布般渐渐笼罩四野。星星点点的渔火在浩渺的湖面移动起来，不远处的渔家开始升腾起袅袅的炊烟——那炊烟从头顶上轻轻地掠过，混合着柴草与鱼米的气息，忽然就撩拨起心底一丝别样的思念与情愫。近处，几只野鸭互相追逐嬉闹着，忽而在水面，忽而扑棱着翅膀没入芦苇深处。天空中，人字形的雁阵把夜色划拉开来，正一拨一拨地从湖面上飞过，把一两声鸣叫砸向湖面，似乎溅起了几朵清亮的浪花。

今夜的南漪湖，月朗星稀，我赶到湖边，与一缕久违的柔性的乡愁相逢。

宛陵湖寻秋

宛陵湖的第一抹秋色，悄悄降临在湖道两旁的某一片梧桐叶上了。

久住湖边，每日推窗与湖对望，除了人的精气神里边有了氤氲的水汽，那一大片湿地，还助我对季节有了最为敏感的觉察。初春，日日看着那些树木柳枝、花花草草，挺身在春光里吐露着新芽，直到它们在我长久的凝视里，由嫩绿、浅绿，到深绿、墨绿，覆盖了水域以外无边的湿地。除了生命的蓬勃会让我产生无以名状的喜悦、感动以外，秋天的宛陵湖所呈现的安宁、娴静，更契合我中年的心境。

撑一把伞，在秋天的第一场细雨里，寻宛陵湖秋色。

湿漉漉的空气里，飘浮着桂花的香。因为夏天的那场大旱，原本要在中秋开花的桂花，迟迟没有消息。"二十四番花信风"，《岁时记》有记："一月二气六候，自小寒至谷雨。四月八气二十四候，每候五日，以一花之风信应之。"古人很浪漫，为每种花候选了一种花期最准时的花做代表。花都很守信，如期而至。其间的风更是清绝，叫花信风。

若掰起指头细算，只怕会算出每一缕风都会吹开一朵花。

花开花落自有时，节令变幻风先知。万物有灵，都遵循大自然的规律、时序，很是神奇。在二十四种花信外，本该开在仲秋的桂花，经历过夏日的灼灼高温后，没有失信，姗姗而来，把独特的幽香糅合在了秋季寒凉的风中。这一缕属于秋天的花信，让秋天幽深悠远了许多，让原本稀松平常的心境，多了一种按捺不住的幸福与忧伤。这感觉来自哪里呢？细想，来自外婆家后窗外的那棵桂花吧。那棵生在屋檐幽暗处的桂花，紧贴着苔藓厚重的青砖墙壁，因终年鲜见阳光，叶片稀疏、油绿狭长，别的桂花已开完二遍，它的花期还没有一点信息。就在你不认为它有开花的能力时，忽而在某个露重月白的深夜，香气会穿过木格窗子，一下子涌入房间，恬淡着人的梦境。第二天，外婆帮我编好发辫，便会将一枝去除了叶片的嫩黄的桂花斜斜地插在我的发根上，我走到哪里，那缕香气就移动到哪里。

如今，桂花还是那个熟悉的味道，流动在我走动的空气里，裹挟着我，裹挟着天地，如一剂黏合剂，把我与过去的时光黏起来。一些人路过我，又走远了，只有桂花的香气抚摸着我踽踽独行的身影。

风撒着欢从湖面跑过，原本平静的水面，被拧出一道道波纹，如绣娘细细密密的针脚，很规则地绣成了一匹上好的织锦。倏地，风又迎面而来，蹿上了树梢。香樟与银杏禁不住摇荡，一些红的、黄的叶子纷纷落了，颜色单调的路面一下子变得缤纷而富有诗意。

梧桐叶不肯轻易就范,全体哗哗作响地与风对抗着。

人说秋是静秋,其实秋是有声音的。秋的声音有一部分就在梧桐树梢上。"未觉池塘春草梦,阶前梧叶已秋声""梧桐叶上三更雨,叶叶声声是别离",三更雨点洒落在梧桐上,溅起离别哀婉的音律。这是古人听到的秋声,只有细腻深情的灵魂,才能听得见这恍如自心间滴落的清音吧!相比古人,我们活得多么粗糙而简陋,何曾用心聆听过一回"秋声"?至于"泉石膏肓,烟霞痼疾",则更不能谈及。我们与爱人约会,也只是请她或他喝杯奶茶、逛逛公园,或者坐在幽暗的影院看一场别人演的电影,又何曾有古人"调宝瑟,拨金猊。那时同唱鹧鸪词"的雅致?

我仰视树梢,发现盛夏时节浓绿油亮的叶片,此刻已枯瘦、稀疏,风吹起微微卷曲的叶子,脉络间的筋骨皆历历可数。湖道已不复夏天浓荫匝地的景象,倘若今天有阳光,阳光会穿过树梢洒在行人的身上,季节更深一些,树叶会更疏淡一些,直至片叶不留,把隆冬的阳光全部留给路人。功成身退,这是一种情怀;来春再返,这也是一种精神。

风继续吹,梧桐叶簌簌而落,我也未觉萧瑟。日本文化里,有一个词:侘寂。我想这个词很好地解释了与生命的蓬勃之美相反的一种美学意识,任何物体,植物、动物,都会由新生走向老旧。当然,老旧的物体不可谓没有美感———一片泛黄的树叶,有岁月的沧桑之美;斑驳的老树,更具震撼人心的冲击力。

迎面走来一个稚气的小女孩儿,手执一枚她刚刚捡拾的银杏叶,她把它举在胸前,纯纯的目光中别无他物,还在左右寻找着合她心意的落叶。

　　一只灰色的水禽，轻轻地漂浮在水面，划出几圈长长的、乐谱似的波痕，小巧的身躯如同五线谱上音符。一段旋律被风送过来，落到一簇簇白絮如雪的草尖上，惹得草微微颤动。如雪的不是芦苇，是黑麦草与芒花，风推着水一圈圈地荡漾着，围绕着它们推来搡去。还有柳条，拂着水，也刮着风，它们与尚茂盛的芦苇一起，被风指挥着左右摇摆，弯下腰又直起来，似在山水相映的舞台上排练一支即将上演的舞。那些柔美涌动的镜头，宛如一出植物界的《只此青绿》。高挑青碧、盛大铺排的芦苇，是这支舞的主角。

　　一只鸟把风剪开，在空中划出一道优美的弧线，落在一秆芦苇上，另一只鸟，也紧跟着落下，它们商讨了几句什么，又一起朝湖心岛飞去。它们路过一叶正在碧波上悠悠摇荡的小船，船上，着橘色衣的打捞人伸出长长的竹竿，将一些浮物捞至船上，把碧玉般的湖面，还给了以湖为镜的天空与小鸟。

　　草坡上，一些四季常青的高大的树木，大旱后，依然精神抖擞地俯瞰着尘世，粗壮的枝干如一把撑开的大伞，荫庇着它脚下的小草们。树下、路旁，一些野草终于等到了自己的季节：袅袅娜娜的香附子与斑地锦，开出了颜色相似的粉色花朵；一次次躲过了被园丁拔除的危险的马唐草，此刻已籽实满株，笑到了最后，只待哪一阵风过，饱满的籽实被摇落进泥土，让子嗣繁衍生息，它便完成了草生的使命。

　　树高千仞，其根必深；水流万里，其源必长。只有贴近泥

246

土,努力去汲取大地的养分,才会让生命蓬勃地傲立于天地间。哪怕是一株卑微的野花野草,懂得安身立命,随遇而安,随风扎根在泥土里,一样能仪态万方地在尘埃里绿满大地、开出花朵。这一点,人有时未必比植物通透。

叠翠桥下,一大蓬木芙蓉开得正欢,与其他杂生的草木一起接岸连水。我是知道的,那块人的足迹难以抵达的草丛深处,定藏有一处处隐蔽的洞穴。那里住着即将准备过冬的蚂蚁、蚯蚓、刺猬、松鼠,或许还有獾,有蛇,有许许多多比我们更能感知大地温度的生命。地球是我们的,也是它们的。我们在这个世界上存在仅几百万年,而它们中有的已存在三亿年。按照先入为主的逻辑,究竟,这颗星球应该是谁的家园?

蟋蟀是指定有的,从夜晚它们响亮的合唱,此起彼伏如悠扬的乐曲声一般飘过湖面,再飘入我十楼的窗户判断,它们的阵容相当庞大。每一个生命都是一个宇宙。蛙声已邈远,蝉已暗哑,还有虫声清亮。它们自远古而来,往我们身后而去,诉说着尘世的辽阔、生命的匆忙。

站在桥上蓦然回首,隔着茫茫湖水,对岸那片城市的楼宇忽而让我倍感亲切,有了不遗余力去爱的冲动。桥头的红枫,亦如宛陵湖燃烧的秋色,一场草木欣欣的春天正在来的路上。

在桃花潭的诗意里行走

一

　　一轮明月越过西山的树梢，透过破旧的窗棂投向外公的书桌。我在外公对面黑亮的太师椅上，收起跪趴着的双腿。田字格上，歪歪扭扭的汉字已写满，我胡乱地将作业本塞进了书包。隔着书桌，他也合上那本线装的大书，拧了拧桌上的罩子灯，再从那一圈昏黄的光晕里缓缓抬起头来。我们便开始了每日一首的古诗吟诵。他给我读诗是极讲究的，不是我的语文老师站在讲台上一板一眼的那种读法，而是——唱，按照平仄的韵脚，他也神态起伏、抑扬顿挫地唱。他说古人把读诗叫"吟诗"，吟就是唱。

　　现在想来，那些夜晚，在昏暗摇曳的灯火里，外公高大的背影摇摇晃晃地映在斑驳的青砖壁上，神秘又温暖。那些充满了画面感的绝句，也在他喉间涌动的长调里，经年累月，滋养着我懵懂的心灵。我想象的翅膀，一次次飞越那间幽深古旧的书房，神游在漠北的大川、婉约的江南。

　　那一泓碧绿的潭水，笑傲于大唐江湖的诗仙，及岸边一群青帕绾发、布衣草履击节踏歌的人，就是从那时起鲜活在我的心中，泛着永久的粼粼波光。

潭，是桃花潭。主人是汪伦，客人是李白。那潭桃花水，连同那平仄的韵脚，连同那份高尚的情操，在我心里悠荡了四十年。

二

初冬的晨雾锁着泾县小城。推窗，一池枯荷在榻前的池塘里若隐若现，垂蓬折梗，楚楚，婉约，掩饰不住的清寂。它的气韵是属于诗，气质是属于画的。倘若再飘些雪，它们就多了一份凛然，就是赵少昂的《残荷》里残而不败的气韵了。彼时若独立湖心亭中，四周车马市声皆隐，只闻簌簌雪落残荷，想必一定胜过"留得枯荷听雨声"的喧闹了。若是当年的诗仙和它相逢，又会留下一首什么样的千古绝唱来赠友人呢？

告别荷塘，告别蒙雾的小城，一路往西，往向往的桃花潭，往青山更深处。雾不知道什么时候散了，山的轮廓渐渐清晰起来，我们一直在群山的合围中，远山如黛，近山斑斓，忽而在前，忽而在后。车过云岭，群山苍茫，似有另一种浩荡的正气可触可闻。偶有掠过的大片芒花在凉风中摇曳，如在低声絮语那惊心动魄的过往。山崖上万木扶疏，伟岸，苍翠；崖下，宽阔的青弋江静静缓缓地流淌。

三

仿佛是出了最后一道山门，如有大幕在眼前哗然掀开，田畴阡陌，桑梓桃林，散落的徽式古旧村落，一一呈现在冬日淡白的阳光下，有种失真的错觉。平野白沙处，见巍巍文昌阁，风起，文昌阁四檐翘角上的风铃丁零作响。不知这随风能传十里的警铃，曾惊醒了多少泾邑学子慵懒的晨梦，以致他们省身克己，不敢一日荒怠，才造就了翟氏一族的少年才子们，不断通过科考步入仕途，光耀门楣的传奇。

寻一首诗而来，殊不知一入桃花潭，我就踏入了一首大大的没有分行的诗。就如同你在春天的大地上支起画架，春林绿水，桃粉柳青，随便从哪里取景，都是美妙的，因为你已身陷天地的画帛。再如你置身万顷森林，岚气汹涌，百鸟齐鸣，泉水叮咚，万籁皆有声，世间恐怕没有一支钢琴曲，能奏尽这天地的交响。

桃花潭的诗意，岂止那一首至善至美至情的诗。

它的天空高远，四野澄明。它的古村落安详静谧，如一坛陈年的老酒，尘封着陈年旧事，溢着浓浓暗香。小巷幽深，鹅卵石铺就的小径苔痕历历，每踏一步都是奢侈，都仿佛是在踏着一行唐诗、一阕宋词。我把脚步放得轻了又轻，生怕惊醒那些雕花窗内沉睡的旧梦。

斑驳的马头墙上，繁茂的藤蔓已渐渐枯瘦，路过它们，我不敢直视，不忍直视，它们一直攀爬在我心灵的原乡，在外公的书房外，风一吹，就窸窸窣窣。一样的枯荣，一样的古旧，只是少了那个为我唱诗的老头。

就像踏歌古岸，少了一群踏歌的老头。但古岸依然那么热情，依然停泊着待客的渡船。放眼潭面，四周层峦翠嶂，静影沉璧，碧波轻柔。只有岸边浣衣的村姑，捣衣声声，紫岩击峦，鲜活着寂静的湖面。没有桃花的潭，不能被称为桃花潭，后来之人，未必人人都有谪仙的气度。因此堤岸的十里桃林，正在积精聚气，只待春风一来，便"啪"地绽了第一朵桃花，好把它脚下的一潭碧水染成粉或红色，就像一滴墨滴在了宣纸上。

四

两岸的那些古村镇，南阳、翟村、万村，一色明清时期的黛瓦青砖，一色的旧气，一色的沧桑，重叠在冬日忽明忽暗的阳光里，古寂、荒疏，风都吹不醒的样子。闲步在西岸深深浅浅的小巷，沿街的木门大多轻掩，门上那把锈迹斑斑的铜锁，格外让人惊心。走着走着，又有种此乡是吾乡的熟悉与悚然，仿佛是走在梦里，却又不是梦。

隔一雕梁画栋的院门，问那悠然坐在院内的妇人此地是何村。她答："万村啊。"万村，想起那句诙谐的"先生好饮乎？这里有万家酒店"，"万家酒店"就在不远处的拐角处的深巷了，面朝阔大的桃花潭。酒帘是新的，被磨砺弯了的青石门槛是旧的，它卧在灰白斑驳的墙根上，在流转的岁月里敛藏着千古的悲欢。热情的主人、芳醇的佳酿、桃花潭俊秀的山水，温润着当年率性天真不得志的诗仙。

不知日日醉卧彩虹岗的他，是否真将一腔愁绪流放山水，不再西望长安？

不得知。他放得下吗？纵然纵情恣意、豪放不羁，一生都徘徊在朝堂边缘的他，在暮年长安陷落之时，还毅然应召永王李璘，出师隐居的庐山屏风叠，深怀报国平叛的热忱，随永王东巡。且常以谢安自喻，写下"为君谈笑静胡沙"那样可爱至性的诗句，以明一腔建功立业之抱负。

难解他在大唐盛衰跌宕里旷世的愁喜，我只是寻一首诗而来，携满怀诗而去。我唯一与他共通的，是在诗与诗的意境里，觅得到心灵的出口——自由，高贵，纤尘不染。

短篷撑梦过临平

一

秋风习习，花落未落，这样的天气，适合去杭州城走一走。

别处有山亦有湖，但总不及杭州的山、湖。杭州的山、湖里，隐约有南宋的遗风。动情的故事、历史的相衬、百转千回的传说，总是让人难抑心中牵挂，愿意频频回首。

于是，便选择了这样一个黄昏，无雨，亦无雪，在湖东的柳风花影里上船，入浩瀚的湖面，过小瀛洲，往苏堤。

江南的秋来得比较迟缓，还没有落下绚烂的韵脚，小瀛洲此刻浓荫厚绿，草木苍翠，鸣鸟啾啾。湖风如海风，从四面八方扑入裙衫，环岛走在水汽里，走在鸟声里，走在浓绿中，只觉周身尘埃尽散，人丢了铠甲一般轻快。

走着走着，就到了三潭印月，那棵熟悉的歪脖子南川柳，如同故人忽现眼前。

距第一次与这棵柳树相遇，已有三十余载。那时，小舅与七八好友邀游杭州，十三岁的我便成了一众青年男女的跟班。他们泛舟西湖，登塔访寺，吃酒饮茶，过了一段不计柴米油盐、快意恩仇的日子。现在想来，实在很具古人风雅，让我印象深刻。然而多年不忘的，便是在这棵柳树下，我们拍了唯一的一张合影。岁月已然模糊举相机的人，只记得当时柳树在中间，大家或倚或站，分散在树下，我因为年纪最小，所以坐在前排中间的一块石头上，小舅站在后排，伸出左手搭在歪脖子树上。那时候，他书生意气浓，年轻英俊，着白色短袖衬衫，戴一顶米色太阳帽，有"公子人如玉"的感觉。

那张照片记录了我人生中第一次远游，我保存多年，常翻出来，将那段珍贵的时光摩挲一回。因此，每个人的笑容，连同柳树沧桑的轮廓，都深深地定格我心，半生不忘。

人间游人如织，人间也来去无定。擦肩而过的匆忙的行人里，不会有人懂我心底的怀念。那位如玉的"公子"，他不仅是我的启蒙老师，教我识文断字，还是第一次领着怯生生的我，来这里见天地，见山湖……的人如今，我又来了，脚步沉稳，目光坚定，而他已经永远地走了。

遥想当年，南宋建都杭州，君臣苟且偏安，湖上暖风令他们忘记国仇家恨，招来诗人愤慨之责，成为千古言说。而在历史长河中，南宋一百五十二年的金戈铁马，建都临安府四十一年，是非功过，爱恨情仇，不过如桨橹声中，湖上一朵激越的浪花瞬息平静，到如今，只留些光影交错无声的剧情，如湖中涟漪荡漾在世人的心里。

"人生天地间，忽如远行客。"王室贵胄，墨客名流，平常百姓，一些人来过，一些人又离开，青山连绵，湖水浩瀚，柳还是柳，风还是风。时光的皱褶让人怅然，千百年前的他们与我，好像只隔了一个长梦骤醒的夜晚，千百年后，谁又会行在这片山湖，喟叹红尘易逝，岁月易老？真的是那句："时光并没有流逝，流逝的只是我们。"那么，我们该如何努力，才不辜负这短暂的一生？

二

远眺，苏堤郁郁苍苍，飘逸如带，正平分一湖烟霞。

这条诗意长堤，是苏东坡书写在江南大地上的佳句。"居杭积五岁，自意本杭人。故山归无家，欲卜西湖邻。"杭州何其有幸，宋元祐四年（1089）三月，身为龙图阁大学士的苏轼赴任杭州知州。虽然他羁旅漂泊，长期遭贬谪，自嘲平生功业在黄州、惠州、儋州，但在杭州为官"五岁"，却政绩斐然。他在白居易后治理西湖，并仿效白堤，利用疏浚西湖时才写出的淤泥构筑苏堤，植桃种柳，农人因而得灌溉之利，行人得柳雨荷风，士子墨客得一堤寄千古情思。而苏轼自己已然深受杭州历代百姓的爱戴，百姓视他如家中父老，酒肆茶巷中都是关于他的传说。

上堤时，已是傍晚，远山青黛，落日缓缓，婆娑垂柳正挂住漫天余晖，拂过湖中清瘦秋荷。长堤深厚沉稳，斜阳连波，我们默默走在晚风里。

晚明嘉兴人汪珂玉曰："西湖之胜，晴湖不如雨湖，雨湖不如月湖，月湖不如雪湖。"

世人皆知，雪湖之美，尽在张岱的《湖心亭看雪》："天与云，与山，与水，上下一白。湖上影子，惟余长堤一痕，湖心亭一点，与余舟一芥，舟人两三粒而已。"

每读这浅浅着笔、点线面勾勒的黑白画，扑面的都是寂静幽寒，美得虚无。

比起张宗子邈远孤清的美，我更喜欢这些名字：苏堤春晓、曲院风荷、平湖秋月、花港观鱼、柳浪闻莺、雷峰夕照、南屏晚钟……暖风温软，荷月烟柳，有声有色，透着物象俱实的风致与香气，你来或不来，它就在这里，一年年、一季季，兀自美丽着，完全不为取悦谁而存在。

一种心境，看山是山；另一种心境，看山不是山。人在山水面前，会瞬间变得纯净、旷达而富有诗意，人事、名利、情缘皆可闲远而淡泊。就像张岱于湖心亭看雪，一点一痕，皆是天地阔大、不随流俗、遗世独立的心境。

我们不敢大声喧哗，唯恐惊起湖中万千有情有灵的涟漪，只轻轻走过苏堤，走过堤上用以断句的六桥：映波、锁澜、望山、压堤、东浦、跨虹。这是苏子的湖上"七言"，永恒地题写在杭城的山水画卷上。

三

"她粗布衣衫，白发如雪，盘着洁净发髻。身前竹篮里摆放着几只茉莉花环，少许白兰花，近看已见枯色。"这幅禅意的画面，出自白落梅的文字，雨夜，杭城。

杭州的水声无处不在，蕴藏着这座城市丰富的文化内涵。凌霄花爬在墙头，运河水日夜不息，拍打着每户人家的后院。青石堤岸，白墙黛瓦，雕花木窗，这些保留着清末、民国风格的建筑，就是小河直街，杭城最后的运河人家。它枕河而居，小巷深长，市井味十足，像是隐于闹市的江南旧梦，恬静而温柔。

一阵淡淡的茉莉香，一路吸引着我，及至跟前，花墙落落，簇拥着一个小小的窗口，窗内，当真站立着一位慈眉笑眼的阿婆。一样的粗布衣衫，一样的银丝如雪，就像刚从作家的文字里走出来。她的众多的小商品，我皆不在意，只见一圆形笸箩里，盛放着零散的茉莉花，那香气，正随风在整条街上来来回回。几个女孩子驻足窗外，伸过手去，阿婆停下手中正在细心串编的花环，把它给女孩戴上。茉莉瓷洁如玉，被翠绿的丝带串起，系在女孩白净的手腕上。一老一少，一样的玲珑心，细碎的美好，藏在清浅的时光里，忽而就这样相逢。

除了茉莉仙仙的香气，小街还是一个充满了烟火味道的古镇。京杭大运河、小河、余杭塘河三河交汇于此，江南水乡的细腻柔美，低处人民生活的习俗，由清末、民国演绎至今。如今，小街用鲜花装点着古旧，把浪漫和现代气息完美融合，一河两岸的小街，藏有几十家宝藏店铺——百年流传的酱园、异国风情的咖啡馆、特别的手作坊店……光看店铺的名字：后院有海、花食酒肆、欢桔小酒馆、我在小河等你、寒烟、河下、夏朵……便知其中文艺与优雅，逛一天，大概都不会觉得无聊。

随便进了一家茶室，要了一壶龙井。小小的店铺，吧台和过道占据一半，后面一半留给客人。几张原木的桌椅，紧凑而齐整，陈旧的后门上，贴着一个大大的"福"字，坐在木制的椅子里，闻着缕缕茶香，恍如坐在家里。另一张靠墙的桌子上，放着一摞书，《飞鸟集》《新月集》《百年孤独》《罗生门》，让那个角落陡然熠熠生辉。掀开釉色温润的青瓷碗，在袅袅的香气里，便像在家的习惯一样，随手取过那本《飞鸟集》。

静静地坐着吧，我的心不要扬起你的尘土。让世界自己寻路向你走来。

我是秋云，空空地不载雨水，但在成熟的稻田中，可以看见我的充实。

……

这些清丽的小诗，没有标题，不受约束，自由自在。

饮完一壶茶水的时光，我读完了这本诗集，小草、落叶、飞鸟、星辰、河流——掠过眼前，对自然与生命的关系又多了一层体悟。愚者如我，终是看不破烟尘俗世，只求闲寄此刻，停下匆忙的脚步，给自己一杯茶的时间，停留在智者思想的火花里，思考中多一些清明。掩卷续茶，茶水已成琥珀色，原本滞涩的叶片也悉数舒展，绿意盈盈。人生何不似眼前的茶，经由滚烫的沸水，经由忙乱的沉浮，才会释放生命敛藏的春色。

风穿堂而过，秋雨欲来，街上草木花枝摇曳，风卷起岁月的尘埃，落入街头那口古井。那口古井，唐人饮过，宋人亦饮过。世事更替，山河变迁，小街如昨，温婉娴静。杭城山水依旧，包容大气，演绎着荡气回肠的情，治愈着千古兴废的痛。

别小街，过运河大桥。滔滔河水自桥下汹涌而去，没有带走一片云彩。读到被雕刻在桥栏上、元人尹廷高的诗句："北关门外柳青青，闲寄江南第一程。别酒未阑山鸟唱，短篷撑梦过临平。"

"短篷撑梦过临平"，闲寄此刻，千古共情，是诗人与我的福气。

眉眼盈盈处

眉眼盈盈处

我们站在泾县汀溪如诗的群山里时,斜阳正从四周的山顶上,以五彩琴弦的形态洒落到五月的郭冲。郭冲村白墙红瓦的农舍、清澈见底的郭冲河,都被镀上了一层透亮的光芒。

高大的枫杨、婆娑的垂柳,如护河的卫士分立在河道两岸。青山为屏,长河如带,护坡上绿草茵茵。我们踏着红砖铺就的游览观光步道,在水保公园灌木摇曳的光影里,沿郭冲河逆流而上,欲赶在日落前登上九里岭,好俯瞰郭冲及漕溪河小流域水土保持综合治理工程的全貌。

村庄在左,郭冲河在右,修竹掩映的院落安详静谧,三三两两已吃过晚饭的老人,正健步走在通往山里的宽阔的水泥路上,与远隔了二十五公里的泾县城的老人们一样,正同步进行着饭后的锻炼。我们的向导,外貌淳朴的汀溪乡水利水保站站长程刘发,一路热情地与熟识的老人们打着招呼,并颇为自豪地把我们介绍给他们:"这是远道而来的客人,来这看我们修的郭冲河呢。"

我拦住一位笑意盈盈的老人,上前攀谈:"大伯,哪座房子是您的家呢?"他一指路边:"喏,那就是!"我顺手望过去,那家院子里红的粉的月季开得正欢,蜀葵也高过院墙热切地向我们示意着,院子外的小菜园里蔬果初现,一片葱茏。

我说:"您家离河这么近,涨山水了怕不怕?"老人呵呵一笑:"姑娘啊,不瞒你说,过去一赶上连天的暴雨,晚上家里人都不敢睡觉呢,就怕山洪咆哮的日子。你们走的这条路,过去一涨水就掏空了路基,屡修屡毁,出村的路经常中断,有好几次,山水都漫到家里了,人畜遭殃,庄稼歉收。现在,国家出资兴修了郭冲河,你看,这河床宽阔,坡堤规整,一河水被老老实实地收纳着,流往汀溪河,流向青弋江,流向长江,水有了出路,畅快,人也就畅快了啊!"

远处,天边慈眉善目的卧佛山,似乎也含笑侧耳倾听着老者的诉说。

暮春时节的九里岭,植被丰茂,新竹滴翠,万木森森,有村落像捉迷藏一样深藏在绿树浓荫里,家禽如野鸟一般在林间飞快地穿梭。我们攀缘的古道,是一条古时泾县通往外界的古道,从泾县城东三里店而来,过摇头岭、古坝,经郭冲,而达九里岭,再翻越丁王殿、战岭抵达宁国板桥。眼前的九里岭古道,已被因地制宜改建成景观休闲游步道,拾级而上,道旁的"汀溪兰香"已过了春茶采摘期。不管脚下的路越来越险陡,也不问"云深不知处",我们只顾循着南宋孝宗泾县县尉杨寅的诗句:"上下各九里,东西只数家。田横梯齿密,松列雁行斜。分镳争岭道,孤往接天涯。为我谢风景,何路不开花?"山高水也长,郭冲河在山谷间清脆叮咚，潺潺涓涓，一路伴随着我们。

泾县位于安徽省东南部，处长江中下游平原与皖南山区交界地带，境内群峰环绕，河流水系众多，自然环境优美，被誉为"宣纸上的山水画卷"。而特殊的地理环境也决定了水土保持的重要性。土生土长的程刘发一路自豪地给我们介绍着郭冲河—漕溪河小流域水土保持综合治理的意义所在。

汀溪乡处于长江三角城市群腹地，是皖南国际文化旅游示范核心区、省级现代农业示范核心区，境内的"水墨汀溪"为国家级 AAAA 级景区，皖南川藏线穿境而过。而漕溪河小流域身在其中，宛如一条流动的玉带，与美丽的皖南川藏线遥相辉映。被玉带环绕的生态田园、山水一体的宜居环境，是沿途一道亮丽的风景，令游客频频驻足。

而在治理前，因为汀溪山地面积较多，坡耕现象普遍，每年遇汛期时，山洪恣意汪洋，自然生成的河道蜿蜒曲折，淤泥厚积，两岸杂草丛生，致行洪不畅，且堤防大部分是土堤，被河水长期冲刷，造成局部河堤坍塌，不仅水土流失严重，还直接威胁到两岸人民生命财产的安全。为一劳永逸解决水患和水土流失问题，汀溪乡于 2019 年春天进行了项目勘测设计招标，聘请勘测设计单位完成了实施方案设计。

2020 年春末的一天，对于整个郭冲的村民来说，是一个前所未有的大喜日子，对于深爱家乡，深切关注民生、关注家乡发展的程刘发而言，也是一个终生难忘的日子。期盼已久的郭冲河治理工程在这一天开工了！这是山乡人民的头等大事，一直以来深受水患困扰的生活,有望得到彻底解决。在汀溪乡工作了三十多年,多年来一人身兼数职,现负责汀溪乡水利、气象等工作的程刘发感触最深。他深知乡村振兴离不开山水林田湖草水土流失的综合治理,美丽宜居的村庄必须重点持续实施水土保持工程,而只有扎实开展生态河道、生态清洁型小流域的综合治理,打造"一村一景""一村一韵""一村一品"水保生态产品,才可以持久助力乡村生态宜居和产业振兴。

他清晰地记得,1999年,洪水肆虐,村民丰收在望的农田被淹没,道路毁坏,房屋受损。台风"海葵"来袭,如注的暴雨引发的山洪,将一户村民低洼处的房屋一楼全部浸泡,一家老小胆战心惊地挤在二楼,眼巴巴地祈祷滔滔洪水快快消退。是程刘发和乡村干部们一起冒着危险,涉水救助,转移了这一家人。

水患的危害,大家看在眼里,痛在心里。宣城市水利局、泾县水利局的相关工作人员,曾多次来到汀溪乡,与乡水利水保站的同志一道,勘测河道,探讨并敲定综合治理方案。2020年冬,经过多方努力,历时半年施工,总投资七百五十万元的漕溪河小流域水土保持综合治理工程基本完工,完成水蚀坡地综合整治、疏林补植、清淤、生态护岸等一系列改造;并拦山筑坝、整修山塘,建造了美丽的水土保持生态公园。

如果说漕溪河小流域水土保持综合治理工程,是泾县水土保持工作的一张闪亮的名片,那么,我们刚刚走过的水保生态公园就是整个治理工程中一张名片中的名片,园林布局别具匠心,极具美学价值。我们一路行来,及至九里岭头,衣衫上还沾染着一身鸟鸣。那些鸟，在原生的枫杨与垂柳，栽植的桂花、香樟、银杏、紫薇、青檀、紫玉兰间欢欣雀跃不止，丝毫不因我们的闯入而慌乱，想必是习惯了与人友善为邻，人与自然亦和谐共生。景观鱼鳞坝、生态挡土墙与水环境的有机结合，以灵动的美感冲击着人的视线。水土保持法、水法、河长制及防溺水等法律法规警示宣传语，柔性地刻在河岸的景观石上，无声地推进着水清、岸绿、景美、河畅，维护着水利部授予的"全国生态清洁示范小流域"的美誉。

攀登上九里岭头，我们便与神奇的皖南川藏线相逢了。一路穿越崇山峻岭的"江南天路"，在与汀溪连绵的群山、生态田园完成"面与线"的结合后，便又义无反顾地朝着更险陡的山峰迈进。站在岭上人家宽阔的停车坪上回眸俯瞰，整个郭冲、漕溪村尽收眼底。郭冲河在夕阳的余晖里平滑如练，缓缓汇入漕溪河，再汇入更远处的汀溪河、青弋江。在综合治理工程的实施过程中，有一项重要内容，就是充分利用汀溪乡的地理优势，积极推进农业产业调整升级，统筹考虑治理区的经济发展。如今，远眺不再被水土流失困扰的郭冲河两岸，梯田错落有致，从山腰逶迤至河谷，梯田里栽种的乌桕、红枫等有秋色叶树种，即将为深秋的皖南川藏线再添一道亮丽的风景；新建的标准化良种茶园，气势宏大，绵延不绝，与青碧的群山融为一体；平畴沃野处，新型农业产业园整齐划一，火龙果、葡萄种植园里，已是春风激荡，硕果累累；田里深绿的庄稼，正泛着油亮润泽的光芒。

一路伴随着我们的程刘发，兴奋地用手指着远方，不停地给我们介绍着，引领着我们迷醉在山水画卷里。

　　这位深深热爱着大山的憨厚的山里汉子，把最好的青春年华献给了汀溪山乡。他一直致力于农业农村的发展工作，多次被泾县县委、汀溪乡党委评为优秀共产党员、先进工作者，在身兼数职的同时，还义务为"养在深闺人未识"的家乡做宣传推广。他先后在各类自媒体及报刊发表《请来郭冲寻乡愁》《美丽汀溪欢迎你》等几十篇文学作品，把美丽汀溪的青山秀水、风情风貌、民间传说推送到外面的世界，并撰写《生态水利扮靓美丽乡村》等多篇介绍漕溪河小流域治理工程的通讯。建议漕溪河小流域治理的一百八十多个日夜，从村民的农田土地征用，到参与技术审查、制订可行性方案报告，他一直身在其中，协调、解决着各种难题，并在后期投入使用的维护管理、宣传督导中，积极地发挥着他的光和热。下山时，他还如数家珍地告诉我们，近年来，漕溪河小流域生态文明建设得到了社会各界的充分肯定，汀溪乡先后荣获了"国家级生态乡镇""全国休闲农业与乡村旅游示范点""全国生态茶园示范基地""安徽省森林城镇""安徽省美丽乡村重点示范村"等荣誉称号。

　　他如一只杜鹃鸟，亦是一株摇曳在春天山岩上的杜鹃花。杜鹃花与鸟，滴成枝上花。

　　水是眼波横，山是眉峰聚。欲问行人去那边？眉眼盈盈处。

才始送春归,又送君归去。若到江南赶上春,千万和春住。

凝望远山如黛,长河潺湲,宋朝诗人王观的这首《卜算子·送鲍浩然之浙东》最能表达此刻的心情。

山岚渐浓,远处散落在青山绿水中的隐隐的村落、点点的房屋,有如神仙的画笔在这幅山水长卷上神性的勾勒。夜幕渐渐降临,她们枕着轻柔的郭冲河进入梦乡。

吴根越角品西塘

莽莽撞撞闯入西塘,没有任何计划与攻略,只为了心心念念的向往,和一种莫名的前世今生的牵挂。

车抵西塘,已是黄昏时分。迎面一座高大的古色古香的牌楼上,"吴根越角"四字在暮色中依稀可辨,一下子就让你触摸到了千年吴越跳动的脉搏。

据查,西塘曾是历史上春秋时期吴越两国的相交之地。相传吴国国相伍子胥兴修水利,引渠至此,史称"胥塘",因吴侬软语中"胥"同"西",故得"西塘"之名。后居民沿河建屋,临河而市,便利的水运在唐宋时期逐渐形成了繁华的商贸,并延续至明清,至现代。虽久经沧桑,小镇却风貌依然,鲜活在江南的烟水晴岚里。

暮色渐浓,华灯初上。那星星点点依次亮起的灯笼,灵动的河流两岸,影影绰绰飞檐翘角古朴的民居,如一位风姿绰约、温婉动人的女子,撩拨着人的心房。我自是迫不及待地想要去掀起她神秘的面纱,好一睹芳容。

把行李拖进一家名为"云朵"的沿街临河的客栈,房主扔给我们一串钥匙就走了,在西塘拥有一间独立的屋子是我不曾料到的惊喜。我爬上二楼的房间,推开画窗的一刹那,才发现比拥有一间屋子更富有的,是拥有了整座西塘绚烂的夜景和苍茫天宇间一弯待满的月。

一条宽宽的河自窗下柔柔地流过,月影、灯光与河水交相辉映,绚丽多姿,流光溢彩。恍惚不辨何在天,何在水,何悬廊檐。"卿月花灯彻夜明,吟肩随处倚倾城",想必此月此灯此景,应似明朝那个诗人邀友的夜晚吧。

而融入西塘的夜色,仿若是走近了一位婉约又现代的女子。鳞次栉比的商铺,酒吧一条街摇撼的音乐、弥漫的酒香,以及屋内迷离的灯光、飘忽的魅影,吸引着众多寻求释放的灵魂。

而我只迷醉于她温婉深厚的底蕴。西塘因水而灵秀,漫步在河溪交汇的岸边,听河水潺潺,沐河风沁凉,看串串的灯笼与水相连。你尽可信步闲逛每一条横街直巷,不必担心会被河流拦住去路,大大小小的石拱桥将东西南北岸连接贯穿。凭桥远眺,如诗如画,恍若桃源琼楼。

偶有渔船自远处悠悠而来,"吱呀"的摇橹声和船尾在风中摇曳的渔火,又自桥下渐行渐远,温馨而从容,仿佛听见历史的脚步正缓缓自身边而过。

众里寻她千百度,千年西塘,在今夜灯火阑珊处。

在初遇时的惊艳里意犹未尽,枕河而入恬静的梦乡。当最后一盏灯笼熄灭时,晨曦微露,我便悄悄地下了楼。西塘还在梦中,没有醒来,一切都是静悄悄的。昨夜的绚烂仿佛是虚幻的梦境，只有河水轻轻缓缓地流淌。岸边绿柳依依，又闻"吱呀"的摇橹声，有赶早往码头去的乌篷船自身边溯河而去。慢慢徜徉在胥水岸边，如同行走在一幅立体淡雅的水墨画卷里。

临河的烟雨长廊，是西塘在所有古镇中最独特的景观。江南多雨，相传廊棚是明崇祯年间，一位乐于行善的老掌柜，为给路人遮阳挡雨而搭建的。后来沿街的商户们纷纷效仿，于是一条长长的紧密相连的护街廊棚，傍着小桥流水，出现在江南的烟雨中。

可怜这一条长廊、一蓑烟雨，曾牵动多少游子的衷肠，平添多少魂魄里那缕剪不断的乡愁。

不然那一阕阕的《梦江南》因何而发？

不然哪有"碧柳丝丝垂旧事，为谁摇落为谁眠""昔年旧宅今谁住，君过西塘与问人"的惆怅？

那一扇扇幽谧的木门内，又曾演绎多少痴怨的过往？不然何来"小院真情休莫问，岂与花事竞风流"的遗憾？何来晏几道的"梦入江南烟水路，行尽江南，不与离人遇"的离愁？

慢行于绵延不绝的长廊，穿越着一家又一家幽长的弄堂，廊柱耸立如幽深的历史。跫音轻叩在苔痕淡绿的青石板上，心中竟溢满了如朝圣般的虔诚与敬畏。历史如江南易生易消的烟雨般缥缈，而我在时光的无涯中，在此时此际，在这样一个清幽美丽的清晨，恍若来践前世之约，独揽专享着这一刻的西塘。

窃喜我何其有幸。

而西塘，也会因我的有情和有觉而同幸吧。

方塘四帖

静秋渐离，时令至深，冬便要开始登临大地的万水千山了。多绿的江南，山色蓊郁的江南，即将进入多彩的世界。山，正以无穷的魅力召唤着我。孔子登泰山而小天下；李白"独坐敬亭山"，在大自然中寄他旷世的孤独；"我见青山多妩媚，料青山见我应如是"，垂垂暮老的辛弃疾，只能自我安慰与碧翠群山还"两情相悦"。可见山自古便与中国人的情愫结下不解之缘。我知道，我的血液里也流淌传承着这样一种无解的情结与深深的眷念，对山的向往始终不泯不灭，不淡不减。

恰逢周末，山的深处的方塘有约，欣然而往。

江南天路

宁国市方塘乡，地处全长有一百多公里的"皖南川藏线"中部。欲达那座神秘的山中小镇，必穿行这条以曲折险峻著称的"江南天路"。自驾从这条闻名遐迩的路线进山，是我期待已久的。出发前曾有老师用担心的口吻问我："你能行吗？"我一扬头："行！"

山城宁国，四面环山。出城不久，即见一入山的指示路牌，双车道的柏油路面一路蜿蜒向前，幽深静谧，引人入胜。虽是深秋，但道路两旁茂林深篁，四季常绿的阔叶林还苍翠挺拔，仿佛还没有被秋风临幸。只有偶尔掠过车窗的已红透的枫叶、金黄的银杏，以及红黄杂陈突兀挺立在路边的高大的乌桕，正以无限的韵致在诠释着季节的味道。那生命最后的颜色，竟是如此的惊艳绝伦，华美尊贵。初冬的阳光里，每一片叶子都傲然不屈在枝丫间，透着光亮的脉络分明。即便被风带走，也优美如蝶般从容。

　　山路弯弯，许是初入山，山道远非想象中的险峻。峡谷幽长，时有农田、村舍、山溪自身边溜走。山忽而在前，忽而在后，触目所及是山，峰回路转是山。越往山的深处，便越能体会季节的扭转，不过一段路的距离，山里与山外已然隔了几度秋凉。

　　眼前开始变得五彩斑斓。

　　这个动植物的天堂，树同树虽然蒙络摇缀、参差披拂，但是有的树叶即将凋零，有的还郁郁葱葱。远远望去，墨绿与深红浅红、碧翠与明黄淡黄，还有橙、紫、酱等各种无以描容的颜色，毫无违和地糅合在一起。每一座迎面而来的山峰，都似一块巨幅的油画，车就如行在画中。比起油画美的抽象，眼前的山才是真实的美、立体的美、动感的美。

　　摇下车窗，即有空谷流动的山风亲吻拥抱过来，有欢快的云雀倏然自车前飞过。车时而行进在谷底，傍着山间的潺潺溪流；时而盘旋在山腰，左眼鸟瞰烟波浩渺的青龙湾，右眼阅过冷峻的万丈壁崖；时而穿越柔情婀娜的翩跹竹海；时而于百转千回处又见苍森峥嵘。山路渐行渐高，弯道也越来越急。

有宁国本土歌者描摹："一百零八道曲曲弯弯，这里是云上的天堂。"我脑海里却始终浮现李白上蜀道的那句："百步九折萦岩峦"。好在一路有惊无险，路一直依山而绕，临崖的一边有高高的护栏。但是在这里驾车的刺激与快感，是在城里笔直平坦的大道上体验不到的。

"无限风光在险峰"，不入险峰，焉知峰的奇、秀、险；不入深山，哪得空谷幽静如处子，烟岚清新荡浊喧。

爱进山的另一个理由，是耳畔总萦绕王维山水诗里滴落的清音，是因魂里梦里与一石一叶蕴积的深厚的情意。

上坦古桥

黄昏时分在一个叫"上坦"的古村落闲逛。晚霞正晕染着收割后的稻田，洒下一地金黄。很奇怪这举目皆山的地方，竟然蕴藏着这样一块平坦开阔的田野。据闻在历史上曾有"小小宁国府，大大上坦村"之说，鼎盛时期方圆约一公里的上坦村，竟有两个当时的宁国县城大。

不远处的农家炊烟袅袅，新农村已不见昔日繁华稠密、店铺栉比的景象，静谧安逸一如新生的婴儿。村口那座古朴厚重，建于明朝万历年间的"上坦桥"，如一沧桑慈祥的老者，巍然屹立在落日余晖中。桥下河床内蒹葭苍苍，水枯石白；远处群山莽莽，朝烟夕岚变幻无常，它自岿然不动。新新旧旧的青藤爬满了它褐色斑驳的桥身，平添了几分迫人的古寂。

文友们纷纷驻足留影，巍巍群山作背景，斜阳流云为衬托。忽然想起，桥是我们眼中的风景，但千古悠悠，那些桥曾熟悉的跫音呢？早已消失在历史的长河了。今天的我们，注定也只是桥上的匆匆过客。我很想对这一刻的快乐与这一生的拥有说一声："感谢！"

离开时，冬日的最后一缕残阳已没入西边连绵的山脉，东边的峰顶渐有月白的光晕。不远处可承载现代车马的新桥，在暮色中，安如磐石。

月在世京园

收留我们的是一处叫"世京果园"的山中民宿，据悉是国家级 AAAAA 级休闲农业与乡村旅游示范园区。

山路崎岖，夜色无边，路边偶有山里人家，也是早早就关门闭户。跟随带队车辆七弯八拐入山深处，在群山环抱的峡谷间，忽见前方豁然开朗，屋宇鳞鳞，园内灯火通明，饭食飘香，人声鼎沸。主人出门热情相迎，一路上的寂冷瞬间被人间的温情融化，恍然间又以为误闯了世外桃源。

木屋餐厅的二楼早已为我们备好了丰盛的农家晚宴。在众多色香味俱全的果园生态美食中，我独具慧眼相中了一盘"橡栗子豆腐"，柔糯油亮，红椒青蒜佐以褐色的豆腐，色相精致到如女人出门前细心的装扮。啊，这着实是山里特有的美味。记得幼时，外婆与母亲为了改善家里顿顿青菜萝卜的窘状，常常在深秋染霜时节，上山去寻找已成熟落地的橡果，回家剥壳漂洗，用石磨碾浆，制成独具风味的橡栗子豆腐。每每食之，便觉珍贵无比。这汲取山岚之气，得霜华夕露滋润的美食，状如凝脂，入口爽滑，柔绵富有韧性，细细品食略带淡淡清苦。吸溜一口下肚，熨肝帖肺；二口，可涤现代富足生活的酒肉之腻；三口，乡愁已悄悄在心底泛滥。

以果园为特色打造的世京果园，不单单是有四季可赏的不同的美景，四季可摘的漫山遍野的水果，就连宿客之所，也全以果树命名。依山而建的精致客栈，或以石垒壁，或以木代砖，无不小巧玲珑，内设一应俱全。入内，既可享受身处都市一般生活的便利，又有回归自然的禅意，实属匠心独具。我们下榻的那一间位于"樱桃园"内，宁国自古出窑货，"樱桃园"除了樱树掩窗，窗前的小池塘边还一溜摆放了许多形状不一的陶瓮。瓮内均植莲藕，残荷折茎在徐徐晚风中余韵犹存。我知道我已错失今春的桃夭李艳、樱花似雪，已错过夏令芰荷的清香，再不能错失眼前的清秋之奇了。掀开窗帘，但见对面山峰月华如练，遂信步出了门去。

穿过园门口的葡萄架，沿着一汪半池碧水半池残荷的塘，缓步踱出园去，月已在天心，凛冽而莹莹然，冷冷月色如雨接天连地，密密匝匝倾泻而下。我每走一步，都仿佛游荡在水中，月色自身边氤氲四散，又迅速聚拢将我裹挟。四周山影绰绰，亦飘忽恍然。有些美，如山中月色，竟美得让人心生惶然。山风簌簌，松涛阵阵，塘内有大鱼拍打着水花，这些声音，才让我从被山月渲染的人间的另一种格调中缓过神来。想起余光中的《满月下》：

"满地的月光，无人清扫，那就折一张阔些的荷叶，包一片月光回去……"

"包一片月光"往回走，园子已入睡，寂静安宁。唯见园的入口处，一白墙黑瓦的屋子还亮着灯，门口悬挂着"方塘读书吧"的牌匾，透过雕花的窗户，竟见书陈列了满墙满架。书与灯火，终比月色可亲，可我还是忍不住回望了一眼高悬在苍穹的冷月，它亦看着我茕茕的身影进了樱桃园。有一首诗：

　　山中何所有，岭上多白云。
　　只可自怡悦，不堪持赠君。

我擅自篡改成：

　　山中何所有，松间月如莹。
　　君若有所念，但赠教心明。

红杉林之晨

明明当身处尘世的喧嚣处时，还要靠一遍遍的闹铃才能叫醒慵懒昏沉的神经，可在这寂静的连屋檐滴露都历历可闻的清晨，我竟早早就醒了。我知道唤醒我的是四周的松岚之气，是大自然的清新气息，气爽神自清啊！

世京果园在睡梦中，静悄悄的，我和"蒲公英"便驾车前往两公里外的著名网红地——"方塘红杉林"，它是此行方塘的一个最令人心驰神往的自然风景区。凭着摄影师专业的敏感，她料定清晨的红杉湖一定有她想要的摄影画面。

早已有来自各地的摄影爱好者们，"长枪短炮"，无人机居高临下地俯瞰着湖面，静候日出雾散的那一刻。我是摄影外行，正好可闲闲观景。

一湾浅浅的湾流仿佛自天边而来，与远处的山接壤，与天连片，几千亩落羽杉密密集集地生在水中。晨曦中的湖面雾气弥漫，四面那一些秀丽的山峰竟似云中仙子，雾如纱幔，或在山顶，或缠山腰，飘逸灵动。莽莽群山恍如蓬莱仙境。

东边那座最高的山峰渐次被光亮笼罩，一轮红日一点点跃然呈现，挣脱最后一丝束缚的刹那，照彻寰宇，又透过薄雾向湖面投下一串长长的光影。山间的雾纱在阳光下，丝丝缕缕曼妙飘散，湖面还有氤氲的薄雾蒸腾。落羽杉的秀美终于完全在眼前展开，那一抹惊艳的红，在初冬的艳阳下，由远而近，自成诗行，摄心夺魄。

借来一支竹筏，向湖面更深处漫溯。左岸是列兵一般的红杉，右岸是层林尽染的群山，眼前是迎面而来又飞逝而去的雾幔。还有一群如遇故知的白鹭，始终追逐着我们，在头顶盘旋。

竹筏折返时，阳光已经充足而明亮了，湖面雾气散尽，山的倒影、树的倒影在清澈明净的水面上，层层叠叠，了了可见。

岸上游客渐多，镜头纷纷对准了湖面上我们的竹筏。我知道，我也成了这画中的风景。

水 东 行

初闻水东，是还在上小学时，村上来了俩挑着担子的姐弟，口里吆喝着："卖枣儿哪，卖枣儿哪！"女人们夹起手中纳着的鞋底，孩子们放下写作业的笔，陆陆续续地将姐弟俩围住。那是小小的我的人生经历中见到的最新奇的事情，篾箩筐里的枣儿似小灯笼般圆润饱满，黄里透红，全然不是我印象中的枣的样子。然而比枣更好看的，是姐弟俩。弟弟清秀如戏台上的书生，姐姐就像一朵含苞待放的牡丹花，白皙的圆脸上，一双含笑的大眼睛顾盼生辉，微翘的嘴角旁生着一对迷人的酒窝。可想而知，这样诱人的枣儿，和这样一对人让人心生怜爱的璧人，肯定很受大娘大婶们欢迎。筐里的枣儿很快就称得见了底，有人问他们从哪里来，答曰：水东。

水东，从此在我心里烙下深深的印记，无限神往。不知那是怎样的一方灵山秀水，能育出那么脆甜的大枣，能生出那样绝色佳人。

时隔多年，终于有幸在四月的芳菲中，和朋友们相约，一同去探访千年历史文化古镇水东，得以近距离地扑入她敞开的怀抱，而她在我们面前，亦如一幅徐徐展开的美丽画卷。

水东，因居宣城市的母亲河水阳江东岸而得名，古镇依山傍水，始建于唐代，兴于明清，迄今已有一千三百多年历史，曾是明清时期重要的水运码头。老街遗留的种种痕迹，无言地诉说了她昔日的芳华。鳞次栉比的商铺、青石板上悠长的独轮车辙、当铺街厚实而斑驳的马头墙，皆是一种古旧，几多沧桑。狭窄幽长的青石板巷让人想起戴望舒的《雨巷》，如果在飘着迷蒙细雨的天气来造访，再遇见诗人，我也许就成了那个丁香一样的姑娘。迈进庭院深深、气势恢宏的大夫第，即有一种历史的厚重感荡胸入怀，好在阳光亮堂堂，从回形的天井洒落下来，但两只绕梁的燕子，倏然轻盈地飞跃了天井，竟又生"旧时王谢堂前燕"之感。

在老街，还有一遗留"贵胄"：十八踏御井。一个"御"字，即证明了它曾经非凡的经历。相传当年乾隆皇帝南下江南，微服至古镇码头，有热情好客的村民取自掘深井中的井水赠饮，井水清冽甘甜，龙心大悦，于是赐名龙井。御井尚在，井壁四周苔藓厚绿，井水清澈见底，五道井像五道梯田，井水依势潺潺流淌，井边农户家的几棵枣树，刚刚开始在四月的和风艳阳里吐着新绿。我不禁想起唐代诗人沈佺期的《古歌》："玉阶阴阴苔藓色，君王履綦难再得。璇闺窈窕秋夜长，绣户徘徊明月光。"

如果说山有阳刚之气，水就有阴柔之美，有水的地方才有灵气，水东就是这样一个左手挽山、右手执水的地方。不远处的水阳江如同一条巨幅的白绢，曲折蜿蜒从镇西流过，千百年来滋养着一代又一代勤劳智慧的水东人，滋养着枣树林。顿悟，我幼时见过的卖枣姑娘和她的枣，为什么那么美、那么甜，姑娘像枣一样圆润、水灵，枣像姑娘一样甜蜜、饱满。

老街的南边，还巍然耸立着一座建于19世纪的圣母教堂，虽历经风雨，但仍然气势雄伟，走近前去，立刻感受到了一种浓厚的宗教氛围。静坐其间，仿佛回归了母亲安静的子宫，世间的纷杂倏然烟消云散，只剩下一个不太真实的自我。

与教堂仅一街之隔的，是老街西边建于唐代的宁东禅寺，寺内香火缭绕，千百年的古木掩映着红墙黛瓦，幽静神秘。一中一西，佛教与天主教遵循着各自的信仰，延续至今。小镇兼容并蓄的胸襟，由此可见一斑。

主街的横街上，有皖南皮影戏传承人何泽华先生设立的皖南皮影戏博物馆，收藏了清代以来的各式皮影万余件，完好地保存了几代人的记忆。皖南民俗博物馆内，大到百余年前描龙画凤的木雕床，小到三寸金莲的绣花鞋，无一不在诉说着一件件被尘封的故事。

回望老街的飞檐翘角、雕梁画窗，和坐在乌黑的条石门槛边晒着太阳的神情安详的老人，顿生一种时空的错觉，仿佛街市正忙，茶楼、酒馆、当铺里人头攒动；卖枣的、卖书的、卖茶水的，吆喝声此起彼伏……

依依惜别老街，在午后灿烂的阳光中，我们去寻水东的新画卷。

"金山银山，不如绿水青山"，除了做好保护千年古镇遗留的明清老街，水东镇还正在致力于打造"一叶，七花，金道银廊"大景区。全镇植被丰富，放眼远眺，满目青翠葱茏，美丽乡村建设因地制宜，保持原生态美景。在前进村村口，我们邂逅了十里"金道"上的三棵千年古银杏树。一千年的树，见证了多少荣辱兴衰，历经了多少风霜雨雪，依然苍翠挺拔，充满勃勃生机。忍不住拥抱一下它斑驳坚硬、雕琢着岁月痕迹的树干，任它华盖一般垂下的绿叶轻抚着我的脸颊，我想让它记住这一刻我来过，一千年以后，也依然记得。

离开时已近黄昏，车行至群山环绕中的前进村，寻一农户民宿"万福楼"住下，民宿依势而建，居高临下，可以俯瞰整座村庄，与对面高高的山峰遥遥相望。夜来山村分外宁静，夜幕黑得纯粹，星星格外明亮。立于阳台，大有"手可摘星辰"之感，又"不敢高声语，恐惊天上人"。不忍早睡，与同行好友青下了楼去，缓缓漫步在村庄干净整洁的路面上，却隐隐听到不远处有音乐声，循声而去，原来是几个女子在自家宽阔的场院里翩翩起舞，见到我们便热情相邀，我和青欣然加入。这是一个释放的夜晚，尽管我的舞姿笨拙，可是丝毫不影响我的快乐。恰逢农历十五，月亮从东边的山顶一点点跃然而出，明亮而圆满，我们在月光下尽情地舞着，大嫂们一步一韵，舞姿轻盈娴熟，怡然自得。可见山村虽远，但她们离城市文明并不远。

台湾作家张晓风曾在她的文中写过"人不到山里来，不到水里去，才叫活得冤枉"，诠释了她亲山乐水的人生态度。生活在喧嚣的城市中，我们需要适时寻一方山水，亲近自然，释放一下烦躁与压力，沉淀一些虚浮与功利。

回来的时候，云在青山月在天，夜色安宁，只觉心清气爽，通透豁达。

一夜无梦到天明，在啁啁啾啾的鸟鸣与鸡犬声中醒来，推窗但见周围山峰隐约，晨雾如纱弥漫，如坠仙境；又似面临一幅泼墨的山水画，一时不辨身在何处，今夕何夕。

眉眼盈盈处

风从林海来

出宣城往南，车行三十余里即到杨林林场。本来与友人约好了，去林场的管护站看日出，但我们忽略了夏季的大长天。待弄清楚林场的日出时间约在清晨的五点时，已然发现我们出发的时间偏晚，已赶不上太阳在挣脱群山时溢彩流金、照彻寰宇的那一刻。

实际上出城不久，左侧应已是面积辽阔的宛陵林场地界。山丘一直在车窗一侧连绵起伏，路基下少数的村庄的农舍、农田，被葳蕤的草木掩藏着，偶尔也见连片的荷塘中有白色的荷花在清晨的凉风里快活地招展。我们顾不上接住荷花抛来的媚眼，心中只盛满"江南塞罕坝"那一片葱茏的青山；只向往着，登上林场深处前进队管护站瞭望塔上，心旷神怡的那一刻。

或许是进山的心太急，又或许逶迤的群山挡住了 GPS 的信号，我听从导航的召唤，提前驱车驶离了 104 省道，在越过一片稻田、农舍后，便顺着林场巡山的机耕路，一头扎进了林场绵延的青山。山并不险，小山岭低回蜿蜒，山路因地制宜环绕，从山脚至山腰，如同护林人开垦的河流，山有多远，路就有多长，偶有被山洪冲刷的沟壑,也有修过的痕迹。山路弯弯,仅一车可行,然而我们并不胆怯,这一代又一代护林人的大脚踏出的"河流",让人踏实、心安。我把车开得很慢,顺着这条"河流"徜徉在碧翠的林间。车窗外,湿地松高耸入云;新长成的竹子如毛愣愣的少年,修长的身躯上还扑着一层毛茸茸的白粉;阔叶的香樟、玉兰等乔木郁郁葱葱,在初升的太阳下泛着油亮的光泽。百鸟鸣啭,清脆如雨,滴落进我们的车窗,滴落在矮层灌木油绿的叶子上,又顺着叶面万千清亮的露珠,滚落在腐殖质厚沃的地面。

天空蓝得透明、无瑕。清凉的空气里,占据绝对主导位置的,是松木的香、松针的香、香樟的香;其次是新竹的香、杉木的香、檫木的香、木荷的香、巴茅的香。各种香味混合在一起,是一罐大自然才有本事调制的特别浓郁的香水,叫人恨不得多生一对鼻孔,好把这四海八荒的香气多吸些入肺腑。鼻孔是没有本事立即生出来的,只好摇下所有车窗,把这奢侈的令人迷醉的香气装了个满。忍不住停车,几个人索性下了车来,心甘情愿地迷失在这荒野林间,嘻嘻哈哈地让自己沐浴在这香气里,期待走出山去,发肤裙裾,皆有被大自然晕染过的气息。

来之前,只从数字概念上获知,这个天然大氧吧每立方厘米的负氧离子含量接近一万个,是我们久居的城市的二十倍。及至置身其中,才知道这个数字的意义所在。它神奇到能把我们的身体打开,我们像极了一只只从城市里逃奔而来的蛹,在山中一一打开并丢弃红尘里那些沉重束缚我们的茧,渐渐地,身心恍若成蝶，生命轻灵至初始的状态。我们为每一阵扑面而来的山风而欢呼，为每一群被我们惊起的山雀而惊喜，为每一簇新抽穗的雪一般的芒草而诗心盎然。山路蜿蜒，时而爬坡，时而下岭，我们只一意往林子的更深处去，全然不顾已迷路在这个叫栗木岗的山岭间，不顾早已偏离要去的目的地。我说反正阳光已铺满树林，已错过瞭望塔上让人震撼的日出，只当栗木岗是大自然今晨对我们的另一种馈赠吧，大家一致赞同。

从栗木岗的山峦回到山下的村庄，才知道要返回104省道后，继续前行几公里再进山，方可抵达我们此行的目的地。我很得意这次迷路。我们总是循着既定的路线行走，一生能得几次误入一座山林，能得几次迷醉而相忘于循规蹈矩？如果每次都守着规矩走路，我们可能会顺利抵达终点，但亦会错失人生多少额外的风景呢？不得而知。就像在这个清晨，我们意外收获了一山的松香鸟语，邂逅了清晨的茅草和石菖蒲，还有它们叶片和叶尖上的凝露，这些冷然清绝的美，只属于自然荒野。更重要的是，我们还意外遇见了被打开的自己。

来领我们前往前进队管护站的林场人沈峰，耐心等候在山下的路边。林场人进山出山，都是乘一辆轻便的电动车。我们尾随着他，又一头扎进茫茫的林海。

林场地貌低缓，没有一座险峻的山峰，绵延起伏的丘陵，似大地母亲凹凸有致的卧姿，我们一直行驶在她富饶而温柔的怀抱里。空气里，还是浮动着各种草木蓬勃的清气，鸟鸣叽叽，似乎我们刚刚从栗木岗的梦境里走出来，复又进入另一个梦境。

然而登上前进作业队三层独栋的管护站楼顶,才是这场梦境真正的开始。一场声势浩大的绿豁然呈现在眼前。深绿、浅绿、浓绿、墨绿、嫩绿,各种绿层次分明又错综交织,接天连地,如一匹巨幅的绿帛,覆盖了大大小小高高低低的山丘沟壑。清晨柔和的阳光,为这匹远远近近的绿帛涂上了一层蜡质的光亮。

万木森森,林间的雾岚还没有完全散尽,似有若无,氤氲袅娜在芭茅初生的嫩穗上,让人分不清哪是芭茅,哪是雾岚。林木深深,除了枝头欢快的鸟儿,我还听见有机警的小兽,正撒开四蹄,从林下的枯叶上窸窸窣窣地跃过。

十八岁即进入林场的沈峰,今年已五十四岁,这位敦实的林场汉子,把人生最好的光阴都献给了这一片山林。他熟知山中四季,熟悉每一棵树的年轮。三十六年的时间,他从最初进场时从事砍伐、植树等林业生产工作,到现在担任护林员,无论是风霜雨雪,还是夏日炎炎,他都工作在山中。现在,他和另外四位伙伴身兼数职,更是每天都走在巡山的小路上,肩负着森林防火、资源管护、林业有害病虫防治、退化林修复、幼林抚育等繁杂的工作。天气晴好时,就乘一辆电动车;遇上恶劣天气,便只好徒步山中。他们的足迹,遍布了前进队管护站管护的1万多亩山林。

他充满深情如数家珍地告诉我们,眼前的杨林林场,只是宣州区宛陵林场下辖的高立洪、麻姑山、夏渡、青隐山等分场之一。总面积17.5万亩的宛陵林场,位于黄山余脉北侧,处于皖南山区与长江中下游平原的结合部,是安徽省经营面积最大的国有林场。其中国家级公益林、省级森林公园、国家级扬子鳄自然保护区、商品林，均以万亩衡计，活立木总蓄积量数目可观。

皖南，四季分明、气候温润。近年，国家林业和草原局确定宣城市为全国林业改革发展综合试点市，由于全市森林覆盖率高，先后获评全省首个省级生态城市、国家森林城市、国家园林城市。除了拥有得天独厚的优越的自然和地理环境，这一系列荣誉的获得，一代又一代锲而不舍、甘于奉献的造林护绿人也功不可没，宛陵林场不能不说亦起到了相当大的作用。

想起看过的一则央视的报道，有卫星数据表明，全球从 2000 年到 2017 年新增的绿化面积中，约四分之一来自中国，贡献比例占全球首位。学者们认为，原因是中国在植树造林和集体农业方面有突出的成绩。

扶栏远眺，我的眼中汪满绿色，我的心中亦储满绿色的深情。是谁当初垦下这几万亩的荒山？是谁在生态修复、资源管护、打击毁林、优化整合的护林路上奔走？是谁正在深入实施描绘"平安森林、健康森林、碳汇森林、金银森林、活力森林"的蓝图？是谁一直在坚持生态导向、保护优先、科学经营、持续利用的方针？

像沈峰他们这样的几代林业人。从 1959 年建场时算起，历时六十余年的光阴，他们有的已经老去，有的正信心满满接过前辈手中的接力棒，践行着"绿水青山就是金山银山"的发展理念，为创建现代化国有林场而不断创新思维和发展模式，推动建设智慧林场高效便捷的管理模式。把一些现代科技融入林场建设和发展中,在很大程度上提高了林业资源调查、森林病虫害防治、森林防火、野生动植物保护等工作。

山间的阳光很轻柔,山间的雨也急骤,山间的葱绿,是四季汗水的浇灌。

俯瞰浩瀚的林海,有风正从远处一片最高的树林顶上滑过。沈峰告诉我们,那是一片面积七千多亩、林业资源丰厚的国家战略储备林、国家公益林。一批材质优良的湿地松,栽植于建场初期,现在最粗壮的松树,恐怕一个人已经抱不过来了。

想来我们刚才误闯的,就是那一片林子吧。我偷笑。

较之于储备林的茂密葱郁,顺着他手指的方向,我们又获知,另外几座稍显疏朗些的山峦,是去年才完成的千亩油茶抚育和退化林修复。

他说,近年来,在护林护绿的同时,宛陵林场还通过林下养殖和林下中草药种植,大力发展林下经济,并推动毛竹、油茶产业化及培育绿化苗木基地,以实现资源共享、循环相生、协调发展的生态经济林业模式,并正在逐步摸索一条生态效益优先,保护和培养森林资源,实现林业产业生态化、生态产业化,走可持续发展的绿色经济发展之路。

清新的风正吹起这位护绿人丝丝的白发,吹着他黝黑的脸颊。山绿了,富饶丰茂;树高了,生机蓬勃。而他已不再是当初的青葱少年。一个人一生只致力于一件事,这种精神本身就是值得赞颂的,何况他、他们做的事业,可令一方百姓乃至整个人类受益无穷。我问他:"你把一生献给了群山,献给了林场,后悔吗？"他笑着回答："就像当年苏轼被放逐岭南时所作的那首七绝：'罗浮山下四时春，卢橘杨梅次第新。日啖荔枝三百颗，不辞长作岭南人。'这首诗，除了表达了诗人的乐观旷达，也有他对岭南风物与美食的热爱之情。我的坚守也一样，因为爱山，这林场的一草一木都牵动着我的心，我离不开它们，亦'不辞长作护林人'。"

那些层次分明、深深浅浅的绿呀，在清晨的阳光下沉静地呼吸着，溢出一种柔和、微小又庞大的声音，用心就能听得真切。没有护林人，哪有眼前这辽阔的"绿海"？站在瞭望塔上极目远眺，西边，是巍峨险峻的柏枧山，它伸出雄壮的臂膀，挽起东南如莲的群山，日夜守护着这一片绿海；北边，遥遥相望的是那座与李白"相看两不厌"的敬亭山，敬亭山下，林海连绵的尽头，是城市高楼，那一片钢筋水泥的丛林，在碧蓝的天空下隐约可见。料想这绿海溢出的充足的负氧离子，正随着初夏的风，源源不断地涌入那里，涌入千家万户的窗户和门内。如果她轻叩你的门环，请千万不要拒绝。

湘行心痕（三章）

楚地三湘，距离我所在的皖南，漫漫近千公里。它于我似乎是个遥不可及的地方，但是那积淀了深厚文化底蕴的岳阳楼、风光旖旎的洞庭湖、滔滔湘江，还有一个叫韶山的地方，却分明与生俱来，没来由地就驻在我的魂里梦里。人说："爱上一座城，是因为城中住着某个喜欢的人。"其实不然，爱上一座城，是为了城里一些生动的风景……

寻梦岳阳楼

既入长沙，岳阳楼自然不可错过，出了长沙城，车一路往北寻梦而去。我的心有些迫切，越是接近，便越是激动难耐，如同去会一位隔了几世未见的故友，梦里已见过千万回，模样虽朦朦胧胧，却感觉缱绻可亲。

岳阳古城西门的城墙根下，精致的江南式园林内，细水潺潺，万木已呈阑珊秋意，我却无暇顾及，步履匆匆，把《华夏散文》界的一干文友远远抛在身后。"予观"的是"巴陵胜状"啊！耳畔搜寻的是少时在学堂里一遍一遍齐声合诵的"阴风怒号,浊浪排空"的浩大声势;眼前欲觅的是八百里洞庭"衔远山,吞长江,浩浩汤汤,横无际涯,朝晖夕阴"的万千气象!

我的思绪悠悠而混乱,虚实莫辨,仿佛正在历史的长河中,穿越瑰丽的文化殿堂;又恍如自远古蛮荒纵马驰骋而来,一路风尘仆仆,历经了唐宋诗词的洗礼——那些悠远绵长、悲情哀恸、儒雅从容,看似已冥漠空无,却早已化精成髓,渗透融入我的每一根血脉、每一寸发肤了。仿佛刚路过杜甫的"浣花草堂",刚拜谒完王摩诘的"终南别业",这一刻,在历史与现实的穿越中,我来拜见范仲淹与滕子京的岳阳楼。

穿过玲珑精巧的"五朝楼观"景区,"唐、宋、元、明、清"便自身边一一掠过,唐宗宋祖律动的脉搏,倏然又在耳边清晰而喷薄。那长长的碑刻长廊,让我想起在早些年没有如今这样便捷的电子通信的时代,车站里斑驳的留言墙上,那些往来的旅人留给家人亲朋的寄语告知,那是芸芸众生的牵情挂意。而今天这长长的甬道,是天地间的一座驿亭,那些碑刻也是沧海桑田中的留言墙。这些好像还墨迹未干的或楷或草或篆或隶的碑刻诗偈,亦是历史的过客们在路岂岳阳楼时,昭告天下其或失意、或忧思哀婉、或把酒临风扬扬自得的心情。时光总是那么无情,文化却是这么温情,那些悲欢何尝没有触手可及的温度?何尝不是千古共通的咏叹?

登上古城墙的最高处,眼前豁然开朗,"北通巫峡,南极潇湘"的岳阳楼赫然在目。三层三檐的建筑,雕栏画窗,楠木金柱直冠楼顶,金黄色的盔顶形似古代将军的头盔,气势威武雄壮。

四角飞檐曲线流畅优美,远观整座楼,恰似一只意欲振翅凌空的苍鹰。不用一钉一铆,椽檩榫合,木构而成整体。倘无能工巧匠智慧的构造,历史或许就会少了一些精彩的华章,想来世间万物,虚与实、意与象,总是相辅相成。

已是初冬,楼前的那棵参天古木却依然枝繁叶茂、青翠葱茏,遒劲有力,似一位忠心耿耿的护楼使者。人间几度风雨沧桑,滚滚红尘未见轮回。敬问傲立天地间的这位华盖老者,可见过鲁肃登楼挥旗,指挥百万水师搅动苍茫洞庭的栖霞烟岚?可见过芦荻飞絮里小乔一袭红衫,翘首以待周郎归来?可见过苏东坡、李商隐、刘禹锡他们泛舟洞庭,诗酒抒怀?可见过青莲居士醉卧岳阳楼的憨态?在滕子京快马递送的《洞庭晚秋图》的一隅,那初洒绿荫的可是你?

及至三楼,推窗远眺,八百里洞庭水光潋滟,阔渺澄碧,如天地间一面巨制的明镜,映照着宇宙洪荒、古往今来,我竟在这面镜子里找不着自己细如尘埃的影子。

冬阳明媚而灿然,一径地洒向湖面。层层碧漪在风中微漾,几许洁白的流云自水天相接处随波舒展,柔软而圣洁。对面"君山岛"隐约可见,"一分山色九分湖",过往船只悠然而行,今日触目所及完全乃"春和景明"之秀丽。

浩浩汤汤,无边无垠。千载悠悠,这份秀色曾渡几多平庸的虚妄?这份宽阔曾渡几多凡夫的啼笑?却渡不竭"上忧其君,下忧其民"如炽如焰的赤子之心。双公祠内范仲淹与滕子京二位先贤把茶"叙忧乐"的雕像是那样凝重,瞬间把历史拉回到眼前。

有多少后来之人已记不住前人的琐碎之事，但"先天下之忧而忧，后天下之乐而乐"的崇高精神感天动地！梁衡先生在他的《一个永恒的范仲淹》一文中说："这声大彻大悟的慨叹如名刹大庙里的钟声，浑厚沉远，震悟大千。这一声大叹悠悠千年，激励着多少志士仁人，匡正了多少仕人宦官。"

还有一位落魄诗人杜甫，所作《登岳阳楼》虽没有范公的《岳阳楼记》那样的气象万千，慨叹如钟，其忧国忧民之思，读来亦令人心酸掩面：

昔闻洞庭水，今上岳阳楼。
吴楚东南坼，乾坤日夜浮。
亲朋无一字，老病有孤舟。
戎马关山北，凭轩涕泗流。

千古一梦，雁引愁去，如悠悠奔流的洞庭水，再不复至。只余不朽丽音佳句，有如金石丝竹，悠扬激越，穿越时空，直抵心灵，直击耳鼓；亦如幽兰陈酿，在冥冥中清香袅袅，历久弥新。

只余阳光的痕迹，一碧万顷，在湖面，在楼顶，在荻花飞絮间，在迎风的渔帆上，安恬而清逸。

夜访橘子洲

"荻花秋，潇湘夜，橘洲佳景如屏画。碧烟中，明月下，小艇垂纶初罢。"看来楚地自古便多荻花，这是五代词人李珣在隐居橘子洲时所描绘的佳境。

　　长沙的行程匆匆,但是自踏入三湘大地,有一个名字便时时萦回在心,挥之不去。一定要去切身体会一番毛主席当年"独立寒秋,湘江北去"的壮志豪情,去亲眼看看伟人眼中"万山红遍,层林尽染"的绚烂秋景。

　　从岳阳楼返回时已是华灯初上了,顾不得疲惫,和另外两位朋友便直奔橘子洲而去。

　　已是皓月当空,所幸上岛赶上了最后一班游车。敞篷的电动游览车载着我们傍着湘江缓缓而行,滔滔湘水几乎与岸齐平,距离我是那样近。近到我能嗅到它江潮涌动时的清新之气,近到我能听到它静静奔流时激荡的呼吸。虽是深秋,堤畔却垂柳依依,橘树还葱茏翁郁,江上薄雾氤氲,湘竹含烟,月色给万木涂抹上了一层蜡质的油亮。猜想芙蓉国的秋天是否来得更晚一些,抑或植被得湘水滋润,生命力便会更加遒劲茂盛些吧。

　　月在江心,一轮银盘化作万点金光随波荡漾。在岳阳楼上未得见洞庭湖上"皓月千里,浮光跃金,静影沉璧"的妙境,今夜竟在湘水之畔一览无余。

　　我忽然有些张皇不安,是那种如在生命中得到许多丰厚的馈赠后,不知如何安放和感激的惶惶然。遇见太好的风景,我一样视作是在攫取茫茫大海奉献的无边无形的美,我不知道,我该用怎样的虔诚与回馈,才能安然受之?

　　行将洲尽处,青年毛泽东的艺术雕像巍巍屹立在苍茫夜幕下,橘黄的灯光照彻他年轻英俊的脸庞,茂密的头发似在风中微微飞扬。那一双若有所思的炯炯眼眸，无论你从哪个角度凝视他，他似乎都在看着你，看着他曾搏浪击水的滚滚湘江，看着苍茫的远方，饱含深情、自信与希望。

漫步于橘子洲头，眼前变得更加开阔，隔岸的现代化高层建筑霓虹灯闪烁，流光溢彩，辉映着滔滔湘水。不远处的岳麓山在高科技光影的打造下美轮美奂，恍如人间仙境。

滔滔湘水啊，湘江号子已不闻，但三湘大地上岳麓书院琅琅的读书声、油墨的芳香、时光淬炼的人文精神、绵长的诗意、胸怀家国天下的豪情，却在耳在心，历历可闻。

苍穹如幕，但因一轮明月高悬，夜空就显得明亮而生动起来。

天地苍茫，橘子洲如一艘夜行在湘江的航船，载着楚地，载着中华民族。时代风云诡变，但洲头屹立的掌舵人熠熠生辉，充满了智慧与沉静的力量。

耳畔响起那阕毛主席在并不乐观的革命形势下所作的《清平乐·会昌》："东方欲晓，莫道君行早。踏遍青山人未老，风景这边独好。会昌城外高峰，颠连直接东溟。战士指看南粤，更加郁郁葱葱。"

"踏遍青山人未老，风景这边独好"，就是坚持这样不屈的信念，在沉浮中、挫折中，保持一种昂扬的积极乐观的精神状态和坚韧不拔的意志，一代又一代的掌舵人，历经一个世纪的乘风破浪，披荆斩棘，如今我们头顶的天已更高，脚下的路已更远，海已更阔。

有风拂面，江阔雾散。我已无初登岛时的忐忑，目光似乎更透彻了一些，脚步更从容了一些，内心更坚定了一些。我知道我应该用更加虔诚的态度去铭记、感恩、传承。

一群青春逼人朝气蓬勃的年轻人欢快地迎面走来，一色的校服，叽叽喳喳，上前询问，方知是附近学院的学生，每晚相约夜跑橘子洲。风清月白，一张张充满活力的脸庞，正是"恰同学少年，风华正茂"啊！

"世界是你们的，也是我们的，但归根结底是你们的……"，这是毛泽东1957年在莫斯科对中国留学青年的寄语。

"世界，曾是他们的，现在是我们的，以后是你们的！"我回首，看着已渐渐跑远的孩子们，在心里一遍遍重复着。

伟人故里访旧踪

到达韶山的那天早晨，天空碧蓝如洗，阳光一泻千里。韶峰连绵，青翠葱茏，流云在韶峰上空随性而舞，宛如嫦娥舒广袖。

韶山之地秀色无边，重峦叠翠。远观群山如水般优柔婉约，不陡、不险、不峭；近看无怪石峥嵘，山土松软肥沃，苍松挺拔，茂林修竹。山冲间平坦开阔，如履平原之地。往韶山冲去的路两旁农舍错落有致，鸡犬相闻，农田里越冬的农作物正在沃土里抽枝拔节，焕发着喜人的勃勃生机。

相传当年舜帝南巡，路过韶山，见此地钟灵毓秀，祥瑞隐隐，十分喜爱，遂奏乐抒兴，不想竟引得百鸟和鸣，凤凰来仪。本来因大兵来袭而惊慌失措的汉、苗二族的山民，闻乐亦纷纷弃器且和曲而欢。因这一与音乐有关的美妙传说，故得"韶"名。

就是这一方别样的山水，养育了一位改变了中国命运的伟人。

在秀丽山色间往群峰翠抱中缭绕寻毛主席故居而去，群山不语，那首主席少年时所作的七绝却在心头"余音袅袅"："孩儿立志出乡关，学不成名誓不还。埋骨何须桑梓地，人生无处不青山。"这是那位十七岁的少年作出了他一生首要的重大抉择。他不凡的气度与远大的抱负，独立不羁的品质，注定不只属于韶山冲，巨人的脚步属于万里河山，他必将踏醒沉睡的中国大地。

峰回路转处，一座南凸北"凹"型泥墙青瓦的农舍，在茂竹翠松的掩映处映入眼帘。门前的梯田里依旧是麦苗、油菜，绿油油，翠滴滴。两处相连的清水塘，想来便是毛主席在回忆时多次提及的少时曾游泳嬉水的所在。一处绿水盈盈，周围松杉挺拔，垂柳依依；一处满池莲藕，在初冬的微霜与凉风中，曾经的满塘芳华虽已红褪香消，然风骨犹存，在韶山冲的冬日暖阳里，清峻凛然。

背踞青山，门临绿水良田，亲切得一如每个国人梦中的故土家园。

因历经岁月的摧残洗礼，故居内家具已所剩无几，室内陈列简陋简洁。进堂屋左拐，东侧屋内的灶台与火塘，一下就让你触摸到寻常人家的烟火气。灶台因主人长期的烟熏火烤，乌黑油亮，灶台上的碗茗炉烟似乎余温尚在。但与寻常人家不同的是，火塘的四周散放着几把木竹椅凳，这是还原了少年毛泽东自"出乡关"后，时隔十一年第一次回韶山，在此火塘边召开家庭会议，动员全家一起去闹革命的场景。那是1921年的冬春之交，在外求学和从事革命活动的毛泽东回到老家韶山冲，一家人围坐在灶屋里，就着火塘噼啪的火苗，毛泽东慷慨激昂地给弟弟妹妹们讲述革命的道理，要他们随他一起出去干革命，做一些"有利于我们国家、民族和大多数人的工作"。

当时的毛家在韶山冲有一些良田，大弟毛泽民还有很好的经商天赋，善于谋营生，但苦于兵荒马乱盗匪横行，只可勉强度日。但是要他抛家别业出去参加革命，他有些舍不得韶山冲的二十亩田，舍不得他创办的"顺义堂"，他惦记着与乡亲们还有一些因欠牛、欠粮、兑换票子等产业的债务关系。毛泽东说："你们不要舍不得这个家，为了建立美好的家，让千千万万人有一个好家，我们只得离开这个家，我们要舍小家为大家，舍自己为人民！"并开导大弟，强盗来抢，败兵来索，这不是一家一处发生的事，而是天下大多数人家都有的苦难，国难民不安嘛！只有改变国家的现状，天下的穷苦人民才能过上安稳的日子。

炉塘的火烧得旺旺的，映照着一张张兴奋而坚毅的脸庞，毛泽民他们的心中也热烈而亮堂起来。他们下定决心，听大哥的话，别人欠毛家的一笔勾销，毛家欠别人的，卖猪、卖谷子去抵消，处理好小家的事，毛家兄妹便义无反顾离开了韶山冲，踏上了一条艰难坎坷而又充满希望、充满光明的革命道路。

这个平凡而伟大的家庭，在后来腥风血雨的革命斗争中，为新中国的诞生先后献出了六条宝贵的生命。新中国不会忘记，人民不会忘记,他们分别是:毛泽东的遇害时年仅二十九岁的妻子杨开慧、四十七岁的大弟毛泽民、二十九岁的小弟毛泽覃、二十四岁的妹妹毛泽建、十九岁的侄儿毛楚雄及二十八岁的长子毛岸英。这些为中华民族解放事业抛头颅、洒热血的英烈,将永远活在历史的回音里。

炉塘四周的土坯墙上,和泥抹墙的稻壳麦麸还散发着谷物的脉脉清香;一间间卧房内叠挂得整整齐齐的棉被纱帐,似乎还留有主人的余温。粮仓、农具屋、猪栏、牛栏,墙根下的小菜园、东山头上的晒谷场,这些鲜活的生活场景已沉寂了一个世纪之久,却历历如昨,如同他们的主人,让人感觉生动而凝重,亲切又令人感伤。

1959年6月,曾在韶山的父老乡亲面前发誓,三十年内革命不成功不回韶山的毛泽东,终于回到了阔别三十二年的故园。抚今追昔,感慨万千,作《七律·到韶山》:

别梦依稀咒逝川,故园三十二年前。红旗卷起农奴戟,黑手高悬霸主鞭。

为有牺牲多壮志,敢教日月换新天。喜看稻菽千重浪,遍地英雄下夕烟。

"为有牺牲多壮志,敢教日月换新天",面对已少了亲人融融相拥的故园,主席没有泪水沾襟,仍作此决绝霸气的诗句。一个人只有拥有冲天的壮志、大无畏的牺牲精神,才会有如此的胸襟气魄。然而，故园三十二载的离愁别恨，柔妻幼子的魂牵梦萦，识字岭上罪恶的枪声，被亲人的鲜血染红的杜鹃花……这些切肤之痛，千古之憾，如何释怀？在得知妻子杨开慧，这位他最得力的助手、最亲密的战友牺牲的消息后，他痛彻心扉，言"开慧之死，百身莫赎"，并作词《蝶恋花·答李淑一》纪念：

我失骄杨君失柳，杨柳轻飏直上重霄九。问讯吴刚何所有，吴刚捧出桂花酒。

寂寞嫦娥舒广袖，万里长空且为忠魂舞。忽报人间曾伏虎，泪飞顿作倾盆雨。

而在得知毛岸英等更多亲人牺牲的消息时，毛泽东都会深深隐起心底的悲痛，轻描淡写地说："革命嘛，哪有不流血牺牲的？"只在深夜无人之际，老人家指间不灭的烟火，才会悄悄流露一些他深埋的情感。

斗转星移，时光变迁。故园的青瓦上霜雪融了又白，门前的荷花败了又开。毛泽东十七岁"立志出乡关"，在湖南第一师范学校求学时，便和蔡和森等人组织革命团体新民学会，接触和接受马克思主义并创建共产主义组织；1921年7月，出席中国共产党第一次全国代表大会，后任中共湘区委员会书记，领导工人运动；到1927年8月在中共中央紧急会议上提出"枪杆子里面出政权"的思想，以革命武装夺取政权的思想领导秋收起义，接着率起义部队上井冈山，以"星星之火，可以燎原"之势，继续漫长的、艰苦卓绝的革命征程。无论道路如何艰难，毛主席及无数老一辈无产阶级革命家，始终不忘初心，高擎信念的火炬，以顽强的意志与不妥协的精神，引领中国革命取得一个又一个伟大的胜利。

无数英雄牺牲小我，换来今天民族的解放；无数先辈进行改革开放，走中国特色社会主义道路，让久经磨难的中华民族完成从站起来到富起来再到强起来的伟大飞跃。

今日韶山，天朗气清，冬阳和煦，清水塘横波凝睇，韶峰聚眉含情。有一些名字，在山巅水涯，在血脉心间，那么亲，那么近。

后记

我是故乡的一株植物

——谨以此书献给我的父亲、母亲和所有匍匐在粗粝大地上的人

    为这本散文集取名"油桐光阴",是自始至终没有改变过的想法。油桐是家乡皖南的一种具有代表性的作物,尤其是在上世纪七八十年代,在我的童年和少年时代,它生长在家乡的沟壑山岭。五月,桐花似雪,开得浩荡而繁密,让山村平凡的日子多了些浪漫和柔情。然而我的父亲母亲是看不见这些美丽的,他们在油桐树下来来去去,辛勤地劳作,打理茶园,抢种庄稼。只有到秋天桐子成熟时,他们才会仰起头,去观察一棵油桐树会带来的收成。他们无暇去顾及身边的美景、诗与远方,他们以及我的祖祖辈辈,无数曾在这块土地上创造、耕耘、构建的灵魂,只关心粮仓,关心农作物的生长。终其一生,他们匍匐在故乡的大地上,跟随着土地的呼吸、四季的时序,追问着活下去的问题。他们的坚韧、隐忍、乐观、豁达、困苦,积累的生存经验和内心秩序,是我文学创作的原乡。

    故乡遍地生长着充满诗性的植物,它们从《诗经》中走来,被人们解锁基因里古老的密码,可食、可赏、可入药,在贫乏里制造着神奇。我感激那些亲切的草木:四季不断的多汁的浆果,

结满桃、梨、李、杏的果树，以及油桐树、宣木瓜、高山绿茶。它们不仅仅是草木，也是我的血脉亲人，等同于北方大地上的大豆、小麦、高粱，把我们滋养得睿智、健康而丰富。我的血液里流动着它们绿色的汁液，我的根须与它们的根须连在一起。

这么多年来，生命中有许多人来了又去，生离或者死别，我从来都没有习惯和看淡。那些曾经镶嵌在我生命里的人，父亲母亲，外公外婆，以及一些鲜活的其他亲人，许多路过我生命的人，都已被时光无情地带走。故乡的喧哗已逐渐趋向宁静，温情逐渐变得邈远。我所能做的，只有用文字去修复身体和内心被撕裂的伤痕，在深夜昏黄的灯影里，重新构建一遍他们和我的联结，就像他们从来没有离开过一样。

用文字去表述他们曾来过这人间的消息，也是我迫切想做的事。他们曾和你我一样，和千千万万消逝的灵魂一样，努力过、认真过，沮丧也喜悦，深爱和被爱。他们不被这世上大多数人熟悉，无论是活着的还是离去的，鲜有人知道他们曾经用双手创造改变过这世界，这是让我想起来很难过的事。我不能够为他们做些什么，只能让他们永远活在我的文字里，被后来人记住，同时记住在这些光阴里发生的故事，我才稍稍心安。所以从这方面来讲，我还有很长的路要走。

离开故乡后，我去过很多地方，看过很多的风景，见证了时代的极速发展，经历了潮涌般的打破和重建。我们在不断的被推进中出发、告别、寻觅、扎根。

所有这些，都是催生我文学发芽的种子。我在文字里取得与世界的平衡、和解与融入，让这颗种子慢慢生根发芽、开花结果，在风里长成了今天这般稚嫩的模样。

书中收录的散文作品、随笔心得，大部分曾在各级报刊发表过，把这些文字辑录成册，也算是给自己近几年的写作一个总结。因时间的跨度，生活境遇的变迁，无论是文笔还是思想，难免会有意气上的不足，如果你拿到她，请用宽容的心去对待。

我还不敢自称为作家。我自知不具备一个作家对文学作品，从架构到内里进行娴熟的设计的能力，除了我自己内心的抵达，我没有把握读者可以抵达、共情。我也没有能力呈现给读者峭拔与辉耀的思想、曲折多姿的篇章、仿若明月入怀的文字，但我脚下的土壤，无论是故乡，还是当下，都是文学给我的"命题"。有作家说："我的工作是尽力呈现出放置我内心的命题"，我只有带着使命努力去完成、去呈现，去表达自己心中无处诉说的情感和沧桑。

是故乡和亲人熟悉的气息，或苦涩或温暖，给了我最初的写作灵感，提供了滋养我这棵植株的丰沛土壤，以至于我有能力在别处汲取营养，顽强地生活，并建立写作的信心。所以我把这本书献给他们。

一路走来，我要感谢很多人对我写作上的提携和抬爱。没有这些恩人，就没有今天这本通过选题的文本。

还要特别感谢著名作家、第八届鲁迅文学奖获奖者陈仓先生，国家一级作家、江南影视艺术学院教授暨清迈大学研究生导师丁一先生作序鼓励。

感谢为《油桐光阴》的出版给予热情帮助的编辑老师和所有老师！

张韵秋

2024 年 9 月 8 日